Ulli Kammigan

SELENA II oder Auch wir sind Aliens! Fast überall!

Bibliografische Informationen der Deutschen Nationalbibliothek:
Die Deutsche Nationalbibliothek verzeichnet diese Publikation in der Deutschen Nationalbibliografie. Detaillierte bibliografische Daten über
http://www.de-nb.de im Internet abrufbar

Impressum

1. Auflage 2014
Überarbeitete Neuauflage 2016
© 2016 Ulli Kammigan, »SELENA II oder Auch wir sind
Aliens! Fast überall!«

www.ulli-kammigan.de

Satz: Ulli Kammigan
Lektorat/Korrektorat: Angela Hochwimmer
Umschlag: Sarah Kammigan, Sidney, Lizenz shutterstock.com
Herstellung undVerlag: BoD – Books on Demand, Norderstedt

ISBN 978-3-74311-834-8

Ulli Kammigan

Selena II

oder

Auch wir sind Aliens!

Fast übertall!

Roman

Vom selben Autor sind erschienen:

SELENA oder Aliens sind auch nur Menschen
1. Band der SELENA-Trilogie

SELENA und die irdischen Außerirdischen
3. Band der SELENA-Trilogie

KAPITELVERZEICHNIS

Wer bin ich eigentlich? Und was mache ich hier?

Schon die erste Frage ist nicht einfach zu beantworten. Ich bin 33 Jahre alt und Schriftsteller, jedenfalls nach meiner Meinung und der meiner Verlegerin – eine Zeitlang, bis mein zweites Buch herauskam. Das interessierte kein Schwein, und meine Verlegerin meinte, ich sollte das Wort »Schriftsteller« im Zusammenhang mit mir besser nicht mehr benutzen. Es lief auf einen Kompromiss zwischen mir und mir hinaus, und ich bezeichnete mich fortan als »arbeitslosen Schriftsteller«.

Für meine Freunde in der näheren Umgebung bin ich also ein Mann, schlank und dunkelhaarig, nicht sonderlich groß und Deutscher. Wobei letzteres überhaupt keine Bedeutung hat, denn für fast alle Menschen auf der Erde bin ich ein Alien und für einen durchgeknallten General der amerikanischen Armee außerdem der Staatsfeind Nummer eins, den man, im Gegensatz zu der letzten Nummer eins, einem ebenfalls durchgeknallten Islamisten namens Osama Bin Laden, unbedingt lebendig in die Hände bekommen wollte, worauf man bei Herrn Bin Laden keinen großen Wert gelegt hatte. Doch alles das hat ebenfalls keine Bedeutung, weil die Amerikaner

Lichtjahre entfernt sind, und das ist kein blöder Spruch, sondern Realität.

Was die nähere Umgebung angeht, so ist dieser Begriff ein kleines bisschen weiter gefasst als das, was man üblicherweise darunter versteht. Unter der näheren Umgebung verstehe ich den Bereich von 23 Billionen Kilometern, das ist eine Dreiundzwanzig mit zwölf Nullen, also etwas größer als mein Stadtteil, in dem ich bisher mein Leben verbrachte.

Realität ist bedauerlicherweise auch, dass mein Freundeskreis innerhalb dieser definierten näheren Umgebung aus nur zwei Personen weiblichen Geschlechts besteht sowie einer dritten Unperson. Die erste, Viviane, ist eine junge ehemalige Astronautin, sehr französisch, sehr hübsch und sehr traurig. Die zweite heißt Nadine, ist noch etwas jünger, noch französischer und noch hübscher, und ich liebe sie wahnsinnig. Selena, die dritte, ist ebenfalls weiblich, jedenfalls habe ich es so beschlossen, kein bisschen französisch, nicht einmal menschlich und hat einen Hang zu Übertreibungen. Sie ist ein Computer und hat Sachen drauf, davon träumt man nicht einmal.

Was ich mache?

Das ist etwas einfacher zu beantworten. Ich mache nichts. Ich schaue mir nichts an; besser, ich schaue mich im Nichts um. Denn um mich herum ist nichts, jedenfalls, wenn man von den ersten zwanzig Metern absieht. Im engeren Kreis um mich ist natürlich doch etwas, denn sonst wäre ich gar nicht da. Um mich herum ist eine Kugel, und wir vier befinden uns in derselben. Diese Kugel ist ein Raumschiff, das mir vor etlichen Monaten auf der Erde zugeflogen ist. Einfach so!

Doch das mit dem Nichts stimmt nicht so ganz. Wenn man es genau nimmt, ist hier draußen doch etwas. Sogar sehr viel. Es wimmelt nur so von subatomaren Teilchen wie Photonen, Leptonen, Mesonen oder Tachyonen, und ab und zu kommt auch das eine oder andere Higgs-Boson vorbei und lässt anfragen, ob irgendwer ein bisschen Masse brauche, es hätte zurzeit einen günstigen Restposten anzubieten. Allein die Neutrinos denken nicht daran, sich irgendwie zu äußern. Die knallen nicht nur einfach so durch uns hindurch, sondern scheren sich einen Deut um ganze Planeten, die sie ohne mit der Wimper zu zucken und ohne sich in ihrer Bahn ablenken zu lassen, durchqueren. Doch alle diese Teilchen sind so klein, dass man Schwierigkeiten hat, ihre Existenz nachzuweisen. Wenn man dann sogar die Teilchen der dunklen Materie und deren Antiteilchen mitzählt, dann herrscht da draußen sogar ein ziemliches Gedränge, aber auch von denen weiß man nicht, ob es sie überhaupt gibt. Doch neunundneunzigkomma... − und jetzt kommen fünfzehn

Neunen – Prozent von dem da draußen ist tatsächlich nichts.

Kurz: Wir befinden uns im interstellaren Raum, etwa dreieinhalb Lichtjahre von der Erde entfernt und suchen nach bewohnten Planeten, denn das ist der eigentliche Auftrag des Raumschiffes, das allerdings seiner Besatzung verlustig gegangen ist, nur, weil die sich nicht vorstellen konnte, das es so etwas wie Aggressivität gibt, die sich auch noch gegen sie gerichtet hatte. Diese Aggressivität war von den Bewohnern der Erde des späten Mittelalters ausgegangen, die sich wiederum nicht vorstellen konnten, dass es so etwas wie Aliens gibt und daher alles Fremdartige einfach abmurksten. Ohne seine Besatzung konnte das Raumschiff allerdings keinen Kontakt zu seinem Heimatplaneten herstellen und tat dann ganz allein das, wozu es bestimmt war: Nach fremden Zivilisationen suchen. Es suchte 20 Jahre erfolglos und kehrte dann zur Erde zurück, weil es den Kontakt zu intelligentem Leben brauchte. Es war so konstruiert. Auf der Erde waren in der Zeit aufgrund der Einstein'schen Relativitätstheorie fast 500 Jahre vergangen – man nennt das Zeitdilatation, und der Bordcomputer holte sich eine neue Besatzung. Das waren wir.

Die Menschen der Erde hatten inzwischen zwar das Mittelalter überwunden, aber leider nicht die Aggressivität. Und die richtete sich gegen uns. Man wollte mit allen Mitteln an die Technik des Raumschiffes kommen, und dafür jagte man uns und erschoss schließlich Ben, einen ehemaligen CIA-Agenten, der sich uns angeschlossen hatte. Darüber war nun Viviane sehr sehr traurig, denn sie hatte Ben geliebt. Sie war es auch, die den Ausschlag für die Entscheidung gab, die Erde zu verlassen. Sie hatte die Nase voll von der Aggressivität der Menschen des 21. Jahrhunderts.

Selena, der Computer des Raumschiffes, hatte die Datenbanken der Raumforschung angezapft, die nach Exoplaneten suchte und auch schon einige gefunden hatte. Die hatten wir dann abgeklappert, denn Entfernungen spielen für das Raumschiff fast keine Rolle; es bewegt sich außerhalb von Sonnensystemen im fünfdimensionalen Raum und nutzt die Erkenntnisse der Quantenphysik, die besagen, dass ein Teilchen sich gleichzeitig an verschiedenen Stellen aufhalten kann.

Doch die Suche erwies sich als Pleite. Die von der Erde entdeckten oder vermuteten Planeten waren riesige Gasplaneten, die entweder zu dicht um ihre Sonne kreisten oder sich in einer Entfernung zu ihrem Zentralgestirn befanden, die der des Jupiters und Saturns in unserem Sonnensystem entsprach. Jedenfalls fanden wir kaum Planeten, die sich in der habitablen Zone befinden; das ist der Entfernungsbereich zur Sonne, in dem Wasser in flüssiger Form vorkommt, eine der Grundvoraussetzungen für Leben. Die wenigen dort befindlichen Planeten hatten kein Vorkommen von Wasser geschweige denn Leben.

Also müssen wir selber suchen.

Mit Hilfe von Selenas Sensoren beobachte ich die Helligkeit von Sternen und hoffe auf minimale Schwankungen in der Lichtintensität, die durch den möglichen Transit eines Begleiters entstehen, also durch das Vorbeiziehen eines Planeten vor seiner Sonne. Diese Methode haben auch die Wissenschaftler auf der Erde angewandt.

Selena merkt, was ich mache, und unterbricht mich mit ihrer wie immer sehr feminin klingenden Stimme.

»Ich glaube, Florian, du machst etwas falsch.«

»Wieso, ich mache das, was man auf der Erde auch gemacht hat, um Exoplaneten zu finden.«

»Das ist ja wohl eine bescheuerte Methode. Die spinnen, die Wissenschaftler auf deiner Erde!«

Ich bin völlig überrascht. Was sind denn das für Ausdrücke, die da von Selena kommen! Sie muss sich wohl zu lange mit den Menschen und ihren literarischen Ergüssen beschäftigt haben. So hat sie noch nie gesprochen!

Sie fährt fort.

»Was glaubst du wohl, wie lange es dauert, bis du so einen Transit beobachten kannst? Nimm das Beispiel deiner Erde. Theoretisch geschieht so ein Transit einmal im Jahr, und das kannst du nur beobachten, wenn du dich exakt in der gleichen Ebene befindest, die von der Sonne und der Erde gebildet wird. Planeten umkreisen in der Regel natürlich ihre Sonne zumeist in der gleichen Ebene und unsere Galaxie ist auch relativ flach. Im Schnitt ist sie nur dreitausend Lichtjahre dick, im Zentrum allerdings sechzehntausend; somit befinden sich längst nicht alle Sterne in einer Ebene. Bei Sonnen, deren Planetenebene auch nur um den Bruchteil eines Grades von unserer abweicht, wirst du daher nie ein Transit beobachten können. Da gibt es eine bessere Methode. Du weißt, dass Planeten auf Grund der Schwerkraft ihres Zentralgestirns um sie kreisen. Aber auch die Schwerkraft der Planeten wirkt sich auf die Sonnen aus, wenn auch nur sehr gering. Sonnen, die ein Planetensystem besitzen, werden von der Schwerkraft der Trabanten ganz geringfügig in ihrer Bahn beeinflusst. Sie haben eine Art Unwucht. Ihr Menschen würdet sagen: Sie eiern ein bisschen. Und aus dem Grad des Eierns kann man Rückschlüsse auf die Anzahl, Größe und Entfernung ihrer Trabanten ziehen, wenn man, so wie wir, nicht nur viel über die Gravitation weiß, sondern sie sogar beherrscht.«

Selena hat mich überzeugt. Also machen wir uns auf und suchen nach Sonnen mit Unregelmäßigkeiten in ihrer Bahn.

Ich bin gerade mit Selena damit beschäftigt, Sonnen mit Planetensystemen ausfindig zu machen, als Viviane und Nadine sich kichernd von hinten meinem Platz nähern. Sie führen irgendetwas im Schilde und bauen sich links und rechts von mir auf.

»Florian, was machst du gerade?« Nadines Stimme ist honigsüß.

»Ich suche nach eiernden Sonnen.«

Nadine schaut Viviane irritiert an.

»Viviane, WONACH sucht er?«

»Er sucht nach eiernden Sonnen!«

»Eiernde Sonnen? Hat er sie noch alle? Was meinst du, Viviane, sollten wir nicht mal lieber bei ihm nach sonnigen Eiern suchen?«

Damit fangen beide an, mir Hemd und Hose aufzuknöpfen. Bevor ich mich versehe, sind wir drei nackt und mit Dingen beschäftigt, die eher wenig mit der Suche nach eiernden Sonnen zu tun haben.

Erschöpft und mit einem zufriedenen Ausdruck im Gesicht steht Viviane auf.

»Ich lass euch jetzt allein.«

Ich komme nur langsam in die Wirklichkeit zurück.

»Nadine, was war das denn? Das habt ihr doch miteinander abgesprochen!«

»Ja, Florian, das haben wir. Nun gut, ich erzähl es dir: Vorhin kam Viviane zu mir und druckste etwas herum. Ich hatte schon so eine Ahnung, was mit ihr los war. Wir sind nämlich inzwischen etliche Wochen zu dritt in diesem Raumschiff unterwegs, und Vivianes Trauer um Ben hat sich auch schon ein bisschen gelegt. Für sie ist es sicherlich nicht leicht, mit ansehen zu müssen, wie glücklich wir beide miteinander sind, und sie bekommt natürlich auch mit, wenn wir Sex haben. Viviane ist schließlich eine ganz normale Frau, für die Sex zum Leben gehört wie Essen und Trinken. Also bot ich ihr an, dich ein bisschen mit ihr zu teilen. Schließlich ist sie eine sehr attraktive Frau, und ich weiß, dass auch du sie sehr gern hast und ich war mir sicher, dass unsere Liebe das abkann. Dann beschlossen wir, nicht lange darüber nachzudenken und es gleich auszuprobieren. Ja, und das haben wir eben gemacht, und es scheint, als habe es auch dir gefallen.«

Ich bin perplex.

»Also, Nadine, ihr hättet mich zumindest fragen können. Einfach so über mich zu entscheiden! Ich bin doch kein Handelsobjekt!«

Nadine schaut mich spitzbübisch an.

»Das ist ja ganz was Neues, dass du dich so zierst. Wie war es denn vor vielen Monaten mit Kaloua? Da hattest du doch auch keine Skrupel.«

»Mit Kaloua? Das war ganz etwas anderes, Sie war eine Heilerin, und jede ihrer Berührungen ließ ganze Schauer über den Körper laufen. Übrigens auch bei dir. Egal, wie und wo sie uns berührte. Viviane hingegen ging bei ihren Berührungen sehr gezielt zur Sache. Sie wusste sogar sehr genau, womit sie mich so richtig in Fahrt bringen konnte. Hast du ihr das etwa auch erzählt?«

Nadine lacht laut auf.

»Florian, ich glaube, von Frauen verstehst du wirklich nicht viel. Viviane ist, genau wie ich, Französin, und Französinnen muss man so etwas nicht erklären. Das können sie von Haus aus, das wird ihnen sozusagen mit der Muttermilch eingeflößt.

Außerdem, was hättest du denn gesagt, wenn wir dich gefragt hätten?«

Etwas verlegen druckse ich herum.

»Ich hätte natürlich nicht abgelehnt, ich mag Viviane sehr gern und sie ist ja fast so attraktiv wie du.«

»Dein Glück, dass du das Wörtchen ›fast‹ eingefügt hast. Ich hätte dir sonst einen schmerzhaften Tritt in deine Männlichkeit verpasst. Also wo ist das Problem? Du magst Viviane, ich mag sie und wir hatten vorhin offensichtlich viel Spaß miteinander. Ich wusste gar nicht, dass du so ein Sensibelchen

16

bist. Aber ich glaube, deswegen mag ich dich. Es ist wirklich süß, wie du dich zierst.«

Dann küsst Nadine mich zärtlich, und ehe wir uns versehen haben wir erneut Sex miteinander.

Die Tage vergehen mit der Suche nach Sonnen mit Planetensystemen. Auch Nadine und Viviane beteiligen sich daran. Wir sind euphorisch, denn wir haben bereits eine größere Anzahl gefunden, bei denen die Vermutung naheliegt, dass sich sogar Planeten in der habitablen Zone befinden und legen eine Reihenfolge fest, nach der wir die Systeme absuchen wollen. Selena dämpft unsere Begeisterung.

»Ihr wisst, dass ich schon nach Planeten gesucht habe, bevor ich auf eure Erde zurückgekehrt bin. Ich habe über fünfzigtausend Systeme abgesucht, von denen etwa tausend Planeten besaßen, auf denen Wasser in flüssiger Form vorkam. Es gab davon sogar welche, die Leben trugen, aber kein einziges Mal war es intelligentes Leben. Tatsächlich ist die Zahl der Sonnen, die Planeten besitzen, bei der Vielzahl der Sonnen in unserer Galaxie unvorstellbar groß. Sogar die Anzahl der Planeten, die sich in der habitablen Zone befinden, ist gewaltig. Aber das Problem ist die Gleichzeitigkeit. Unsere Milchstraße gibt es seit etwa 13,2 Milliarden Jahren und seit etwas weniger als dreizehn Milliarden Jahren gibt es Sonnen. In diesem Zeitraum sind auch die Planeten entstanden. Die Wahrscheinlichkeit, dass sich innerhalb dieser riesigen Zeitspanne intelligentes Leben zur gleichen Zeit entwickelt hat, ist daher nicht sonderlich groß. Möglicherweise gab es Zivilisationen vor Millionen von Jahren und vielleicht gibt es welche erst in Millionen von Jahren. Also seid nicht allzu euphorisch. Selbstverständlich werden wir suchen, aber stellt euch auf einen langen Zeitraum ein.«

Trotz des Dämpfers von Selena arbeiten wir weiter und sie unterstützt uns natürlich.

Wir haben gerade beschlossen, das erste Sonnensystem unserer Liste aufzusuchen, als Viviane den Kommandoraum betritt.

Mit aufreizenden Hüftbewegungen und einem verschmitzten Lächeln kommt sie auf mich zu und baut sich, beide Hände in die Hüften gestemmt, breitbeinig vor mir auf.

»Florian, kann ich deine Erlaubnis bekommen, Sex mit dir zu haben?«

Mir bleibt der Mund vor Verblüffung offen stehen. Aus dem Hintergrund kommt ein leises Kichern. Es dauert eine Zeit, bis ich meine Sprache wiedergefunden habe.

»NADINE! DU HAST GEPETZT!«

»Klar habe ich gepetzt. Es war einfach süß, wie du dich geziert hast. Das musste ich natürlich unbedingt Viviane erzählen.«

Dann lachen wir alle drei und es wird eine sehr sehr fröhliche »Ménage-à-trois«.

Wir nähern uns dem ersten Planeten in einer habitablen Zone. Er ist nur unwesentlich größer als die Erde und besitzt Wasser in flüssiger Form. Auch eine Atmosphäre ist vorhanden. Nur der größte Teil des Wassers befindet sich in der Atmosphäre. Es gibt auch festes Land, das allerdings sehr instabil ist. Es regnet ununterbrochen, wobei man es kaum als Regen im üblichen Sinne bezeichnen kann. Das Wasser fällt in ungeheuren Mengen vom Himmel und der feste Boden wird ständig von Vulkanausbrüchen erschüttert und ist so heiß, dass das Wasser sofort wieder verdampft und in die Atmosphäre aufsteigt.

»Da sind wir wohl etwa zwei Milliarden Jahre zu früh gekommen«, bemerkt Selena trocken, »so etwa sah nämlich euer Heimatplanet damals aus.«

Eine Landung ist bei diesen Turbulenzen ausgeschlossen und wir fliegen weiter.

Die folgenden fünfundzwanzig Planeten sind ebenso enttäuschend. Wir erleben gleichermaßen die Erde in ihren verschiedenen frühen Stadien, lange bevor es Leben als komplexere Formen gab. Leben in seinen Anfängen ist gelegentlich zwar auszumachen – zweimal kann Viviane Proben von Wasser entnehmen und darin einfache Zellstrukturen entdecken, die bereits einen Zellkern besitzen, sogenannte Eukaryoten, die haben sogar schon eine DNS, die von einer Zellhaut geschützt wird – aber ihnen fehlt etwas Wesentliches, nämlich der Mund. Daher sind sie nicht sonderlich gesprächig, und so lange zu warten, bis sie sich so weit entwickelt haben, dass sie uns freundlich begrüßen können, darauf haben wir keine Lust. Das würde nämlich nach Vivianes Aussage etwa eine Milliarde Jahre dauern, aber auch nur, wenn die Evolution auf diesem Planeten ähnlich wie auf der Erde verlaufen würde.

Dann mache ich mich bei den beiden Frauen unbeliebt. Mit einem hinterhältigen Grinsen frage ich Viviane: »Kann es sein, dass diese Eukaryoten vielleicht weiblich sind?«

»So ein Quatsch, Florian. So weit ist die Evolution noch lange nicht. Was soll die Frage?«

»Naja, wenn sie weiblich wären, würde es deutlich weniger als eine Milliarde Jahre dauern. Welche Frau kann denn schon so lange ihr Mundwerk halten?«

Die Knuffe kommen so heftig von beiden Seiten, dass mir die Luft wegbleibt, und im Chor verkünden beide: »Noch so'n Spruch und du wirst heute Nacht nicht mehr wissen, ob du Männlein oder Weiblein bist! Komm du uns unter die Bettdecke!«

Der sechsundzwanzigste Planet lässt hoffen. Er liegt in der habitablen Zone und besteht zu großen

Teilen aus Wasser. Die Atmosphäre enthält fast vierzig Prozent Sauerstoff, der Rest ist Stickstoff mit kleinen Anteilen an Helium. Das Land macht etwa dreißig Prozent der Oberfläche aus, besteht nur aus einem Kontinent, der von verschiedenen kleinen und größeren Inseln eingefasst wird und von vielen aktiven Vulkanen durchzogen ist. Hier wachsen Moose und Flechten sowie Farne, aber alles ist überdimensional groß. Es gibt Baumfarne und so etwas Ähnliches wie Koniferen und tierisches Leben. Das ist ebenfalls riesengroß: Auf dem Boden krabbeln zwei Meter lange Gliederfüßler sowie spinnenähnliche Tiere, groß wie Feldhasen, in der Luft schwirren Insekten, und wir werden von Libellen mit Flügelspannweiten von fast fünfzig Zentimetern attackiert. Das Riesenwachstum muss eine Folge des hohen Sauerstoffgehalts sein. Wir haben zur Sicherheit unsere Raumanzüge an, wir wollen kein Risiko eingehen, daher können sie uns nichts anhaben. Größere Tiere an Land gibt es nicht, weder Vögel, noch Reptilien oder gar Säugetiere – dachten wir, bis Nadines Bein sich in dem Rachen eines drei Meter langen Untiers befindet, das eine Kreuzung aus einem Riesenlurch und einem Krokodil zu sein scheint. Es ist plötzlich aus dem Wasser aufgetaucht und hat zugeschnappt. Nadines Anzug wurde schlagartig hart, härter als jedes Metall auf der Erde. Das schafft auch der gewaltige Kiefer des Untiers nicht zu verformen. Bevor das Tier Nadine jedoch ins Wasser ziehen kann hat sie ihren Strahler gezogen und das Ungeheuer liegt betäubt halb im Wasser und halb an Land. Nur mit Mühe und unseren Strahlern als Hebel gelingt es uns, den Kiefer zu öffnen, damit Nadine das unversehrte Bein herausziehen kann.

Viviane untersucht das Tier.

»Nach allem was ich sehen kann, ist es mehr Lurch als Krokodil, man könnte sagen, ein Lurch mit einem Krokodilsgebiss. Jedenfalls ist es eine Amphibie und kein Reptil. Wenn wir auf der Erde wären, würde ich es als den Meeresbewohner bezeichnen, der als erster das Land erobert hat, und wir würden uns im Übergang von Devon zum Karbon befinden, also vor etwa 350 Millionen Jahren.«

Plötzlich fängt die Erde an zu wackeln. Ein Erdbeben. Es ist so heftig, dass wir uns nicht auf den Beinen halten können, wir werden durchgeschüttelt und krallen uns an den Bäumen fest. Kurz darauf fegt ein Sturm über uns hinweg, wir liegen waagerecht in der Luft an einer riesigen Konifere hängend. In der Ferne hören wir ein Donnern: Der Vulkan, den wir am Horizont sehen konnten, spuckt Feuer, Lava und Asche in die Luft. Dann ist der Sturm urplötzlich vorbei. Unser Monsterlurch liegt immer noch da, aber dafür ist das Wasser weg. So weit wir blicken können, liegt der Meeresboden der weitläufigen Bucht frei. Algenwälder liegen flach auf dem Grund, dazwischen zappeln etliche Meeresbewohner.

Ich schreie: »Sofort zurück ins Schiff, da wird gleich ein Tsunami auf uns zukommen, der an Größe alles übertrifft, was wir uns vorstellen können, wenn man die gewaltige Menge Wasser sieht, die hier abgeflossen sein muss! Der Rückgang des Wassers ist ein typisches Anzeichen für einen Tsunami.«

Doch statt einer Wasserwand rast eine kilometerhohe Staubwolke auf uns zu, die den Himmel verdunkelt. Wir haben eben den Einstieg erreicht, da kommt auch das Wasser in einer hunderte von Metern hohen Wand zurück und reißt alles mit sich, Bäume werden entwurzelt, und das Schiff wird gegen den Vulkanhang geschleudert, aber Selena hat den Schutzschirm eingeschaltet; dadurch wird die Kollision abgemildert. Wir stehen noch in der Schleuse und werden durch den kleinen Raum geschleudert. Dann wird es ruhiger und Selenas Stimme ertönt.

»Wir sind aus dem Wasser raus und haben den Orbit erreicht.«

»Was war das denn?«, wollen wir von Selena wissen, als wir wieder im Kommando-Raum Platz genommen haben.

»Ich bin nicht sicher. Lasst uns den Planeten in Augenschein nehmen, vielleicht können wir die Ursache entdecken.«

Aus dem Weltraum sehen wir, dass sich Staubwolke und Tsunami ringförmig von einer Stelle ausbreiten. Die Wolke ist nach Selenas Berechnungen zehn Kilometer hoch und hüllt das Land, über das sie hinweggerast ist, in Dämmerung. Auch der der Wolke folgende Tsunami hat eine Höhe von fast einem Kilometer.

Die Erdkruste ist an vielen Stellen aufgerissen und aus den Spalten quillt glühende Lava. Dann erreichen wir die andere Seite und sehen unter uns einen Hexenkessel. Im Ozean klafft ein Loch von über fünfhundert Kilometern Durchmesser und fast zwei Kilometern Tiefe, in welches das Wasser in einer riesigen Kaskade hinabstürzt, unten auf heißes, flüssiges Gestein trifft und dort explosionsartig verdampft. In der Atmosphäre darüber toben zwischen Wolken und Wasserdampf gewaltige Gewitter, Blitze erhellen ohne Unterbrechung das Inferno.

»Das war der Einschlag eines Kometen von schätzungsweise neun Kilometern Durchmesser«, erklärt Selena, »das Meer war für ihn hier nicht mehr als eine Pfütze; er hat beim Eintritt in die Atmosphäre einen gewaltigen Sturm ausgelöst, beim Einschlag ungeheure Mengen von Wasser schlagartig zur Seite gedrückt und dann den Meeresboden aufgerissen. Dabei sind die Staubwolken entstanden, welche die Atmosphäre so mit Staub durchsetzen, dass der Planet für Jahrhunderte von dem größten Teil des Sonnenlichts abgeschnitten sein wird. Eure Amphibie hat sich umsonst die Mühe gemacht, das Land zu erobern. Sie wird, wie die meisten Arten auf diesem Planeten, aussterben, und der Planet wird möglicherweise für Jahrtausende vereisen.«

»Kommt mir irgendwie bekannt vor«, platzt es aus Viviane heraus. »Wenn wir in dreihundert bis dreihundertfünfzig Millionen Jahren hier wieder vorbeikommen, würden wir uns wahrscheinlich selbst begegnen.«

»Eher unwahrscheinlich«, bemerkt Selena trocken, »die Evolution müsste verrückt sein, so etwas wie euch noch einmal hervorzubringen. Entschuldigt bitte! Ich meine natürlich nicht euch persönlich, ich meine eher die Menschen der Erde allgemein.«

Und dann flötet sie: »Ihr seid mir nämlich inzwischen richtig an meinen Hauptprozessor gewachsen!«

Dass Selena gern übertreibt, wissen wir inzwischen, aber Sentimentalität ist etwas ganz Neues.

Wir verlassen den schwer getroffenen Himmelskörper und suchen weiter.

Nach drei weiteren Fehlschlägen haben wir wieder Hoffnung. Vor uns liegt ein vielversprechender

Planet. Er ist blauweißgrün wie unsere Erde, hat eine Atmosphäre aus einem Stickstoff-Sauerstoff-Gemisch und besitzt große Ozeane aus Wasser. Beim Näherkommen sucht Selena nach Funk- oder Radiosignalen. Es gibt keine, also vermutlich auch kein höher entwickeltes Leben. Aber es gibt eine Vegetation auf dem Land, jedoch auch ausgedehnte Wüstengebiete. Dann scannt Selena die Oberfläche mit einem Falschfarbenscanner und wir sehen, dass das Land von Linien durchzogen ist.

»Das erinnert mich an den Mars«, sagt Viviane, »auf dem man früher glaubte, Kanäle entdeckt zu haben, die Marskanäle. Aber wieso sehen wir die nicht auf den Monitoren?«

»Ich habe den Scanner so eingestellt, dass er Gebiete einfärbt, in denen der Anteil an Kalkstein und Eisenoxid erhöht ist. Das kann man mit bloßem Auge nicht sehen, denn eine dicke Sedimentschicht bedeckt diese Adern.«

Unter uns geht die Steppenlandschaft in Sandwüste über, es weht ein ständiger Wind, der die Dünen wandern lässt. Wir landen und Viviane klettert über die nächste Düne, dabei hält sie ihre Augen ständig auf den Boden gerichtet.

»Suchst du etwas?«, frage ich sie.

»Ja, wenn Dünen wandern, geben sie oft Dinge frei. In den Dünentälern ist die Chance besonders groß, Fossilien zu finden.«

Dann bückt sie sich und hält ein fingernagelgroßes Steinchen in der Hand.

»Schaut euch das mal an! Es sieht aus wie ein Stück Glas, das längere Zeit vom Sand poliert wurde oder im Wasser gelegen hat, denn es ist an den Rändern stumpf. Aber es ist bearbeitet worden, man kann einen Schliff erkennen. Glas kommt in der Natur so nicht vor. Also, wenn das Glas ist, dann muss es hier intelligente Wesen geben oder gegeben haben, die Glas herstellen konnten, denn es kann noch nicht so alt sein, da ein großer Teil der Oberfläche noch glänzend ist. Selena, kannst du das Steinchen analysieren?«

Es dauert keine drei Minuten dann kommt das Ergebnis.

»Ich muss euch leider enttäuschen. Es ist kein Glas. Ich habe weder Spuren von Siliziumdioxid, dem Hauptbestandteil von Glas, noch Natrium- oder Kalziumdioxid finden können. Dieses Steinchen ist höchst langweilig, denn es besteht nur aus einem einzigen Stoff. Es ist reiner kristalliner Kohlenstoff.«

»Reiner Kohlenstoff!«, rufen Nadine und Viviane gleichzeitig, »Selena, willst du damit sagen, dass wir einen Diamanten gefunden haben?«

»Ja, so nennt ihr auf der Erde solche Steine. Außerdem hast du Recht, Viviane, der Stein ist bearbeitet worden. Aber ich muss euch schon wieder enttäuschen. Diamanten gehören zu dem härtesten Stoff, den es gibt. Durch Erosion und Verwitterung ist ihm eigentlich nichts anzuhaben. Dieser Stein ist jedoch an einigen Stellen stumpf. Das bedeutet, dass sein Schliff vor vielen Millionen Jahren erfolgte. Die Wesen, die ihn bearbeitet haben, müssen vor Millionen von Jahren gelebt haben.«

»Einen Diamanten zu bearbeiten, bedeutet einen enormen Aufwand, man kann ihn eigentlich nur mit Diamantenstaub schleifen, diese Zivilisation muss also schon recht fortschrittlich gewesen sein. Da müssen doch noch Überreste zu finden sein. Lass uns weitersuchen«, drängt Viviane.

Wir drei suchen nun die Dünentäler ab, aber finden nichts Ungewöhnliches.

Also fliegen wir weiter. Es gibt keine hohen Berge, sondern nur Mittelgebirge und hügeliges Land. Das Fehlen von Gebirge deutet darauf hin, dass die Tektonik auf diesem Planeten zur Ruhe gekommen ist.

Dann liegt eine Wald- und Graslandschaft unter uns.

Viviane ist ganz aufgeregt; als Biologin will sie unbedingt die fremden Pflanzen untersuchen. Also landen wir auf einer Ebene, die mit einer grasähnlichen Pflanze überwuchert ist und in der vereinzelt Bäume stehen. Auch die sehen denen auf unserer Erde ähnlich.

Dann treffen wir auf Lebewesen. Tiere, Vögel und Insekten bevölkern das Land.

Selena versucht Kontakt zu ihnen aufzunehmen, stellt aber fest, dass das nicht möglich ist. Die Wesen besitzen keine Intelligenz im üblichen und von uns erwarteten Sinne. Viviane beobachtet die Tiere durch ihr Glas, einige kommen sogar dicht vorbei. Offenbar haben sie keine Scheu vor uns.

»Merkwürdig,« sagt sie, »sie sehen zwar anders aus als die Tiere unserer Erde, aber irgendwie erinnern sie mich an manche Arten bei uns. Schaut euch das Tier da vorn in der riesigen Gruppe an, es sieht aus wie ein Reh, aber es ist anders, eher wie ein mutiertes Reh. Und wenn ich die Landschaft betrachte, kommt es mir so vor, als hätte ich ein Déjà-vu.«

Dann sehen wir ein Rudel Tiere, die uns an Hyänen erinnern. Sie haben es offenbar auf eines der »Rehe« abgesehen. Wir beobachten sie bei der Jagd. Zwei Tiere setzen sich von der Gruppe ab und verschwinden. Die übrigen sechs bilden einen Halbkreis. In dieser Formation laufen sie auf das Rudel Rehe zu. Die Tiere springen in alle Richtungen davon, aber die Jäger lassen sich davon nicht irritieren und stürmen nur hinter einem Tier her, und zwar hinter demjenigen, welches genau in die Richtung läuft, in der die beiden anderen Jäger vorher verschwunden sind, und treiben es gezielt in einen Hohlweg. Auf beiden Seiten des Weges haben sich die beiden Tiere postiert und fangen das flüchtende Tier ab.

Wir sind erstaunt. Diese Methode setzt ein Maß an Intelligenz voraus, die vergleichbare Tiere unserer Erde nicht haben.

Dann kommt es noch verrückter. Die beiden Jäger haben das Tier zu Boden geworfen und das aufgeschlossene Rudel will sich über ihr Opfer her machen. Da stürzen aus dem Unterholz an die fünfzig Artgenossen des Opfers auf die Jäger und traktieren sie mit Tritten ihrer Hinterhufe. Sie sind in solcher Überzahl, dass das Rudel Raubtiere aufgibt und jaulend davonläuft. Die »Rehe« umringen ihr verletztes Mitglied, lecken dessen Wunden und helfen ihm beim Aufstehen. Es ist offensichtlich nicht lebensgefährlich verletzt.

Wir kommen aus dem Staunen nicht heraus. Die überlegene Intelligenz der Jäger hat ihr Pendant gefunden in dem Verhalten der Opfer. Damit scheint das Gleichgewicht wiederhergestellt zu sein.

Aber weitere Anzeichen dafür, dass es hier einmal eine Zivilisation von intelligenten Wesen gegeben hat, finden wir nicht. Und wir können auch keine Erklärung für die merkwürdigen nicht sichtbaren Linien finden. Wir fliegen weiter.

Eine weite Buschlandschaft liegt unter uns, die von gewaltigen bewaldeten Hügeln in unregelmäßigen Abständen durchzogen ist. Sie liegen so verstreut, dass es kein abgetragenes Bergland sein kann, wie es überall sonst auf dem Planeten vorkommt.

»Irgendwie passen die hier nicht hin«, meint Viviane, als wir wieder auf dem Boden sind, »ich möchte zu gern wissen, wie die hier hinkommen und was sich unter ihnen verbirgt.«

»Dann sollten wir doch mal nachsehen«, kommt es von Selena, »ich schicke euch einen meiner kleinen Helfer hinunter, der ein paar Bohrungen vornimmt.«

Ein kleiner Roboter auf Rädern kommt aus dem Schiff, fährt den Hügel hinauf und fängt an zu bohren. Das Bohrgestänge ist nur strohhalmdünn und hat am unteren Ende einen Sensor, der den Boden analysieren kann.

Selena berichtet.

»Er ist jetzt in drei Metern Tiefe, es ist bisher alles Sedimentgestein. Nun ändert sich die Zusammensetzung. Geringe Mengen von Kalziumsilikaten, Sulfaten, Aluminium- und Eisenverbindungen. Immer mehr davon.

Hauptsächlich Kalkstein, Ton, Sand und Eisenerz sowie große Mengen von Natrium-, Kalzium- und Siliziumdioxid. Das sind die Bestandteile von Beton und Glas. Der Hügel besteht unter der dicken Sedimentschicht zu großen Teilen aus zersetztem Beton und verwittertem Glas, von dem nur noch die chemischen Grundsubstanzen übrig sind. Er ist eindeutig nicht natürlichen Ursprungs. Ähnlich war es mit den Linien, die nur mit Hilfe von Falschfarbenbildern sichtbar wurden, weil sie ebenfalls unter einer Sedimentschicht lagen.

Und ich habe die Lösung auf Grund des Alters dieser Substanzen gefunden. Eure Archäologen auf der Erde würden begeistert sein, wenn sie hier zu graben anfingen. Sie würden nämlich in eine mögliche eigene Zukunft sehen, und wir sind etwa 700 Millionen Jahre zu spät gekommen. Es gab hier eine Zivilisation, die der auf eurer Erde sehr ähnlich war. Unter den großen Hügeln verbergen sich uralte verwitterte Städte, von denen nur noch die Grundsubstanzen übrig sind, und die sind etwa eine dreiviertel Milliarde Jahre alt. Auch ziehen sich unter der dicken Sedimentschicht uralte und völlig zersetzte Betonbänder durch die Landschaft. Das waren Straßen. Überhaupt befinden sich fast überall unter dem meterdicken Sedimentgestein Beton-, Bitumen- und Glasrückstände in unvorstellbaren Mengen. Die gesamte ehemalige Zivilisation ist von einer dicken Sedimentschicht bedeckt. Es gab hier früher auch Gebirge, aber die sind längst abgetragen und haben alles bedeckt. Und das, was du, Viviane, als ein Reh bezeichnet hast, war vermutlich vor 700 Millionen Jahren sogar einmal einem irdischen

Reh sehr ähnlich. Die intelligenten Wesen dieses Planeten sind schon lange ausgestorben und die Natur hat sich so gründlich ihren Planeten zurückerobert, dass man nur mit großem Aufwand feststellen kann, dass es sie einmal gab.«

Wir sind bei Selenas Vortrag sehr nachdenklich geworden. So könnte auch die Erde in 700 Millionen Jahren aussehen und von den Menschen nichts übriggelassen haben.

»Was könnte die Ursache für das Aussterben gewesen sein, Selena?«

»Da gibt es tausend Möglichkeiten. Die wahrscheinlichste ist, dass sie die Ökologie ihres Planeten so nachhaltig störten, dass sie sich ihrer Lebensgrundlage beraubt haben. Das dürfte euch bekannt vorkommen, denn genau dasselbe haben auf der Erde vermutlich die Ureinwohner der Osterinsel gemacht: Sie haben durch Abholzen der Palmen und Bäume einen gewaltigen Raubbau an der Natur betrieben, die einsetzende Erosion hat ihnen dann den Rest gegeben und nur wenige haben überlebt. Aber was ist daran so Besonderes? Auch auf eurer Erde sind unendlich viele Arten entstanden und wieder ausgestorben, und wenn ihr euch Menschen nehmt, dann gibt es euch gerade einmal knapp eine Million Jahre, das ist ein Wimpernschlag im Verhältnis zur Erdgeschichte. Wenn ihr es noch 200 Millionen Jahre schaffen würdet, dann hättet ihr gerade einmal die Dinosaurier übertrumpft, aber das ist sehr unwahrscheinlich. Und im Moment bezweifle ich sogar, dass die Menschheit die nächsten fünfhundert Jahre überlebt, so wie ihr drauf seid und mit eurem Planeten umgeht.«

Selenas Antwort macht uns verlegen, denn sie hat recht. Es ist schon verrückt: Ein Computer beschämt uns! Das muss man sich einmal vergegenwärtigen!

»Nun blast keine Trübsal, noch lebt ihr ja, und wie ich in der letzten Zeit mitbekommen habe, offenbar sehr fröhlich.«

»SELENA! Du schaltest in Zukunft jeden Sensor ab, wenn wir Sex miteinander haben.«

»Zu Befehl, Käpt'n! Kopulation-Besichtigungs-Verbot!«

Mein Gott, wo hat sie bloß diese Ausdrucksweise her?

In Stein gemeißelt

Der folgende Planet ist wieder sehr erdähnlich. Er liegt in der habitablen Zone, besitzt Ozeane aus flüssigem Wasser, und auf dem Land, das sich in mehrere Kontinente teilt, erkennen wir eine üppige Vegetation. Er hat, wie die Erde, einen Trabanten, der aber fast doppelt so groß ist wie der Mond und in einem größeren Abstand den Planeten umkreist. Größe und Abstand sorgen dafür, dass seine Auswirkungen auf den Planeten denen des Mondes auf die Erde entsprechen. Funk- oder Radiosignale sind nicht auszumachen. Es gibt vermutlich keine fortgeschrittene Zivilisation.

Wir nähern uns einem Hochgebirge, in dessen Tälern Selena Objekte ausgemacht hat, die eines nicht natürlichen Ursprungs sind. Beim Näherkommen erkennen wir Bauwerke aus Stein: Wälle, Mauern, Häuser und Plätze. Dazwischen bewegen sich menschliche Wesen. Wir gehen unter voller Tarnung so weit hinunter, dass Selena Verbindung zu deren Gehirnen aufnehmen kann. Sie sehen wie Menschen aus, haben eine Sprache und ein Sozialsystem. An der Spitze steht ein absolutistischer Herrscher, dann gibt es Priester und Adlige sowie das einfache Volk.

»Wenn ihr wirklich Kontakt zu ihnen aufnehmen wollt, dann müsst ihr die Raumanzüge anziehen. Ihr könnt zwar die Luft auf dem Planeten atmen, aber ihr würdet möglicherweise den Leuten mit euren Bakterien und Viren schaden, denn sie haben keinerlei Abwehrkräfte gegen die simpelsten Krankheiten«, warnt uns Selena.

Die Raumanzüge haben eine nur von innen durchsichtige Kugel für den Kopf. Der Körper steckt in einem hautengen, elastischen Stoff, der den Sauerstoff recyceln kann und extrem reißfest ist. Nicht einmal Gewehrkugeln können ihn durchdringen. Trotzdem wurde Nadine damals auf der Erde darin schwer verletzt als amerikanische Soldaten auf sie schossen, weil die Wucht des Kugelhagels den Anzug so stark verformte, dass ihre Knochen brachen und Gelenke sich verdrehten. Selena hatte daraufhin das Material zu einem »intelligenten« Stoff verändert. Er erkannte nun, wenn er schlagartig einer starken Verformung unterworfen wurde, wie zum Beispiel durch eine Gewehrkugel. Dann wurde er vorübergehend extrem hart und nicht verformbar, auch nicht durch die Kugel. Das hatte aber auch Nachteile. Nadine und ich waren mit Hilfe der fortschrittlichen Medizin der Erbauer-Rasse des Schiffes von Selena so verändert worden, dass wir bei einem Adrenalinausstoß unsere Umgebung in Zeitlupe wahrnehmen konnten, selbst aber »normal« reagierten. Gleichzeitig hatte sie ein paar »Baumängel der Evolution« beseitigt, daher waren unsere Körper erheblich leistungsfähiger und unser Reaktionsvermögen enorm schnell und damit zu schnell für den Anzugstoff. Er wechselte bei einer solchen Aktion in Sekundenbruchteilen ständig seine Elastizität und schränkte dadurch die Bewegungsfähigkeit ein. Nadine und ich konnten uns also in den Raumanzügen nur normal bewegen, aber Selena war unsere Sicherheit wichtiger. Und der Angriff des riesigen

Lurches auf Nadine vor ein paar Tagen zeigte, dass sie recht gehabt hatte. Die Anzüge besitzen eine Sprechverbindung nach außen, so dass man kommunizieren kann. Man kann aber auch untereinander und mit dem Schiff in Verbindung treten.

Viviane und ich schlüpfen in die Anzüge. Es ist völlig klar, dass wir die Menschen keiner Gefahr durch Ansteckung aussetzen dürfen. Wir wissen, welch katastrophale Folgen die Ankunft der Weißen auf dem mittel- und südamerikanischen Kontinent der Erde und besonders in der Südsee hatte. Der größte Teil der Bevölkerung war damals von harmlosen europäischen Krankheiten wie Windpocken und Masern, aber auch Pocken dahingerafft worden.

Selena schaltet die Tarnung aus und wir landen mitten auf dem großen Platz zwischen den Bauwerken. Viviane und ich verlassen das Schiff durch die Schleuse unten und schweben mittels des Schwerkraftaufzuges auf die Oberfläche. Nadine bleibt zur Sicherheit im Schiff.

Die Menschen ringsherum liegen auf dem Boden, das Gesicht nach unten.

Hat der Schiffsantrieb etwa Schaden angerichtet?

Das kann eigentlich nicht sein; der Antischwerkraftantrieb ist völlig gefahrlos für jedes Lebewesen. Als wir auf die Liegenden zugehen, geht ein Stöhnen durch die Menge. Sie leben also, aber trauen sich nicht, uns anzublicken. Dann ertönt ein Geräusch von vielen Holzstäben, die gegeneinandergeschlagen werden. Zwischen den Gebäuden, die aus Steinen bestehen, die fast fugenlos, aber ohne jeden Mörtel aufeinandergeschichtet sind, erscheint eine Gruppe bunt gekleideter Menschen, die eine Sänfte tragen und sich auf uns zu bewegen, gefolgt von der Gruppe der »Musiker«. Die Sänfte wird abgestellt, ein Mann in kostbaren, mit Edelsteinen und Gold verzierten Gewändern steigt aus und wirft sich samt seinem Gefolge ebenfalls vor uns auf den Boden. Uns wird jetzt klar, was hier abläuft: Sie halten uns für Götter. Der Herrscher erhebt sich auf seine Knie und bietet uns mit blumigen Worten nicht nur Gastfreundschaft und sein Haus, sondern mir auch seine fünf Frauen und acht Töchter und Viviane seine zwölf Söhne an. Er hat kaum ausgesprochen, als in meinem Helm die leicht amüsierte Stimme Nadines ertönt, die sich aus dem Schiff meldet.

»Wehe, Florian! Denke nicht einmal daran!«

Wir beherrschen dank Selena ihre Sprache und lehnen natürlich ab, aber folgen dem Herrscher mit seinem Gefolge in sein prunkvoll ausgestattetes Anwesen. Es ist innen mit gewebten Teppichen ausgekleidet, die aus der Wolle ihrer Haustiere geknüpft sind. Auch die Kleidung ist aus dem gleichen Material. Ihre Haustiere sehen wie eine Kreuzung aus Schafen und Lamas der Erde aus. Das Herrscherhaus hat offene Fenster und Türen; es gibt kein Glas. Die spärlichen Möbel sind aus Holz gefertigt, die Sitzflächen aus Schilf geflochten. Der Herrscher nimmt auf einem Stuhl Platz, dessen Sitzfläche mit Fellen der Haustiere belegt ist. Auch uns werden solche Sitze angeboten, alle anderen setzen sich auf den Boden. Die Menschen, die vorher auf der Erde lagen, sind aufgestanden und haben draußen einen großen Halbkreis um das Gebäude gebildet.

Drinnen wird nun aufgetischt. In der Mitte des Raumes werden Speisen abgestellt, alle aus eigenem Anbau, aber wir lehnen ab. Wie sollen wir auch Nahrung zu uns nehmen mit den Helmen auf unseren Köpfen? Also teilen wir mit, dass wir Götter keine Nahrung brauchen. Unser Gastgeber ist daraufhin sehr betrübt, und keiner der Anwesenden traut sich nun, von den Speisen zu essen. Der Herrscher ist ratlos, er will uns in irgendeiner Form ehren und weiß nun nicht, wie. Ein Priester tritt an ihn heran und flüstert ihm etwas zu, dabei schaut er mit ehrfurchtsvollem Blick zu uns herüber. Die Miene des Mannes hellt sich auf, und er bittet uns nach draußen. Man führt uns auf einen hoch gelegenen Platz vor einem tempelartigen Gebäude; Stufen führen hinauf. Wir gehen voran, der Herrscher mit seinem Gefolge schließt sich an, das Volk bleibt unten. Oben ist ein Plateau von etwa zwanzig Metern im Quadrat, in dessen Mitte genau vor dem Tempel sich eine erhöhte Steinplatte befindet, vor der wir Platz nehmen. Der Tempel dahinter ist ein nach oben offenes Gebäude, dessen Wände in regelmäßigen Abständen von bis zum Boden reichenden Schlitzen unterbrochen sind. Die Anlage hat eine entfernte Ähnlichkeit mit der Kultstätte der Megalithkultur im England unserer Erde. Es ist ein »Stonehenge« im Kleinformat und dient vermutlich nicht nur kultischen, sondern auch astronomischen Zwecken.

Ein Priester schwenkt ein Gefäß mit rauchenden Kräutern, begleitet von einem Singsang. Dann wird ein junges Mädchen zu dem Stein geführt. Es ist an den Händen gefesselt.

Viviane merkt als Erste, was hier ablaufen soll und schreit laut auf. Das Mädchen soll geopfert werden, denn der Priester hat ein langes Messer gezogen. Sie springt auf, entreißt dem Mann das Messer und schneidet die Fesseln des Mädchens durch, das vor ihr auf den Boden sinkt. Dann geht sie auf unseren Gastgeber zu und herrscht ihn an: »Wir Götter dulden keine Menschenopfer, denn Menschen sind das Ebenbild der Götter. Wenn ihr Menschen tötet, ist das so, als ob ihr Götter tötet. Daher wird euer Priester von uns bestraft werden.«

Damit zieht sie den Strahler und feuert auf den Mann, der zusammenbricht. Er ist nur betäubt, aber das wissen die Menschen nicht.

»Er wird wieder aufwachen, denn ich habe ihn nur in den Schlaf geschickt. Wir werden aber in Zukunft jeden bestrafen, der uns mit Menschenopfern beleidigt, und der wird dann nicht wieder aufwachen.«

Der Herrscher und alle Anwesenden zittern vor Angst und beteuern, dass sie nie wieder Menschen den Göttern opfern würden; sie hätten nicht gewusst, dass wir Götter das nicht dulden würden.

Viviane zeigt sich besänftigt. Sie geht auf den Herrscher zu, fasst seine beiden Hände und führt eine zu ihrer linken Brust. Das ist das Zeichen für Vergebung.

»Wenn das so weitergeht bekommen wir ein Problem,« lasse ich Viviane über unsere interne Verbindung wissen, »man will uns ehren, aber alle diesbezüglichen Versuche sind fehlgeschlagen. Wir müssen uns etwas einfallen lassen.«

Nadine meldet sich aus dem Schiff.

»Ich weiß, dass das Volk der Inkas auf der Erde rituelle Tänze kannte, die auf Festen und religiösen Zeremonien aufgeführt wurden. Fragt doch einmal danach, vielleicht ist das hier ja ähnlich.«

»Das ist eine gute Idee, aber Nadine, der Vergleich mit den Inkas ist sehr gewagt. Dieses Volk hier kann nicht dem der Inkas der Erde ähneln. Die Inkas hatten ein riesiges Reich, das sie durch Eroberungen anderer Völker ständig vergrößerten, und sie führten dauernd Kriege gegeneinander. Wenn wir dieses Volk mit einem auf unserer Erde vergleichen wollen, dann ist es eher eines, das irgendwann von einem kriegerischen ›Inka‹-Volk erobert und vermutlich restlos ausgelöscht wird, denn sie haben nicht einmal Soldaten. Allerdings ist ihre Kultur und Religion der der Inkas sehr ähnlich. Auch rituelle Tänze werden sie sicherlich haben.«

Also teilen wir unserem Gastgeber mit, dass wir es besonders schätzen würden, wenn man uns zu Ehren ein Fest veranstalten würde und wir die rituellen Tänze seiner Untertanen zu sehen bekämen, denn daran hätten wir immer eine besondere Freude.

Daraufhin beginnt ein geschäftiges Treiben. Der Platz inmitten des Ortes wird in Windeseile für das Fest hergerichtet. Innerhalb von zwölf Stunden ist der Platz mit Blumen ausgelegt, die unseren Dahlien ähneln. Für den Herrscher und für uns Götter sind drei Blumensitze errichtet.

Das Fest beginnt. Der Herrscher und wir nehmen auf den Blumenstühlen Platz. Das Volk hat sich unterhalb der erhöhten Plattform versammelt. Musik von Holzklöppeln und Holzblasinstrumenten ertönt und Männer und Frauen in bunt herausgeputzter Kleidung vollführen ihre rituellen Tänze. Alle Menschen strahlen und lachen. Sie haben auch allen Grund dazu, denn der Herrscher hat auftischen lassen und alle dürfen sich bedienen, auch die einfachen Bauern und Arbeiter, die sonst keinerlei Rechte haben.

Dann tritt einer der Priester vor die Menge, erhebt die Arme, und die Menschen verstummen. Er verkündet etwas Erstaunliches.

»Die Götter sind zu uns gekommen, weil sie unsere Hilfe brauchen. Am kommenden Tag werden böse Geister versuchen, den Sonnengott und seine Frau zu zerstören. Deshalb befehle ich, euch für diesen Tag mit allem zu bewaffnen, was als Waffe taugt: Ergreift Messer, Heugabeln, Schaufeln und Stöcke, um damit die Geister in die Flucht zu treiben. Jeder von euch sollte irgendetwas mit sich führen, was zur Vertreibung der bösen Geister taugt.«

Wir sind irritiert, wie kommt der Mann darauf, dass wir in Gefahr seien? Wir nehmen Kontakt zum Schiff auf und fragen Selena, ob sie das Verhalten des Priesters erklären könne und ob an dem angesprochenen Tag irgendetwas Besonderes los sei. Aber Selena hat auch keine Erklärung.

Schon morgens am nächsten Tag versammeln sich die Einwohner auf dem großen Platz, mit allen möglichen Utensilien bewaffnet. Einige haben Töpfe aus Kupfer und Bronze dabei, auf die sie mit Holzstöcken schlagen.

Es herrscht ein ohrenbetäubender Lärm, der auch den furchtlosesten Geist abschrecken müsste.

Es ist inzwischen Mittag geworden, der Lärm wird immer stärker.

Plötzlich tauchen zwischen den Häusern fremde Gestalten auf. Sie tragen Lederpanzer und sind mit Speeren, Äxten, Schwertern aus Bronze und Holzknüppeln bewaffnet und stürzen sich auf unsere Leute, die versuchen, sich mit ihren Holzgabeln und anderen landwirtschaftlichen Geräten zu wehren. Sie sind den Angreifern aber hoffnungslos unterlegen. Diese haben bereits die ersten Dorfbewohner niedergemacht, als sie plötzlich erstarrt stehenbleiben und furchtsam in den Himmel hinauf zur Sonne blicken. Vor die Sonne schiebt sich ein großer runder Schatten und es wird langsam dunkel.

Der Priester ruft in die Menge: »Die bösen Geister wollen die Sonne und unsere Götter verschlingen! Geht gegen die fremden Angreifer vor und verjagt sie!«

Doch die Fremden stehen weiterhin wie erstarrt auf der Stelle, auch unsere Leute blicken genauso angstvoll in den Himmel und wagen es nicht, sich zu rühren.

Inzwischen ist es völlig dunkel geworden. Man kann weder Freund noch Feind erkennen, denn alle haben sich voller Furcht auf den Boden geworfen.

Ein Lichtblitz erhellt plötzlich die Dunkelheit. Mitten auf dem Platz erscheint ein schwach leuchtender Zylinder, in dessen Zentrum Viviane ein Meter über dem Boden schwebt und mit ihrem Strahler über die Köpfe der am Boden liegenden hinwegschießt, so dass weitere Blitze folgen. Anwohner wie Invasoren schreien vor Angst laut auf. Nadine hat das Raumschiff unter voller Tarnung über Viviane in Position gebracht und den Anti-Schwerkraft-Aufzug eingeschaltet.

Wenig später erscheint hinter der dunklen Mondscheibe die noch dünne Sichel der Sonne und es wird langsam heller; die ersten Sonnenstrahlen spiegeln sich in Vivianes Helm.

Die Fremden schauen entsetzt auf das Bild, springen auf und ergreifen panikartig die Flucht.

Auch unsere Leute sehen, dass es wieder hell wird, springen unter lautem Jubel auf und fangen an zu tanzen.

Wieder beendet die laute Stimme des Priesters den Lärm.

»Ihr habt die bösen Geister vertrieben und mutig die Götter verteidigt, so dass sie die Dunkelheit besiegen konnten. Kommt alle in den Tempel, damit wir den Göttern danken können.«

Wir müssen schmunzeln, denn die Bewohner haben überhaupt nichts gemacht. Sie sind vor lauter Angst nicht einmal gegen die Angreifer vorgegangen, aber der Priester weiß offenbar, wie er seine Leute bei der Stange halten kann. Er muss auch von der bevorstehenden Sonnenfinsternis gewusst haben, vermutlich dient der Tempel ebenfalls astronomischen Berechnungen; was er aber auf keinen Fall wissen konnte, war der gleichzeitige Angriff der kriegerischen Fremden. Das war eindeutig Zufall.

Alle drängeln sich nun in den Tempel und fallen vor uns auf die Knie. Wir stehen zusammen mit dem Herrscher und drei Leuten aus der Priesterkaste auf einem erhöhten Podest.

Ich wende mich an den Herrscher und das Volk.

»Das Glück und die Götter haben euch geholfen, diesen Angriff abzuwehren. Aber die Fremden werden irgendwann wiederkommen, spätestens, wenn die Erinnerungen an diese Ereignisse verblasst sind, und dann müsst ihr darauf vorbereitet sein«, und an den Herrscher gewendet füge ich hinzu: „Ihr müsst Leute ausbilden, die kämpfen können und die müssen von der übrigen Arbeit freigestellt sein. Ihr braucht Krieger zur Verteidigung eures Reiches, denn wir werden nicht bleiben.«

Später wiederholen wir vor unserem Gastgeber, dass wir nur eine begrenzte Zeit mit ihm und seinem Volk verbringen würden, wir seien nur gekommen, um mit Hilfe seine Leute gegen die bösen Geister vorzugehen, und wir möchten auch Gespräche mit seinem Volk führen. Das tun Götter nun mal so. Damit ist er sehr einverstanden, wobei er unter »seinem Volk« etwas anderes versteht als wir. Er führt uns nämlich nacheinander zu den Adligen, Höflingen und Beamten. Für ihn ist es völlig unverständlich, dass wir uns auch mit den Bauern und einfachen Handwerkern unterhalten wollen. Die gelten nämlich nichts in ihrem System. Sie sind nur für die Versorgung der Adligen und der Herrscherfamilie da.

Das erweist sich dann aber schwieriger als wir dachten. Die einfachen Leute liegen vor uns im Staub und trauen sich nicht uns anzusehen. Ganz besonders ehrfürchtig werden sie, wenn die Sonne sich in unseren Helmen spiegelt und sie fast blendet. Für sie sind wir Sonnengötter, und nach ihrer Überlieferung ist ihr Herrscher unser direkter Nachkomme. Doch so nach und nach erfahren wir etwas über ihr Sozialsystem und ihr Gemeinwesen.

Der Herrscher ist der direkte Nachfahre des Sonnengottes und vererbt sein Amt auf einen seiner Söhne, nicht unbedingt auf den ältesten. Auch die Priester- und Adligen-Ämter werden vererbt. Bauern und Handwerker müssen ständig für die Herrscherkaste zur Verfügung stehen, unter anderem auch zum Bau der Paläste. Sie betreiben Land- und Viehwirtschaft und produzieren damit Nahrung und Kleidung. Von ihren landwirtschaftlichen Produkten dürfen sie ein Drittel für die eigene Familie behalten, ein weiteres Drittel geht an den Herrscher und seine Familie, das letzte Drittel geht an die Adligen sowie an die Untertanen, die von den Abgaben befreit sind, weil sie spezielle Aufgaben haben, wie zum Beispiel die Diener der Herrscherfamilie oder Verwaltungsbeamte. Ein kleiner Teil davon wird in die Vorratsspeicher für schlechte Tage eingelagert.

Die Gemeinschaft ist autark, die Menschen produzieren alles selbst, was sie benötigen. Es gibt etwa fünfzig solcher Orte wie diesen, die alle in den Hochgebirgstälern liegen und von hier aus verwaltet werden. Wir fragen sie, ob sie denn niemals das Gebirge verlassen und in die tiefer gelegenen Gebiete vordringen, denn dort sei der Boden doch sicher fruchtbarer als hier oben und erfahren, dass fast alle, die das Gebirge schon einmal verlassen haben, nach ihrer Rückkehr krank geworden und die meisten sogar gestorben seien. Also meidet man den Abstieg. Selena erklärt uns später, dass die Menschen in dcn tiefer gelegenen Gegenden durch eine Mücke infiziert wurden, die eine Krankheit ähnlich unserer Malaria überträgt. Diese Mücke kann in den Hochtälern nicht überleben, es ist zu kalt.

Dann kommen wir mit einem alten Mann ins Gespräch, der uns berichtet, dass er vor vielen Jahren mit seinem Bruder von den Bergen herabgestiegen war und es überlebt hatte. Aber er sei nicht auf fruchtbares Land gestoßen, sondern auf eine Wüste, die von Riesen besiedelt gewesen sein müsse. Er und sein Bruder hätten von einer Anhöhe aus auf ungeheuer große Konturen und Vogel- und Tierzeichnungen geblickt, die sich als helle Linien auf dem dunkleren Gesteinsgrund abzeichneten. Die Gegend sei jedoch so heiß und unfruchtbar gewesen, das dort kein Mensch mehr leben könne; die Riesen seien wohl ausgestorben oder fortgezogen. Leider könne sein Bruder das nicht mehr bestätigen, denn er sei vor ein paar Jahren eines natürlichen Todes gestorben.

Im Helm höre ich, wie Viviane »Nasca-Linien« murmelt, »so wurden sie auf der Erde genannt, es waren nach neuesten Erkenntnissen Kultgebiete der Paracas- und Nasca-Kultur, die religiösen Zeremonien dienten.«

Von anderen fremden Stämmen oder Kulturen wissen sie nichts zu berichten, sie sind, bis auf das eine Mal vor ein paar Tagen, mit niemandem in Kontakt gekommen, soweit sie sich erinnern können. Sie kennen keine Kriege und hatten bisher keine Soldaten. Transporte werden mit den Tieren erledigt oder man trägt die Dinge selbst auf dem Rücken. Das Rad haben sie noch nicht erfunden. Es wäre auch auf den steilen Hängen kaum von Nutzen.

Wir verbringen einige Wochen bei dem Volk. Gelegentlich ist Nadine an Stelle von Viviane mit dabei. Aber das merken die Leute nicht, da sich die Anzüge völlig gleichen und ihre Körperformen ähnlich sind.

Dann lernen wir die Steinmetze kennen. Es ist eine kleine Gruppe von Handwerkern, deren Aufgabe darin besteht, wichtige Ereignisse in Bildern auf einer Felswand in einer großen Höhle festzuhalten. Sie meißeln gerade zwei Figuren mit menschlichen Körpern und einem Kreis als Kopf. Um den Kreis herum laufen Sonnenstrahlen. Das sollen natürlich wir sein.

Als wir abends ins Raumschiff zurückkehren, empfängt uns Selena mit der Bemerkung: »Na, seid ihr stolz, so in Stein für Hunderte von Jahren verewigt zu werden? Und in achthundert Jahren wird vielleicht ein etwas verrückter Schriftsteller aus einem kleinen eidgenössischen Land in den Bergen die abstruse Theorie vertreten, dass die Felszeichnungen von euch Bilder von Aliens sind, die das Volk hier besucht haben, und die Linien in der Wüste wird er für Landemarkierungen für unser Raumschiff halten. Und alle werden ihn für einen Spinner halten, den armen Kerl.«

Selenas Stimme trieft vor Mitgefühl. Aber sie muss ja immer maßlos übertreiben.

Zum Abschied zwei Tage später hat sich das gesamte Dorf versammelt. Alle gehen auf die Knie oder liegen auf dem Boden. Die Götter schweben himmelwärts und verschwinden in einer riesigen Kugel, die der Sonne gleicht. So entstehen Legenden.

Zurück im Schiff meldet sich Viviane zu Wort.

»Ich kann mir nicht vorstellen, dass diese Völker die einzigen auf dem Planeten sind. Wir sollten weitere Kontinente nach Leben absuchen. Was haltet ihr davon?«

»Viviane hat recht,« bestätigt Selena, »aber eines ist sicher, ihr werdet keine fortgeschrittene Zivilisation finden, vergleichbar der auf eurer Erde. Ich habe weder Radionoch Funkverkehr ausmachen können. Auch scheint die Elektrizität noch nicht erfunden zu sein.«

Wir beschließen denn doch, weiter zu suchen und den östlich gelegenen Kontinenten einen Besuch abzustatten. Eine Entscheidung, die sich noch als fatal erweisen soll.

Die Heilige Maneta

Der östlich gelegene Kontinent ist tatsächlich relativ dicht besiedelt. Es gibt Dörfer und sogar kleine Städte. Als Baumaterial verwendet man vor allem Holz, aber auch Steine, und man hat bereits den Mörtel erfunden. Die Städte sind befestigt mit Mauern und Wehrgängen. Wir sind offensichtlich im späten Mittelalter unserer Erde angekommen, nur mit dem Unterschied, dass wir einige hundert Lichtjahre von unserem Heimatplaneten entfernt sind. Selena scannt ihre Sprache und ihre Gewohnheiten und überträgt die Datei auf unseren Computer. Damit meint sie natürlich unser Gehirn. Wir wollen möglichst nicht auffallen, daher gehen wir ohne unsere Anzüge hinunter. Das ist möglich, wie Selenas Untersuchungen ergeben haben, denn wir sind mit unseren Viren und Bakterien keine Gefahr für die Leute. Aber wir möchten nicht, dass Viviane mitkommt; sie besitzt nicht unsere schnelle Reaktionsfähigkeit und wir wissen nicht, wie aggressiv die Leute sind. Doch das will Viviane auf keinen Fall.

»Ich habe die Möglichkeit, ein mittelalterliches Leben mitzubekommen, wie es sich wahrscheinlich ähnlich auf der Erde abgespielt hat. Das will ich mir doch nicht entgehen lassen! Außerdem beherrsche ich alle Formen der Selbstverteidigung. So hilflos bin ich nun wirklich nicht!«

Also geben wir nach, verlangen aber, dass sie eine kleine Betäubungspistole in ihrer Kleidung versteckt und ständig in unserer Nähe bleibt. Weil die Waffe möglichst klein sein soll, hat sie nur eine geringe Reichweite und auch die Betäubung hält nur wenige Minuten an.

Wir lassen uns von Selena in der ortsüblichen Mode einkleiden und mit ein paar Goldstücken versorgen, die als Zahlungsmittel gelten sollen. Dann setzt sie uns in einem Waldstück nahe der Stadt ab.

Nach einem kurzen Fußmarsch erreichen wir einen breiten Sandweg. Hin und wieder zuckelt ein Karren vorbei, der von einem Tier gezogen wird, das Ähnlichkeit mit einem Ochsen der Erde hat. Alle sind auf dem Weg in die Stadt. Dann überholt uns ein Wagen, der sich in Größe und Ausstattung deutlich von den anderen unterscheidet. Er wird auch von zwei statt einem Tier gezogen. Auf dem Bock sitzt ein älterer Mann mit langen grauen Haaren und einer gewaltigen Nase. Die Augen sind versteckt unter einem grauen Schlapphut mit einer großen Feder. Er trägt einen farbenfrohen Umhang, unter dem blaue Beinkleider hervorschauen. Seine Kleidung lässt vermuten, dass er zu der wohlhabenden Klasse gehört. Der Mann mustert uns interessiert und wir sprechen ihn an.

Er kommt von weit her, um in der Stadt Tücher und Stoffe in bunten Farben auf dem »Fremdenmarkt« zu verkaufen. Diesen gibt es nur zweimal im Jahr und er unterscheidet sich von dem gewöhnlichen wöchentlichen Markttag dadurch, dass an diesem Tag überwiegend Händler aus entfernteren Landesteilen Sachen verkaufen, die man sonst nicht kaufen kann. Dazu gehören Waffen wie Zierschwerter und -dolche, Haushaltsgegenstände und Sanitärgeräte, Bestecke, Schmuck, Kunstgegenstände und natürlich Tücher in bunten Farben. Aber auch Einheimische nutzen diesen Tag, um selbst hergestellte Waren unter die Leute zu bringen. Lediglich Obst, Gemüse, Brot und Fleisch werden an diesem Tag nicht verkauft, dafür sind die »normalen« Markttage da.

Ich will wissen, was er denn hofft als Erlös zu erzielen, wenn er alle seine Waren verkauft bekommt, und biete ihm an, sie ihm abzunehmen, aber nur, wenn er uns auch Tiere und Karren verkauft. Er nennt mir einen Preis und ich willige ein. Dann zeige ich ihm ein paar von Selenas Goldstücken und er reißt die Augen auf, denn Goldstücke von solch hohem Wert hat er noch nie gesehen. Selena hat also wieder einmal gewaltig übertrieben und Goldstücke vom dem höchsten Wert hergestellt, der hier möglich ist. Mit sieben dieser Münzen ist der Kauf perfekt, und der Händler ist glücklich, denn er kann sich die Arbeit von mehreren Tagen sparen. Dann bitten wir ihn noch, uns ein Goldstück in kleinere Münzen zu wechseln, aber er bedauert. So viele Münzen hätte er nicht, aber, wenn wir ihn in die Stadt mitnehmen und ihm dort ein Gefährt für den Rückweg kaufen würden, dann könnte er uns alle seine Münzen geben. Doch wir finden einen anderen Weg. Wir werden ihn bis in eine Herberge mitnehmen, dort die Waren deponieren, und dann wird er sein Gespann zurückerhalten. Daraufhin wechseln eine Menge kleinerer und größerer Münzen den Besitzer.

»Was willst du mit den Münzen?«, will Nadine wissen.

»Warte ab, du wirst es gleich sehen.«

Zu viert drängeln wir uns auf dem Bock des Wagens. Die Tiere ziehen uns über eine Anhöhe und wir blicken von oben auf die Stadt und ihre Umgebung. Die Gebäude werden von einer Mauer umgrenzt, die von Wehrtürmen unterbrochen ist. Die gesamte Anlage hat einen Durchmesser von zirka eineinhalb Kilometern und liegt auf einem kleinen Hügel oberhalb eines Flusses. Außerhalb der Stadtmauern liegen verstreut einzelne Gehöfte, die von Äckern umgeben sind und Wiesen, auf denen Tiere weiden. Es gibt nur zwei Tore, eines auf unserer Seite, der Weg führt geradewegs darauf zu. Ein zweites Tor öffnet sich zum Fluss hin, der von der Stadt durch eine etwa 500 Meter breite, baumlose Wiese getrennt ist. Am Fluss sehen wir eine Gruppe von Frauen, die dort Wäsche waschen und Tücher auf der Wiese zum Trocknen ausgebreitet haben. Das Wasser wälzt sich träge auf einer Breite von etwa fünfzig Metern vorbei, das Gewässer hat nur wenig Gefälle. Am Ufer sind einige kleinere Boote für höchstens fünf bis sechs Personen befestigt. Obwohl es ein warmer Sommertag ist, befindet sich niemand im Wasser; im Fluss zu baden scheint nicht üblich zu sein.

Am Stadttor müssen wir anhalten. Wir werden von den Torwächtern nach dem Woher und Wohin gefragt und müssen einen Zoll bezahlen, um in die Stadt zu gelangen. Wir finden auch schnell eine Unterkunft, dort deponieren wir unsere Waren, und der Wirt bietet uns gegen Bezahlung an, die Waren von seinem kräftigen Sohn bewachen zu lassen.

Ich wende mich an Nadine.

»Selena hat wirklich maßlos übertrieben mit ihren Goldstücken. Die Kosten für den Zoll und die Herberge machen nur einen winzigen Bruchteil des Wertes eines Goldstückes aus. Man hätte uns nicht wechseln können oder wollen, und wir wären restlos übers Ohr gehauen worden.«

Dann machen wir uns auf, die Stadt zu erkunden.

Das Erste, was uns auffällt, ist der entsetzliche Gestank. Die Leute entleeren ihre Urintöpfe auf die Straße. In engen Gassen muss man aufpassen, dass man nicht eine Dusche abbekommt. Je weiter wir zum Marktplatz kommen, desto breiter werden die Straßen und umso sauberer wird es. Hier wohnen die Reichen, die hinter den Häusern ihre Gärten haben. Damit ist der Ort im Zentrum großzügiger angelegt als mittelalterliche Städte der Erde. Auf unserem Weg durch die Stadt werden wir angestarrt, man erkennt uns als Fremde und etliche wollen wissen, wo wir herkommen und wer wir sind. Wir erzählen, dass ich Tuchhändler bin, der mit seiner Frau und Schwägerin zum morgigen Markt in die Stadt gekommen ist. Nadine und Viviane fallen ganz besonders auf. Man findet sie furchtbar dürr. Die Frauen hier sind eher füllig und oft etwas grobschlächtig. Und viele wundern sich: Wie kann ein offensichtlich wohlhabender Händler seine Frauen so verhungern lassen?

Auf dem Marktplatz sind schon Tische und Stände aufgebaut, aber noch leer. Die kann man für den Markttag mieten. Wir nutzen die Gelegenheit und mieten einen langen Holztisch mit Dach. Dazu müssen wir in die Bür-

germeisterei; das ist eines der zwei größeren Gebäude.
Wir entrichten unseren Obolus für den Marktstand und
haben beim Hinausgehen das zweite große Gebäude vor
Augen. Das sieht aus wie eine Kirche, hat aber auf dem
Dach kein Kreuz, sondern einen Kreis. Wir verwickeln
etliche Leute in ein Gespräch, denn wir wollen etwas
über ihre Religion erfahren.

Ihre Religion ist eine Mischung aus Islam und Chris-
tentum. Es gibt einen Propheten, der von den Menschen
seiner Zeit getötet wurde, aber nicht durch Nageln an ein
Kreuz, er wurde auf ein Rad gespannt, also gerädert.
Daher bekreuzigen sich die Gläubigen nicht, sondern
machen das Zeichen eines Kreises auf ihrer Brust. Der
Prophet war auch kein Sohn ihres Gottes, sondern eher
ein Gelehrter, aber seine Mutter wird ähnlich verehrt, wie
Maria, die Mutter Jesu auf der Erde. Sie haben, genau wie
die katholische Kirche der Erde, ihre Heiligen, und sie
haben das Böse personifiziert, es gibt in ihren Vorstellungen Hexen und Teufel.

In der Kirche lernen wir einen jungen Mann kennen,
etwa 18 bis 20 Jahre alt. Er erklärt uns die verschiedenen
Bedeutungen der dort aufgestellten Figuren. Auf einem
Sockel steht eine lebensgroße, aus Holz geschnitzte Frau-
enfigur mit einem weiten blauen Umhang und einem
blauen Tuch um den Kopf. Das sei die »Heilige Maneta«,
die Schutzpatronin der Stadt. Dann erzählt er uns noch,
dass er bei dem Priester der Stadt in die Lehre gehe, denn
er wolle Priester werden.

»Aber nicht so einer wie der jetzige«, flüstert er uns
zu, »der zieht nur den Leuten das Geld aus der Tasche

und behält es für sich. Er hat die Spenden für die Armen der letzten drei Jahre dafür verwendet, sein privates Hausdach zu erneuern. Ich dagegen möchte etwas für die Armen und Besitzlosen dieser Stadt tun. Eigentlich komme ich aus reichem Hause, aber als mein Vater mitbekam, dass ich das Geld unter die Armen verteilt hatte, hat er mich rausgeschmissen und enterbt. Jetzt habe ich selbst nichts mehr und kann nicht einmal die Lehre beim Pfarrer bezahlen.«

Der Junge tut uns leid und wir geben ihm einen von Selenas Goldstücken. Damit soll er seine Ausbildung bezahlen. Er strahlt vor Dankbarkeit, fällt vor uns auf die Knie und will uns gar nicht wieder gehen lassen.

»Danke nicht uns, danke der Heiligen Maneta, denn du stehst unter ihrem besonderen Schutz.«

Viviane meint, sie müsse wohl etwas für sein Selbstbewusstsein tun.

Zurück in unserer Herberge ist der Schankraum brechend voll und es herrscht ein gewaltiger Lärm. An den klobigen Holztischen sitzen die Leute und haben Krüge mit einem Getränk vor sich stehen, das wir bald als Bier identifizieren. Viele davon sind Händler, die genau wie wir ihre Waren am kommenden Markttag verkaufen wollen. Wir finden einen Tisch, an dem noch Plätze frei sind und fragen, ob wir uns dazu setzen dürfen. Die Männer machen uns bereitwillig Platz, rücken zusammen und werfen begehrliche Blicke auf Nadine und Viviane. Wir schauen uns um: Die meisten Gäste sind Männer, aber es gibt auch etliche junge Mädchen und Frauen.

Die Bedienungen zwei junge Frauen, die Töchter des Wirtes, werden ständig von den Männern angemacht, man patscht ihnen auf den Hintern und einige Männer nutzen es aus, wenn die Mädchen beide Hände voller Bierkrüge haben und greifen ihnen unter den Rock, was gelegentlich mit einem Tritt von Seiten der beiden Mädchen zwischen die Beine der Gäste geahndet wird, begleitet von grölendem Gelächter der Umsitzenden. Etliche sind stark angetrunken. Am Nebentisch hockt eine junge Frau auf dem Schoß eines Gastes, ihre Bluse ist offen und zwischen ihren üppigen Brüsten schaut nur der Hinterkopf des Mannes mit seinen schmierigen langen Haaren hervor. Weiter hinten am Ende des langen Tisches kreischt eine junge Frau, die sich von drei Männern abwechselnd betatschen lässt. Es sind überwiegend die wohlhabenden Händler, an die sich die Frauen und Mädchen heranmachen. Hin und wieder verschwindet ein Pärchen durch die Tür, die zu den Gästezimmern in der ersten Etage führt, wobei die Männer bereits so betrunken sind, dass sie von den Frauen gestützt werden müssen. Einige Männer schaffen es nicht einmal mehr bis zur Tür, gleiten aus den Armen ihrer Begleiterinnen auf den Boden, wo sie bewusstlos liegen bleiben. Die Mädchen durchsuchen dann deren Taschen und nehmen ein paar von den gefundenen Münzen als ihren Liebeslohn, die restlichen Münzen stecken sie zurück und wenden sich dann einem neuen potenziellen Geldgeber zu.

Uns wird klar, dass die anwesenden Frauen Marketenderinnen sind, also mittelalterliche Prostituierte, die sich den wohlhabenden Händlern anbieten.

Dann geht die Tür auf und herein stolpert eine Gruppe angetrunkener Landsknechte, die sich sofort am Tresen breitmachen und grölend nach Bier verlangen. Nachdem sie den ersten Krug in einem Zug geleert haben, schauen sie sich um. Dabei fallen ihre glasigen Blicke auf Nadine und Viviane. Einer der Soldaten geht mit lüsternem Blick auf die beiden zu. Hinter Viviane, die mit ihrem Rücken zu ihm auf der Bank sitzt, bleibt er schwankend stehen.

»Ey, du dürres Hemd, wird Zeit, dass du mal was Ordentliches in deinen Bauch kriegst, so verhungert wie du aussiehst«, damit will er ihr von hinten unter das Kleid greifen. Viviane ist aufgestanden, dreht sich blitzschnell um, ergreift seinen Arm und wirbelt ihn herum, so dass er über ihren gebückten Rücken eine Rolle auf den Boden macht, wo er wie ein Käfer auf dem Rücken zappelnd liegen bleibt. Die Männer, die mit uns am langen Tisch sitzen, klatschen spontan Beifall. Doch den übrigen vier Landsknechten gefällt das gar nicht. Sie kommen torkelnd auf uns zu. Auch Nadine und ich sind nun aufgestanden und nehmen sie in Empfang. Ehe sie sich versehen, liegen auch sie auf dem Boden, haben dabei aber eine der langen Bänken samt den darauf Sitzenden umgerissen. Das wiederum lassen sich diese nicht gefallen und stürzen sich auf die am Boden Liegenden. Immer mehr Gäste kommen hinzu und im Nu ist eine herrliche Prügelei im Gange. Nadine bewegt sich für die Angreifer wie im Zeitraffer und verteilt Ohrfeigen, die die Leute buchstäblich umhauen, und Viviane legt die Gegner reihen-

weise mit Judo- und weiteren Selbstverteidigungsgriffen
flach.

Später liegen alle erschöpft auf dem Boden. Die Mädchen und Frauen, die hinter dem Tresen in Deckung gegangen waren, trauen sich nun wieder hervor und versorgen die Männer mit frischem Bier und kühlen ihre Beulen und blauen Flecken mit nassen Tüchern. Zwischen den Leuten bewegt sich, flink wie ein Wiesel, ein kleiner dicker und glatzköpfiger Mann und sammelt Geld ein. Es ist der Wirt, der für die Schäden am Mobiliar von jedem einen Obolus verlangt. Die Leute, soweit sie wieder bei Bewusstsein sind, zahlen anstandslos, den anderen nimmt der Wirt die Münzen einfach aus der Tasche. Auch wir geben ihm eine beträchtliche Summe. Er strahlt.

»Ihr drei dürft öfter kommen, so eine schöne Prügelei hatten wir schon lange nicht mehr. Und erst ihr beiden Frauen: Ihr seid ja echt der Hammer, so etwas habe ich noch nie gesehen.«

Dann verabschieden wir uns auf unser Zimmer.

Am nächsten Morgen sind wir früh auf und bauen unseren Stand auf dem Markt auf. Es gibt hier nicht nur Verkaufsstände, auch Zirkuskünstler, Feuerschlucker, Jonglierer, Stelzenläufer und andere Artisten bereiten sich auf ihren Auftritt vor. Und die »Frau ohne Unterleib« ersteht noch schnell bei uns Stoff für einen neuen Rock (!), bevor sie zu ihrem Zelt muss.

Auch wir haben noch etwas Zeit und kommen mit der Frau vom Nachbarstand ins Gespräch. Sie ist eine füllige ältere Matrone, die überglücklich ist, uns den neuesten Klatsch erzählen zu können.

»Wisst ihr schon? Der Hexenjäger ist in der Stadt. Er ist vor zwei Tagen mit dreißig bewaffneten Knechten angekommen, und alle haben Angst vor diesen groben Gesellen, und sie haben auch schon ein Opfer gefunden. Das ist das Hausmädchen Sila der Witwe Garga. Die Witwe Garga wird von allen so genannt, weil ihr erster Mann früh gestorben ist. Er hat ihr ein beträchtliches Vermögen hinterlassen, und sie hat sich von dem Geld einen jungen Mann gekauft, den sie dann geheiratet hat. Und die Dienstmagd hat ihren Mann verhext. Er hat sich in sie verliebt und ist ihr hörig.«

Sie schaut sich nach links und rechts um und bedeutet uns, ganz dicht an sie heranzukommen. Mit verschwörerischer und vor Aufregung zitternder Stimme flüstert sie uns zu.

»Ich erzähl' euch was, das habe ich aus erster Hand von der Nachbarin erfahren und die hat es von der Garga selbst: Eines Nachts wachte die Witwe von einem Gewitter auf und fand das Bett ihres Mannes neben sich leer. Dann hörte sie Geräusche aus dem Zimmer des Mädchens. Sie schlich zur Kammertür und lugte durch das Schlüsselloch. Und stellt euch vor, als der Blitz das Zimmer erhellte, sah sie, wie die Magd nackt auf dem Teufel ritt.«

»Hat sie denn auch den Teufel gesehen?«, will ich wissen.

»Nein, den konnte sie nicht sehen, sie hat ihn aber grunzen gehört.«

»Könnte der Teufel nicht vielleicht ihr Ehemann gewesen sein?« wendet Nadine ein.

»Nein, das ist unmöglich, er war ja gar nicht da. Außerdem, nur Hexen reiten den Teufel. Eine Frau würde doch niemals einen Mann reiten«, empört sie sich.

Viviane kann sich das Lachen nicht verkneifen.

»Die haben hier schon eine seltsame Logik.«

»Und was geschieht nun?«, frage ich.

»Ihr wird der Prozess gemacht. Der Hexenjäger wird entscheiden.«

»Und der Mann der Witwe Garga?«

»Der Hexenjäger hat bei ihm eine Teufelsaustreibung durchgeführt, die die Witwe Garga bezahlt hat. Nun ist er geheilt.«

Es dauert keine drei Stunden, da haben wir alle Stoffe verkauft. Die Frauen der Stadt reißen uns die Tücher aus den Händen und Nadine meint, dass wir den Preis wohl etwas zu niedrig angesetzt hätten. Wir packen unsere Sachen zusammen und schlendern über den Markt. Wir kommen an unserer »Dame ohne Unterleib« vorbei, die außerordentlich gelenkig ist und uns fröhlich zuwinkt. Um einen anderen Stand hat sich eine Traube von Menschen gebildet. Wir drängeln uns hinzu.

Ein Mann preist sein Gerät an, das den Menschen Krankheiten, böse Geister und Teufel gegen Geld austreibt. Das ist natürlich hochaktuell, wo doch der Hexenjäger in der Stadt ist, und alle wollen ihr Geld loswerden. Das Gerät besteht oben aus einer metallischen Hohlkugel, unter der ein Lederband von unten auf zwei Rollen hindurchläuft. Das Band wird von einer Kurbel angetrieben. Wer bezahlt hat, darf kurbeln und dann die Kugel kurz berühren. Die Leute durchfährt ein heftiges Zucken und sämtliche Haare stehen zu Berge, einige brechen auch zusammen, aber erholen sich schnell wieder. Manchmal springen auch Funken von der Kugel auf die Hand über. Die Menschen sind zutiefst beeindruckt.

Wir drei schmunzeln: Der Mann hat die Elektrizität entdeckt, aber weiß es noch nicht. Das, was er da vorführt, ist ein Bandgenerator.

Am nächsten Morgen werden wir von dem Lärm der Trommeln geweckt. Wir ziehen uns hastig an und laufen zusammen mit allen anderen Gästen und den Wirtsleuten auf die Straße. Der Musikantenzug der Stadt, der ausschließlich aus Trommlern besteht, zieht vorbei. Hinter ihm folgt eine Reihe von Würdenträgern, darunter der Bürgermeister, ein beleibter Mann mit glänzendem Gesicht, das von roten Adern durchzogen ist. Er trägt einen prachtvollen Rock und um seinen Hals eine Kette mit Insignien seines Amtes. Neben ihm schreitet ein großer hagerer Mann mit einem Spitzhut. Unter seinen buschigen Augenbrauen schauen stechende Augen hervor, die eine gewaltige, gekrümmte Nase einrahmen. Er ist in schwarze Tücher gekleidet und um seine dürren Hüften windet sich ein mit Edelsteinen, Gold und Silber beschlagener breiter Ledergürtel. Seine Beine stecken in hohen Stulpen; er entspricht für uns eher dem Klischee eines Hexenmeisters als dem des Hexenjägers und Inquisitors. Er ist aber der Hexenjäger, wie uns von den Umstehenden bestätigt wird. Dann folgt ein Leiterwagen, der von einem Tier gezogen und von dreißig bewaffneten Söldnern begleitet wird. Auf dem Wagen hockt ein dürftig bekleidetes junges Mädchen in einem zerfetzten Leinenhemd, das an Armen und Beinen gefesselt ist. Ihre Haut ist von Striemen und Wunden bedeckt und ihre Augen geschwollen. Sie ist offensichtlich gefoltert worden. Trotzdem erkennt man aber, dass sie ungewöhnlich attraktiv ist, jedenfalls nach unserem Geschmack. Das muss das Hausmädchen Sila sein.

»Was geschieht mit ihr?«, fragt Viviane einen der Umstehenden.

»Sie wird zur Hexenprobe geführt. Kommt mit, ihr werdet es sehen.«

Während wir uns dem Zug anschließen, wollen wir wissen, was die Hexenprobe ist. Wir werden aufgeklärt.

»Wir gehen jetzt durchs westliche Stadttor hinunter zum Fluss. Dort wird die Hexe an Händen und Füßen gefesselt ins Wasser geworfen werden, und wenn sie nicht untergeht, ist das der Beweis dafür, dass sie eine Hexe ist. Denn Hexen schwimmen auf dem Wasser.«

»Und wenn sie untergeht«, will ich wissen.

»Dann war sie keine Hexe. Ist doch klar.«

»Aber dann ist sie tot! Was hat sie dann davon, keine Hexe zu sein?«

»Sie wird den Leuten in guter Erinnerung bleiben, und die Menschen können wieder beruhigt schlafen, weil sie keine Hexe in der Nachbarschaft hatten.«

»Na, toll!«, bemerken Nadine und Viviane trocken.

Am Fluss hat sich eine große Menschenmenge zusammengefunden; alle Einwohner der Stadt sind versammelt. Dann kommen die Söldner mit dem Leiterwagen an. Alles drängelt nach vorn, Richtung Wagen. Jeder will die Hexe von Nahem sehen, ganz besonders die Männer. Auch diese Gesellschaft ist, wie damals die auf der Erde, sehr prüde und bigott. Nackte oder halbnackte Frauen und Mädchen sieht man selten, und hier kann nun jeder ein fast nacktes Mädchen zu Gesicht bekommen. Wir beobachten, wie die Männer sich an dem Anblick aufgeilen.

Dann wird das Mädchen in ein Boot getragen und fünf Landsknechte rudern sie in die Mitte des Flusses. Aus den Augenwinkeln nehme ich wahr, wie Nadine einem der Umstehenden ein Messer aus dem Gürtel reißt, aus dem größten Teil ihrer Kleider schlüpft und im selben Moment, in dem das Mädchen ins Wasser geworfen wird, mit einem Kopfsprung ins Wasser hechtet. Ich mache es ihr nach und bin kurz darauf wenige Meter hinter ihr. Wir kraulen enorm schnell und ich rufe ihr zu:

»Kümmere dich um das Mädchen, ich übernehme die Leute im Boot!«

Die fünf Männer richten ihre Bajonette zu mir hin aus. Sie haben zwar Gewehre, aber das sind einfache Vorderlader, die nur einen Schuss haben, und für das Nachladen brauchen sie mindestens eine halbe Minute. Als die ersten Schüsse losgehen, tauchen wir ab; Nadine, um das untergegangene Mädchen zu erreichen, ich, um unter dem Boot hindurchzutauchen und auf der anderen Seite hochzukommen. Die Soldaten stehen alle mit dem

Rücken zu mir und beobachten das Wasser auf der anderen Seite, daher hat das Boot schon eine starke Schlagseite. Es macht mir keine Mühe, das Boot anzuheben und umzukippen, so dass alle fünf ins Wasser fallen. Die Männer können nicht schwimmen, niemand kann hier schwimmen, aber das ist mir jetzt egal. Sie schaffen es aber, sich am gekenterten Boot festzuhalten. Nadine hat inzwischen das Mädchen zu fassen bekommen, seine Fesseln durchgeschnitten und schleppt es im Rettungsgriff zum Ufer. Auch ich schwimme zurück zum Land.

Als Nadine das Wasser verlassen will, weichen alle zurück, nur ein Mann stößt die Leute mit aller Gewalt zur Seite, eilt auf sie zu und nimmt ihr das Mädchen ab. Das muss der Mann der Witwe Garga sein, die offensichtlich ihr Geld für die »Teufelsaustreibung« umsonst ausgegeben hat. Auch Viviane steht am Ufer bereit. Es herrscht ein ziemliches Durcheinander; keiner weiß so recht, was er von dem Geschehen halten soll. Dann dröhnt die Stimme des Hexenjägers über alle Köpfe hinweg.

»Schnappt sie! Ihr habt gesehen, sie können übers Wasser gleiten. Sie ist eine Hexe und er der Hexer.«

Ich habe inzwischen auch das Ufer erreicht, als die Meute über uns herfällt und schnell Verstärkung von den fünfundzwanzig Söldnern bekommt. Ich sehe noch, wie ein Teil der Männer, die sich noch vor kurzem an dem Mädchen aufgeilten und sich nun über sie hermachen wollen, von Viviane reihenweise matt gesetzt wird und sich vor Schmerzen in ihren Genitalien krümmen. Auch um Nadine und mich herum fliegen die Menschen durch die Gegend; der Adrenalinausstoß tut seine Wirkung. Ich kann noch Viviane zurufen, dass sie das Mädchen in Sicherheit bringen soll, als mich ein schwerer Gegenstand von hinten am Kopf trifft und ich das Bewusstsein verliere.

Als ich wieder aufwache, bin ich mit schweren eisernen Ketten an Händen und Füßen an eine Wand gekettet, liege auf einem kalten Steinboden und habe starke Kopfschmerzen. Etwas weiter weg liegt Nadine, ebenfalls angekettet, sie ist wach.

»Was ist mit Viviane«, ist meine erste besorgte Frage.

»Sie konnte entkommen, zusammen mit dem Mädchen und deren Liebhaber. Sie haben sich alle auf uns gestürzt, als sie merkten, mit was für einem Gegner sie es zu tun hatten.«

Ich zerre an meinen Ketten.

»Das habe ich auch schon versucht. Die sind zu stabil. Auch aus der Wand bekomme ich sie nicht. Sie brauchten übrigens alle fünfundzwanzig Mann, um mich hier herein zu schleppen.«

»Was ist mit den anderen, die am Boot?«

»Die wurden erst nach einer Stunde gerettet. Sie waren völlig erschöpft, denn sie konnten nicht schwimmen und die schwere Kleidung hat sie hinuntergezogen, sie trugen ja teilweise Metallpanzer. Ein oder zwei sind wohl ertrunken.«

»Nun gut, ich weine denen keine Träne nach. Weißt du, was sie vorhaben und wie sehen unsere Chancen aus?«

»Wir werden wohl erst einmal nichts unternehmen können. Die wissen, welche Kräfte wir haben und werden kein Risiko eingehen. Ich hoffe aber auf Viviane. Sie wird etwas unternehmen.«

Einen Tag lang liegen wir im Verlies, als von der Tür her Lärm kommt. Sie geht quietschend auf und zwanzig schwer bewaffnete Männer drängen in den Raum. Sie umringen Nadine, während einer die schweren Schlösser aufschließt. Dann wird sie fortgeführt und es ist wieder Ruhe. Ich mache mir Sorgen, man wird sie foltern, schon aus Rache. Sie dazu zwingen, zu bekennen, dass sie eine Hexe ist, wäre lächerlich. So ein Bekenntnis würde ihr sowieso nichts bedeuten. Die Stunden vergehen und ich werde immer unruhiger.

Dann geht die Tür erneut auf, und ich werde ebenfalls von mindestens zwanzig Söldnern in eine Kammer geschleppt, die nur von ein paar Fackeln erleuchtet wird. Der Raum ist voller mittelalterlicher Foltergeräte. An einem sehe ich Nadine angekettet. Sie ist nackt und blutet aus etlichen Wunden am Körper, man hat ihr ein großes Brandmal auf die Brust gebrannt. Es riecht nach verkohltem Fleisch. In der Mitte des Raumes steht neben einem Folterknecht der Hexenjäger. Er hat sich persönlich hierher begeben, um sich an unserer Folter zu weiden. Voller Hass betrachtet er mich.

»Denke nicht, dass ich von dir ein Geständnis erpressen will, das brauche ich nicht. Ich weiß, dass du ein Hexer bist. Aber du und deine Hexe, ihr habt fünf meiner Leute mit Krankheit und Tod geschlagen, sie haben hohes Fieber und können sich kaum bewegen, und etliche

Stadtbewohner habt ihr blutig geschlagen. Das bleibt nicht ungesühnt. Ich will dich schreien hören.«

Die überlebenden Söldner haben sich offenbar durch den langen Aufenthalt im Wasser stark erkältet.

Mir werden die restlichen Kleidungsstücke vom Leib gerissen, ich werde auf eine Streckbank gekettet, und der Folterknecht dreht am Rad, so dass ich zwar noch keinen Zug verspüre, aber mich nicht mehr bewegen kann. Nachdem man sich versichert hat, dass ich fest angekettet bin, verlässt die Söldnergruppe den Raum. Zurück bleiben der Inquisitor und sein Folterknecht. Der brennt mir ein glühendes kreisförmiges Eisen auf die Brust. Der Schmerz ist fast unerträglich, aber ich gebe keinen Laut von mir. Dann schlägt er mit einer Peitsche auf meinen nackten Körper. Die Haut platzt an mehreren Stellen auf und Blut läuft über meine Brust. Nun legt er mir Daumenschrauben an. Er dreht, und die ersten Blutstropfen quellen aus dem Gerät. Ich kann nicht anders und fange an zu wimmern. Nadine hat sich abgewandt, sie kann den Anblick nicht ertragen. Der Inquisitor weidet sich sichtlich an meinen Schmerzen und fordert seinen Folterknecht nun auf, die Streckbank zu betätigen. Der ist gerade dazu übergegangen, das Rad der Streckbank zu drehen, als von außen gegen die Tür gedonnert wird.

»Aufmachen! Hier ist der Bürgermeister!«

Die Tür geht auf und in den Raum drängeln sich eine Menge Leute, angeführt von –

DER HEILIGEN MANETA.

Sie sieht exakt so aus wie die Figur in der Kirche, sogar die Holzmaserungen im Gesicht sind täuschend echt, nur ist sie lebendig. Sie hebt ihren Arm mit dem Umhang und zeigt auf den Hexenjäger.

»Das ist der wahre Hexer und Zauberer! Ergreift ihn!«

Es ist Vivianes Stimme.

Der Mann will etwas sagen, aber sie herrscht ihn an.

»Schweig, du Wurm! Nieder mit dir in den Staub!«

Aus ihrer ausgestreckten Hand schießt ein Lichtstrahl hervor und der Hexenjäger fällt zu Boden. Die Menschen um sie herum machen das Zeichen des Kreises auf ihrer Brust und knien vor ihr nieder.

Der Mann kommt wieder zu sich, er ist nur betäubt worden.

»Kniet nicht vor mir, nehmt den Teufel gefangen!«

Das lassen sie sich nicht zweimal sagen. Sie stürzen sich auf ihn und legen ihn mit Freuden in Ketten. Denn alle hatten sie Angst vor ihm und seinen gewalttätigen Gesellen. Auch sein Folterknecht ist auf den Boden gesunken und winselt um Gnade, aber Viviane beachtet ihn nicht.

Sie befiehlt, uns von den Ketten zu lösen und freizulassen, denn wir seien keine Hexen, sondern nur ein harmloser Tuchhändler und seine Frau.

Dann eilen Frauen herbei, die uns mit sauberen Tüchern bedecken und unsere Wunden kühlen. Wir werden von den Leuten aus dem Verlies getragen, welches hinter uns sorgfältig verschlossen wird.

Als wir aus dem Gebäude herauskommen, hat sich draußen die gesamte Bevölkerung des Ortes versammelt; das Wunder hatte sich in Windeseile herumgesprochen. Die Masse der Menschen sinkt vor Viviane auf die Knie, als sie aus dem Portal tritt. Mit lauter Stimme, die sogar einen Hall-Effekt hat, spricht sie zu den Menschen.

»Ich werde jetzt wieder meinen Platz in eurer Kirche einnehmen, denn ich bin erschöpft. Aber ich fordere euch auf, noch eines zu tun: Fangt alle Söldner des wahren Hexers ein, zieht sie bis auf die Unterkleider aus und jagt sie und ihren Anführer dann mit Schimpf und Schande aus der Stadt. Und lasst nie wieder zu, dass einer die Stadt betritt, der sich als Hexenjäger ausgibt. Es ist immer der Teufel.«

Die Menschen geloben es. Viviane geht nun gemessenen Schrittes zur Kirche, dabei fällt ihr Blick auf einen jungen Mann.

»Steh auf und komm zu mir. Ich weiß, dass du gern etwas für die Armen und Waisen der Stadt tun möchtest, und du brauchst keine Lehre als Priester, du bist jetzt schon besser als der, den ich vorhin bestraft habe. Hier, nimm diesen Beutel mit Goldstücken und lasse mit dem Geld ein großes Haus bauen, in dem die Bedürftigen, die Waisen und die Frauen, die von ihren Männern geschlagen werden, Zuflucht finden. Und du sollst dieses Haus leiten, so lange es dir möglich ist und danach einen würdigen Nachfolger bestimmen.«

Damit steckt sie ihm den Beutel mit dem Geld zu, das wir auf dem Markt verdient haben und dazu noch etliche von Selenas wertvollen Goldstücken. Es geht ein Raunen durch die Masse der Menschen, und als der junge Mann in die Menge zurückkehrt, machen ihm die Stadtbewohner ehrfürchtig Platz und knien auch vor ihm nieder. Er ist überglücklich, geht doch ein Lebenstraum in Erfüllung, und Viviane hat das Bild von der allwissenden Heiligen gefestigt.

Dann schreitet sie die Stufen zum Portal der Kirche hinauf, öffnet es und dreht sich ein letztes Mal zur Menge hin, um zu verkünden, dass sie jetzt Ruhe brauche und keiner die Kirche vor heute Abend betreten dürfe. Dann verschwindet sie im Gotteshaus.

Wir haben uns inzwischen auch wieder so weit erholt, dass wir selbst gehen können. Man bringt uns einen Karren mit Zugtier, der mit weichen Stoffen ausgepolstert ist, der Bürgermeister hat ihn uns persönlich zur Verfügung gestellt, und wir entfernen uns aus der Stadt. Weit weg, in einem Waldstück, nimmt uns das Raumschiff an Bord. Selena empfängt uns.

»Ich habe mir Sorgen gemacht, nachdem mir Viviane berichtet hat, was passiert ist.«
Ein Computer macht sich Sorgen? Wir fallen vom Glauben ab! Sie fährt fort.

»Ich habe mich an die Zeit vor über fünfhundert Jahren erinnert gefühlt, als ich fast auf die gleiche Weise meine erste Besatzung verlor. Und dann seid ihr auch noch schwer verletzt worden! Aber das bekomme ich wieder hin. Ich habe ja schon weitaus schwerere Wunden bei euch beiden behandeln können. In ein paar Tagen wird man nichts mehr davon sehen.«

Wenig später ist auch Viviane zurück.

»Ich musste mich noch um das Mädchen Sila kümmern. Ich hatte sie ins Schiff gebracht und Selena hat ihre Wunden behandelt und sie dann draußen im Wald abgesetzt, wo auch ihr Liebhaber auf sie wartete. Sie hat keine

Erinnerung daran, und ihren Freund hat Selena solange in einen Tiefschlaf versetzt. Aber sie hat sich natürlich gewundert, dass ihre Wunden schon fast verheilt waren, und ich habe sie glauben lassen, dass die Schutzpatronin der Stadt ein Wunder an ihr vollbracht hat. Dann habe ich den beiden noch einen Rest von unseren Goldstücken gegeben. Damit werden sie allein zurechtkommen.«

»Nun erzähl aber, Viviane«, drängeln wir, denn unsere Behandlung durch Selena kann warten. Wir wollen alles genau wissen, und Nadine fügt hinzu:

»Also, was du da abgezogen hast, war echt bühnenreif, du hast wirklich schauspielerisches Talent.«

»Ja, ich habe schon in meiner Schulzeit immer gern an Aufführungen teilgenommen, und im Krippenspiel war ich jahrelang der Engel, der den Hirten auf dem Felde die Geburt Jesu verkündet hat.

Aber nun zu der ganzen Geschichte:

Ich habe es geradezu genossen, dass etliche der männlichen Bewohner über mich herfielen, denn es waren vor allem die, die sich vorher noch an dem halbnackten Mädchen aufgegeilt hatten. Gegen meine Karate- und Jiu-Jitsu-Griffe hatten sie keine Chance. Binnen kurzem lagen sie auf dem Boden und hielten sich ihre verletzten und schmerzenden Geschlechtsteile. Den Strahler wollte ich nicht einsetzen – der hätte den Mann und das Mädchen so verschreckt, dass sie vor mir geflohen wären. Dann hörte ich deinen Ruf, das Mädchen in Sicherheit zu bringen und sah, wie du zu Boden gingst. Also rannten wir drei davon. Keiner folgte uns, denn alles konzentrierte sich auf euch beide, und wir erreichten daher unbehelligt ein Waldstück, wo Selena uns aufnahm und den Mann in Tiefschlaf versetzte.

Während Selena Silas Verletzungen behandelte, kam mir die Idee mit der Heiligen Maneta. Ich erinnerte mich an Leute auf der Erde, die in Großstädten wie Madrid und Paris und später auch in anderen auf Plätzen in den Innenstädten als bewegungslose Statuen ihr Geld verdienten. Sie waren so täuschend echt den Figuren aus Stein, Metall oder Holz nachempfunden, dass man erst bei ganz genauem Hinsehen erkannte, dass sie lebendig waren. Also ließ ich mich nachts bei voller Tarnung von Selena in der Stadt absetzen und brach in die Kirche ein. Dort machte ich von allen Seiten Fotos von der Holzstatue. Mit Hilfe dieser Bilder verwandelte ich mich im Schiff dann in die Heilige Maneta. Außerdem versteckte ich unter meinem Gewand einen Verstärker, der meiner Stimme zusätzlich einen hallenden Effekt verlieh. Auch meinen kleinen Strahler hatte ich von Selena verändern lassen. Das Auslösen wurde nun von einem Blitz, wie der von einer Kamera, begleitet.

Am nächsten Morgen schlich ich in aller Frühe wieder in die Kirche und hob die Statue von ihrem Sockel. Da sie aus Holz ist, war das nicht besonders schwierig. Ich versteckte sie in einer Nische unter dem Tuch, das mich beim Hereinkommen verhüllt hatte. Dann stellte ich mich auf den Sockel; Selena hatte mir ein Beruhigungsmittel gegeben, das mir half, über einen längeren Zeitraum bewegungslos zu verharren.

Es wurde Morgen. Das Gotteshaus füllte sich. Die Menschen nahmen ihre Plätze ein, der Priester erschien auf einer Kanzel und es wurde ruhig. Plötzlich rief ein kleiner Junge:

›Mama, die Heilige Maneta hat mir zugeblinzelt!‹

Alle drehten sich empört zu dem Ruhestörer um, die Mutter fing an, ihn zu beschimpfen, er solle endlich Ruhe geben und nicht die beginnende Andacht stören. Kleinlaut bestand der Kleine aber darauf und murmelte: ›Aber ich hab's doch gesehen. Sie hat geblinzelt.‹ Die Mutter herrschte das Kind erneut an, endlich den Mund zu halten. Dann begann der Gottesdienst. Die Predigt des Kirchenmannes hatte aus aktuellem Anlass Hexen und Zauberer als Thema. Er wetterte stundenlang gegen das Böse und schloss dann seine Predigt mit den Worten:

›Möge die Schutzpatronin unserer Stadt, die Heilige Maneta, uns vor allem Bösen bewahren und die Guten und Gerechten belohnen!‹

Daraufhin hallte eine laute Stimme durch den Raum und die Leute erschraken zu Tode.

›Genau das wird die Heilige Maneta tun, und mit dir wird sie anfangen.‹

Ich drehte mich auf meinem Sockel, so dass ich ihn anblicken konnte. Die Menschen in der Kirche sanken zitternd auf ihre Knie und machten das Zeichen des Kreises auf ihrer Brust.

›Du hast jahrelang die Spenden, die für die Armen und Bedürftigen in der Stadt bestimmt waren, veruntreut und sie für eigene Zwecke verwendet. Du hast die Menschen dieser Stadt belogen und betrogen, dafür musst du bestraft werden.‹

Ich erhob meine Hand gegen ihn, in der ich den Strahler hielt, es gab einen Lichtblitz und der Pfarrer brach auf seiner Kanzel zusammen. Dann wandte ich mich an die Gläubigen, die zitternd auf dem Boden zusammengesunken waren.

›Ich werde Gnade vor Recht ergehen lassen und den Betrüger wieder ins Leben zurückrufen. Aber er wird für sein Verbrechen bezahlen müssen.‹

Ich hatte die Waffe so eingestellt, dass die Betäubung nur etwa eine halbe Minute anhielt. Der Pfarrer erholte sich wieder, wankte von der Kanzel, warf sich mir zu Füßen und winselte:

›Gnade! Heilige Maneta! Ich werde alles tun, um das Unrecht wieder gutzumachen und all mein Vermögen den Armen überlassen. Bitte verschont mich mit weiteren Strafen und lasst mich am Leben.‹

›Gut! So soll es geschehen. Aber ihr alle seid dabei, ein weiteres Unrecht zu begehen. Denn ihr habt zwei redliche Menschen unter der Anklage der Hexerei gefangen genommen. Das sind die Falschen. Führt mich zu ihnen, damit ihnen Gerechtigkeit widerfährt.‹

Innerlich war ich kurz davor laut loszulachen, denn eine solche geschwollene Rede hatte ich zum letzten Mal in meiner Schulzeit als Engel in der Weihnachtsgeschichte gehalten. Aber hier kam das an. Das Kirchenportal wurde geöffnet, und ein Mann, der sich als Bürgermeister vorstellte, kam dienernd auf mich zu und bat, mich führen zu dürfen.

Dann begann eine Prozession durch die Stadt in Richtung Gefängnis. Die Leute, an denen wir vorbeikamen, sanken erst auf die Knie und schlossen sich danach der Prozession an. Es wurden immer mehr. Die Menschen strömten nur so herbei; das Wunder, dass die Schutzheilige der Stadt lebendig geworden war, verbreitet sich wie ein Lauffeuer.

Ja, und dann erreichten wir das Gefängnis mit der Folterkammer, und den Rest wisst ihr.«

Selena schlägt vor, dass wir den Planeten verlassen sollten.

»Ihr habt hier genug angerichtet. Bei dem Bergvolk habt ihr eine Legende entstehen lassen und Viviane hat einen neuen Feiertag geschaffen.«

»Wieso denn das?«, will Viviane wissen.

»Das ist doch wohl klar. In dieser Stadt wird es in den nächsten hundert, wenn nicht sogar tausend Jahren an jedem Jahrestag des heutigen Ereignisses eine Prozession geben, bei der die Statue der Schutzgöttin von der Kirche zum Gefängnis getragen wird. Möglicherweise wird die Feier auch jedes Mal mit eine Amnestie für einige Gefangenen und der Verteilung von Geschenken verbunden sein. Euer Spiel als Götter sollte langsam ein Ende haben.«

Dann ergänzt sie mit einer ihrer typischen Bemerkungen.

»Auch wenn Florian euch beiden Mädchen für absolut göttlich hält.«

Wir machen uns auf zur weiteren Suche. Währenddessen kann Selena, dank der fortschrittlichen Medizin ihrer Erbauer-Rasse, unsere Wunden vollständig ausheilen.

Nach weiteren fünfzehn Fehlschlägen haben wir einen Planeten auf den Schirmen, der unserer Erde zum Verwechseln ähnlich ist. Es gibt Kontinente mit einer Flora und Fauna ähnlich wie auf unserem Heimatplaneten. Und es gibt intelligentes Leben, nämlich Menschen, allerdings auf einer vortechnischen Zivilisationsstufe. Die Gegenden, die wir überfliegen, sind außerordentlich dünn besiedelt. Der größte Teil besteht aus dichtem Wald. Wir treffen gelegentlich auf kleine Siedlungen und Dörfer, die von Feldern umgeben und von Menschen bewohnt sind. Die Häuser sind einfache Lehmhütten, die Menschen leben von Ackerbau und Viehzucht. Dann geht die Waldlandschaft in Steppe über. Auch hier gibt es Menschen, die in Zelten aus Fellen leben und Tiere halten, aber keine Landwirtschaft betreiben. Es sind Nomadenvölker. Eine fortschrittliche Zivilisation gibt es anscheinend nicht. Alles deutet darauf hin, dass wir uns in einer Zeit befinden, die vergleichbar mit einer Zeit auf der Erde ist, die sich irgendwo im Bereich zwischen Stein-, Bronze- und Eisenzeit befindet.

Kurz darauf überfliegen wir einige größere Ansiedlungen mit Gebäuden aus Stein. Selena zoomt heran und wir sind überrascht. Was wir sehen, kommt uns sehr bekannt vor. Wir schauen auf Städte mit großen Tempelanlagen und prachtvolle, mit Säulen verzierte Gebäude. Dazwischen laufen Menschen, die in Tunika-ähnliche Gewänder gehüllt sind. Sie tragen Waffen und Schmuck aus Bronze, sehr selten Eisen. Man geht zu Fuß, einige fahren auf offenen zweirädrigen Wagen, die von einem oder zwei Pferden gezogen werden. Menschen, die auf Pferden reiten, sehen wir nicht.

Wir sind offenbar in der klassischen Antike angekommen. Wir blicken auch auf große Arenen und Wettkampfbahnen.

»Wusstest du eigentlich«, wendet sich Nadine an Viviane, »dass die Männer der alten Griechen auf unserer Erde bei den sportlichen Wettkämpfen nackt auftraten?«

Vivianes Augen leuchten.

»Nein, das wusste ich nicht. Dann sollten wir aber schleunigst nach einem Ort Ausschau halten, an dem so ein Wettkampf gerade stattfindet und uns unter das Volk mischen«, erwidert sie mit einem Zwinkern.

»So weit kommt es«, protestiere ich, »und was mache ich?«

»Du darfst dich an den Frauen erfreuen – einige Frauen trugen bei den alten Griechen ihr Gewand so, dass eine Brust frei blieb, vielleicht ist das hier auch so.« Nadine lacht mich an.

»Ha, ihr ergötzt euch an nackten jungen Männern und ich darf mich mit einer halben weiblichen Brust zufriedengeben. Wisst ihr was, ich werde mit meinem Strahler hier den Göttervater Zeus mimen und die schönsten Göttinnen und Königstöchter reihenweise flachlegen.«

»Dann werde ich als Venus oder Aphrodite auftreten, falls wir in der griechischen Antike sind, der alle schönen Männer zu Füßen liegen werden«, erwidert Viviane schmunzelnd.

»Da kannst du dich gleich prostituieren. Weißt du eigentlich, mit wem die griechische Göttin der Liebe es alles getrieben hat? Obwohl sie mit dem Gott des Feuers und der Schmiedekunst liiert war, trieb sie es heftig mit Ares, dem Gott des Krieges, und es störte sie nicht einmal sonderlich, dass sie mit ihm von ihrem Gatten in flagranti erwischt und den Göttern dabei vorgeführt wurde. Sie bekam fünf Kinder von ihm. Dann trieb sie es mit Anchises, einem Fürsten aus der Stadt Troja, daraus ist Aeneas, ein Held aus dem trojanischen Krieg hervorgegangen, der später Rom gegründet haben soll und angeblich Stammvater von Gaius Julius Cäsar wurde. Sie machte auch mit dem Weingott Dionysos rum, daraus entstand dann Priapos, der Gott der Fruchtbarkeit, ausgestattet mit einem gewaltigen Phallus; auch mit dem Götterboten Hermes trieb sie es, das Ergebnis war der Hermaphrodit, ein Jüngling, der sowohl männliche als auch weibliche Geschlechtsmerkmale hatte, und schließlich verliebte sie sich in den wunderschönen Knaben Adonis, den allerdings ihr eifersüchtiger Lover Ares später bei der Jagd umlegte.

Also, wenn du der Aphrodite der griechischen Antike gleichkommen willst, dann hast du noch einiges zu tun.«

»Nun gut«, erwidert Viviane lachend, »ich werde mich mit Adonis zufriedengeben und mit ihm abhauen, bevor er umgebracht wird. Priapos wäre allerdings auch nicht schlecht. Außerdem hättest du mir das gar nicht zu erzählen brauchen, die meisten dieser Typen kenne ich, die stehen als Marmorstatuen bei mir zu Hause in Paris im Louvre herum«, und dann ergänzt sie noch, »und sehen gar nicht schlecht aus.«

»So, nun aber im Ernst« und damit beende ich die Diskussion, »wir sollten uns nun unter das Volk mischen und das Leben in der Antike genießen. Wenn das hier so abläuft wie im alten Griechenland auf der Erde, kommt ihr allerdings als Zuschauer zu olympischen oder anderen Wettkämpfen nur hinein, wenn ihr unverheiratet seid. Verheirateten Frauen war der Zutritt damals verboten. Euch beide als unverheiratet auszugeben, wird schwierig werden, denn Frauen beziehungsweise junge Mädchen wurden mit zwölf bis fünfzehn Jahren verheiratet. Außerdem hatten verheiratete Frauen keinerlei Rechte, das würde euch sicherlich nicht gefallen.«

Selena überträgt ihre Sprache in unser Gehirn, wir verkleiden uns und mischen uns unter das Volk. Männer und Frauen tragen Gewänder, ähnlich denen im alten Griechenland, die Männer tragen sie kurz, die Frauen haben bodenlange Gewänder, die am Hals geschlossen sind: Nichts da ›mit halb entblößter Brust‹!

Wir schlendern durch den Ort. Die Häuser sind zum größten Teil aus Holz, aber es gibt auch etliche Steinhäuser mit vorgebauten Säulen und prunkvollen Fassaden. Hier wohnen die Reichen. Auf den gepflasterten Straßen begegnen uns fast ausschließlich Frauen, die Waren in Körben oder Steinkrügen auf ihren Köpfen tragen. Gelegentlich kommen uns auch Männer entgegen, die eine Frau begleiten.

Auf einem nach allen Seiten offenen Platz haben sich einige junge Männer sitzend um einen älteren gruppiert, der mit einem Holzstab Figuren in den Sand malt und dazu quadratische Steinplättchen zu einem Muster legt. Die jungen Männer lauschen andächtig seinen Worten. Er ist vermutlich ein Lehrer, der seinen Schülern seinen Vortrag mit den Steinen illustriert. Es muss sich um irgendwelche Gesetzmäßigkeiten von Quadraten und Quadratzahlen handeln, denn er legt die kleinen Plättchen jeweils zu Quadraten, die er durch Anlegen weiter vergrößert.

Hinter uns hören wir auf einmal Getrappel und lautes Gebrüll.

»Aus dem Weg, ihr Leute!«

Zwei Streitwagen rasen auf uns zu, jeweils gezogen von einem Pferd und gelenkt von jungen Männern. Wir können uns nur durch einen Sprung zur Seite retten. Dann sausen die Wagen an uns vorbei.

Ein alter Mann, der im Schatten eines Olivenbaumes sitzt und das Ganze beobachtet hat, spricht uns an.

»Das war aber knapp! Ja, die jungen Leute heutzutage, die müssen immer mit ihren Fahrzeugen angeben und meinen, dass sie die Herren der Straße seien. Und dann veranstalten sie auch noch in der Stadt verbotene Straßenrennen, kaum dass sie ein Fahrzeug lenken dürfen. Die Jugend heute hat überhaupt keine Manieren und nimmt keine Rücksicht auf ihre Mitmenschen.«

Und dann seufzt er laut, während sich um seinen Mund ein Schmunzeln breit macht und seine Augen funkeln.

»Jaja, früher war alles anders; als ich jünger war, hatte die Jugend noch Respekt vor uns Alten. Die Zeiten werden auch immer schlechter!«

Auch wir müssen schmunzeln; diese Klagen der Alten wird es auch in zweieinhalbtausend Jahren noch geben, da wird sich nichts ändern.

Er scheint sich selbst dabei allerdings nicht ganz ernst zu nehmen, und da auf der Erde ein fast gleichlautender Spruch dem griechischen Philosophen Sokrates zugeschrieben wird, kann ich mir nicht verkneifen, ihn zu fragen, ob er zufällig Sokrates hieße.

»So ähnlich«, murmelt er in seinen Bart, und schon sind wir mit ihm ins Gespräch gekommen. Er freut sich, Ansprechpartner gefunden zu haben.

Wir geben uns als Fremde aus, die mit den Gepflogenheiten des Ortes nicht vertraut sind und erfahren, dass es einige Unterschiede zum Leben in der Antike auf unserer Erde gibt. Die Frauen sind zwar nicht gleichberechtigt und dürfen auch nicht wählen, aber sie sind sehr geachtet und haben im Hause das Sagen. Das Staatswesen ist dem im alten Athen der Erde sehr ähnlich, es gibt einen gewählten Rat aus zwölf Personen, dem drei Hohe Räte vorstehen, die gleichberechtigt die Geschicke des Landes und der Stadt leiten. Wählen dürfen allerdings nur freie Männer. Jeder einigermaßen wohlhabende Haushalt besitzt einen oder mehrere Sklaven, die man aus den eroberten Gebieten hierher verschleppt hat. Diese haben keinerlei Rechte, aber sie werden gut behandelt, denn es ist sehr teuer, einen Sklaven zu erwerben.

Dann bitten wir ihn, uns etwas über ihre Götter und ihren Glauben zu erzählen und erfahren, dass ihre Religion der der Antike sehr ähnlich ist: Es gibt Götter für alle möglichen Zuständigkeiten, die allesamt auch sehr menschliche Eigenschaften besitzen. Sie haben natürlich andere Namen. Ihr oberster Gott heißt Solos und ist vergleichbar mit dem Zeus der Antike.

Und es gibt tatsächlich regelmäßig sportliche Wettkämpfe unter den Männern, die dabei nackt auftreten – Viviane und Nadine haben ein verdächtiges Glitzern in den Augen – und sich im Laufen, Springen und Ringkampf messen. Als Zuschauer sind nur freie Männer und unverheiratete Frauen zugelassen. Nadine will natürlich sofort wissen, woran man denn unverheiratete Frauen erkennt.

»An der Farbe und Verzierung der Kleidung«, klärt uns der alte Mann auf, »unverheirateten Frauen etwa im Alter ab vierzehn Jahren ist das Blau vorbehalten mit schmalen weißen Streifen. Nur sie dürfen diese Farbe tragen. Andere Frauen tragen zurzeit mit Vorliebe nur weiß, aber das ist eine Modeerscheinung. Die Mode wechselt immer sehr schnell, das ist wirklich verrückt. Nur die ganz reichen Frauen aus den Königshäusern tragen zurzeit auch Purpur. Diese Farbe ist jedoch sehr teuer. Die Händler, die solche Tücher verkaufen, kommen von weit her. Das Rot wird, soviel ich weiß, aus Schnecken gewonnen, die bei uns nicht vorkommen.«

Also auf zum nächsten Tuchhändler! Schon auf dem Weg achten wir auf die Kleidung der Frauen und stellen fest, dass es durchaus eine Reihe von in Blau gekleidete Frauen gibt, die deutlich älter als vierzehn Jahre sind. Man heiratet hier offenbar später als in der Antike der Erde.

Beim Tuchhändler kommen Nadine und Viviane mit zwei Frauen ins Gespräch. Beide sind Mitte zwanzig, und sind dabei für ihre Töchter zu Hause Tuch zu kaufen. Sie hätten etwa die Maße ihrer Mütter, so sagen sie, der Tuchhändler könne von Ihren Körpermaßen ausgehen. Das finden wir merkwürdig, denn dem Alter der Mütter nach können die Töchter eigentlich noch nicht deren Größe haben, wobei es nicht um den Schnitt der Kleider geht, sondern um die Länge. Da auch blaue Tücher sehr teuer sind, kauft man keinen Zentimeter zu viel. Das Tuch wird dann um den Körper drapiert und mit Spangen über den Schultern zusammengehalten. Es reicht bis auf den Boden. Gelegentlich wird es noch mit einem Gürtel um die Hüften zusammengebunden. Darunter ist man nackt, Unterwäsche kennt man nicht.

Von den beiden Frauen erfahren wir auch, dass außerhalb des Ortes in der Arena und Tempelanlage ihres Hauptgottes Solos in zwei Tagen Wettkämpfe stattfinden werden, und die sollen sich ihre halbwüchsigen Töchter ansehen, dort könnten sie sich dann schon einmal die Männer genauer betrachten, die vielleicht später als Heiratskandidaten in Frage kämen. Dabei kichern sie und zwinkern Nadine und Viviane zu.

Wir erstehen einige Bahnen blauen Stoffes mit weißer Bordüre und Nadine und Viviane lassen sich zeigen, wie sie um den Körper drapiert werden. Dazu kaufen sie noch Spangen und Gürtel.

Auf dem Rückweg kommen wir wieder an dem offenen Platz vorbei. Der Lehrer mit seinen Schülern ist verschwunden. Dafür steht an der gegenüberliegenden Ecke des Platzes ein anderer Mann, der ebenfalls eine Schar Menschen um sich versammelt hat. Wir stellen uns dazu. Er ist offenbar ein Geschichtenerzähler. Er berichtet von einem Volk, das direkt unter der Sonne lebt und viele Weise hervorgebracht hat. Und dann erzählt er, dass diese Weisen ihm beigebracht hätten, dass die Erde, auf der sie alle leben, eine riesige Kugel sei, die so unglaublich schwer sei, dass sie alles an sich zieht, deshalb würden auch die Wesen auf der anderen Seite nicht herunterfallen. Und sie hätten sogar berechnet, wie groß diese Kugel sei. Die Menschen um ihn herum sind in zwei Lager gespalten: Während die einen andächtig seinen Worten lauschen, zeigen andere durch Mimik und Gestik, dass sie ihn für einen Spinner halten.

Wir aber sind erstaunt.

»Diese Welt wird sich möglicherweise anders entwickeln als unser Heimatplanet«, vermute ich, »mit diesem Wissen werden die Menschen hier viel früher andere Kontinente entdecken und besiedeln.«

Später sprechen wir mit Selena darüber.
Sie belehrt uns.

»Wisst ihr nicht, dass sowohl die alten Griechen als auch die Ägypter auf eurer Erde zu Zeiten der Pharaonen bereits wussten, dass die Erde rund ist? Sie haben sogar den Radius berechnet, indem sie feststellten, dass zu der Jahreszeit, in der die Sonne mittags senkrecht über dem Ort Syene stand, dem heutigen Assuan, und daher in einem tiefen Brunnen keinen Schatten warf, zu gleicher Zeit in Alexandria die Sonne in einem Brunnen einen Schatten ausbildete. Da sie die Entfernung Syene-Alexandria kannten, konnten sie durch Triangulation Umfang und Radius der Erde bestimmen. Ihr Fehler bei der Berechnung betrug nur wenige Prozent.

»Muss ich das verstehen?«, wirft Nadine ein.

»Nein, natürlich nicht, aber es war so. Das Wissen ist erst viel später in der abendländischen Kultur verloren gegangen beziehungsweise von der christlichen Kirche bekämpft und zum Teil mit der Todesstrafe geahndet worden, weil es nicht in ihr Weltbild passte.«

»Dann hätte Jesus es wohl tunlichst lassen sollen, auf der Erde zu erscheinen und eine Kirche zu begründen,« erwidere ich.

»Nein, das hat mit eurem Jesus nichts zu tun, es sind die Menschen der Erde. Ihre Aggressivität hat es ihnen einerseits ermöglicht, sich an die Spitze der Evolution zu setzen, andererseits hat vermutlich genau dieselbe Aggressivität euren Entdeckerdrang gehemmt.«

Zwei Tage später reihen wir uns in den Strom der Leute ein, die auf dem Weg zur Arena sind. Sie liegt vor den Toren außerhalb der Stadt. Wir sehen überwiegend

86

Männer, einige haben ihre unverheirateten Töchter dabei. Es gibt aber auch etliche junge Frauen, die ohne ihre Väter unterwegs sind; auch sind sie nicht verheiratet, wie man an ihrer Kleidung erkennen kann, sie werden aber von einem männlichen Sklaven begleitet, der außerhalb der Arena warten muss, bis die Mädchen wieder herauskommen. In der Arena ist jede Art von Streit unter den Zuschauern verboten, es herrscht Friedenszwang, unter dessen Schutz die heiratsfähigen Mädchen sich sicher bewegen können.

Nadine und Viviane haben sich auf jung geschminkt, man könnte sie glatt für zwanzig halten, ich dagegen sehe älter aus, damit ich als ihr Vater durchgehe. Vor den Eingängen sitzen etliche Männer im Sand und vertreiben sich die Zeit, indem sie Spiele mit Holzstücken oder Steinchen veranstalten. Das müssen die Begleitsklaven sein, die den Wettkampfort nicht betreten dürfen.

Wir gelangen in die Arena durch einen Eingang, der von zwei bewaffneten Männern bewacht wird – Eintrittsgeld kennt man nicht, jeder freie Mann und jede unverheiratete Frau kann kostenlos als Zuschauer an den Wettkämpfen teilnehmen. Meine Begleiterinnen drängeln sich sofort nach vorn durch und suchen freie Plätze auf den untersten Sitzreihen. Sie wollen natürlich alles ganz genau beobachten können, wobei ich keine Zweifel habe, was sie unter »alles« verstehen.

Neben zwei jungen Frauen, die ohne Begleitung da sind, sind noch ein paar Plätze frei. Wir wollen uns gerade setzen, als diese uns völlig entsetzt anschauen. Auch wir sind überrascht, denn sie kommen uns bekannt vor.

Es sind die beiden Mütter, die wir beim Tuchhändler kennengelernt hatten, die nun die angeblich für ihre Töchter erworbenen Tücher tragen. Sie fallen vor uns auf die Knie und flehen uns an; dabei flüstern sie, damit die Nebensitzenden es nicht hören.

»Bitte verratet uns nicht, wir wollen uns doch auch einmal die starken Männer ansehen. Unsere Männer zu Hause sind wirklich nicht mehr attraktiv und außerdem sind sie ständig unterwegs auf Reisen, wenn sie nicht gerade Krieg führen.«

Mit vor Angst zitternder Stimme fahren sie fort.

»Wir wissen, dass wir hier nicht sein dürfen; wenn man uns erwischt, werden wir hart bestraft, man peitscht uns aus und wenn wir einen harten Richter erwischen, können wir sogar getötet werden, indem man uns dem Gott Solos opfert. Unsere Männer sind auch nicht reich genug, um den Richter zu bestechen, reiche Frauen kommen fast immer ohne Bestrafung davon. Bitte bitte, holt nicht einen von den Aufsehern. Die Götter werden es euch danken.«

Nadine beruhigt die beiden.

»Ihr braucht keine Angst zu haben, wir sagen nichts, wir können euch sogar gut verstehen. Wir finden es auch eine blöde Bestimmung, dass verheiratete Frauen nicht als Zuschauer zugelassen sind.«

Die beiden Frauen schauen uns dankbar an. Kurz darauf sind alle vier in Gespräche vertieft, Nadine und Viviane haben einen Draht zu ihnen entwickelt und fragen sie nach Allem, das für das Leben in dieser Zeit wichtig ist. Wir erfahren, dass es tatsächlich so ist, dass Frauen innerhalb des Hauses das Sagen haben. Sowie die Hausschwelle übertreten wird, haben sich alle der Hausfrau unterzuordnen, auch die Männer. Das führt aber dazu, dass viele Männer lieber Kriege führen, auf Reisen gehen oder wenigstens in den zahlreichen Tavernen herumhängen, als sich zu Hause von ihrem Weib herumkommandieren zu lassen.

Dann beginnen die Wettkämpfe. Zuerst kommen die Läufer, die eine Strecke von etwas weniger als zweihundert Metern zu bewältigen haben. Man startet aus dem Stand, der Tiefstart ist nicht bekannt. Die vier Frauen legen nun so richtig los. Es wird ausgiebig über die unterschiedlichen Anatomien der Kämpfer hergezogen, ganz besonders natürlich über die unterhalb der Gürtellinie. Die beiden einheimischen Frauen stellen Vergleiche mit ihren Männern zu Hause an, bei denen diese nicht gerade gut wegkommen.

Ich existiere für sie nicht mehr. Also vertreibe ich mir die Zeit damit, mich unter den Zuschauern umzusehen. Dabei fällt mir auf, dass viele Frauen in dem Alter unserer beiden Bekannten sind, einige sogar älter. Es sind etwa genauso viele da wie ganz junge. Ich habe den Verdacht, dass die meisten der älteren Frauen, ebenso wie unsere beiden, verheiratet sind und sich mit falscher Bekleidung den Zutritt erschlichen haben; ein Verdacht, der sich wenig später bestätigen soll.

Unsere vier feuern mit lauten Zurufen die Wettkämpfer an. Dann geht das Temperament mit den beiden einheimischen Frauen durch. Die zwölf Vorläufe sind beendet und die jeweils Schnellsten in ihren Läufen nehmen am Endlauf teil. Eine Zeit wird nicht gemessen, nur der jeweils Erste kommt weiter. Die beiden haben sich einen Favoriten ausgeguckt, der ihnen ausnehmend gut gefällt und der nun am Endlauf teilnimmt. Dieser setzt sich dann nach dem Startzeichen auch gleich an die erste Stelle. Sie sind von ihrem Sitz aufgesprungen und feuern ihn mit lauten Rufen an. Der Zieleinlauf kommt – und er wird Zweiter! Dazu muss man sagen, dass Zweiter zu werden fast eine Schande ist, nur der erste wird als Sieger gefeiert, eine Silber- oder Bronzemedaille gibt es hier nicht, Dritter oder Vierter zu werden oder auf den weiteren Plätzen zu landen, ist nicht so schlimm, wie Zweiter zu werden. Enttäuscht legen beide lautstark los, dass alle im Umkreis es hören können.

»Hey, Nothros, du bist ja so lahm, dass sogar unsere Männer an dir vorbeilaufen würden, und die schlafen regelmäßig beim Laufen ein!«

Die Umstehenden halten vor Entsetzen den Atem an: Die Frauen sprechen von ihren Männern, sie sind verheiratet! Auch drei der Aufseher haben ihre Worte gehört und drängen sich durch die Menge in ihre Richtung.

»Wir müssen euch festnehmen und vor ein Gericht bringen, ihr habt gegen das Gesetz verstoßen, das besagt, dass verheiratete Frauen nicht an den Spielen teilnehmen dürfen. Und das wisst ihr.«

Die drei Wächter nehmen sie in ihre Mitte und wollen sie abführen.

Auf einmal stehen etwa zehn Frauen in der Nähe von ihren Sitzen auf und rufen im Chor:

»Wenn ihr die beiden festnehmt, dann verhaftet auch uns, denn auch wir sind verheiratet.«

Etwas weiter rechts stehen daraufhin weitere auf.

»Wir auch! Verhaftet uns!«

Dann geht es wie eine Welle durch die Arena. Immer mehr Frauen stehen auf.

»Wir auch!« und »wir auch!« und »wir auch!«

Der Wettkampf ist schlagartig zum Erliegen gekommen. Schiedsrichter wie Kämpfer stehen auf den Kampfbahnen herum und starren auf die Zuschauertribüne.

Dann geht eine Prozession der Frauen mit vorgehaltenen Händen auf die Wächter zu, die völlig verunsichert sind. Sie wissen nicht, was sie tun sollen. Die Gruppe wird von einer großen attraktiven Frau angeführt; sie hat ihre schwarzen lockigen Haare zu einem Kranz gebundenen und schreitet mit stolzem Gang und hocherhobenem Kopf auf die Wächter zu. Dann schallt ihre Stimme durch das Rund der Arena, man kann sie überall verstehen, denn die Akustik ist unglaublich.

»Verhaftet uns ruhig! Denn mit uns verhaftet ihr einen Großteil der Frauen dieser Stadt. Was werden wohl unsere Männer machen, wenn plötzlich keine Frauen mehr da sind?«

Während die Wachleute sich nun um einen neu Hinzugekommenen scharen, der wohl ihr Anführer ist und von dem sie Instruktionen erwarten, wie sie sich verhalten sollen, blendet mich für einen kurzen Moment ein poliertes Stück Metall vom obersten Rand der Tribüne.

Dort steht eine junge Frau, die nun das Stück Metall in Richtung außerhalb der Arena hält und es in unregelmäßigen Abständen zur Sonne hin verdeckt und wieder freigibt. Sie gibt offenbar Zeichen nach draußen.

Die Gruppe der Wächter ist inzwischen zu einem Entschluss gekommen. Ihr Anführer erhebt die Stimme, die durch die Arena hallt.

»Nun gut, ihr Frauen, wir werden euch alle ziehen lassen und euch nicht bestrafen, aber ihr müsst sofort das Stadion verlassen.«

Die stolze Anführerin macht eine abwehrende Handbewegung und verkündet nun laut:

»Genau das werden wir nicht tun, denn das reicht uns nicht, wir wollen dass ihr die Regeln ändert. Wir wollen, dass verheiratete wie nicht verheiratete Frauen Zutritt zu den Wettkämpfen bekommen. Wir werden hier so lange in der Arena ausharren, bis der Rat das Gesetz geändert hat.«

Nadine und Viviane schauen mich gleichzeitig an und sagen nur ein Wort: ›Lysistrata‹.

Es würde uns nicht wundern, wenn die Anführerin so hieße, obwohl es in der klassischen Komödie des Aristophanes der Erde im fünften Jahrhundert vor der Zeitrechnung darum ging, die Männer durch Sexverweigerung vom Krieg zwischen Athen und Sparta abzuhalten, aber von Sexverweigerung war hier bisher noch gar nicht die Rede.

»Wie wollt ihr das erreichen, ihr seid nur ein Teil aller Frauen dieser Stadt, es gibt genügend andere, die diesen

Unsinn nicht mitmachen werden«, höhnt der Anführer der Aufseher.

Plötzlich wird er von einem Tumult an den Eingängen der Arena unterbrochen. Die Wächter werden von einer Menschenmenge beiseite gedrängt, die sich ins Stadion ergießt. Es sind alles Frauen, auch viele ältere, und sie sind alle der Kleidung nach verheiratet. Auch aus den Reihen der Zuschauer sind weitere dazu gestoßen. Die Masse bewegt sich nun ins Zentrum der Arena zu den Wettkampfbahnen und alle nehmen demonstrativ auf dem Boden Platz. Das Ganze muss von langer Hand vorbereitet gewesen sein; so schnell bekommt man sonst nicht solche Mengen an Frauen zusammen.

Es ist eine Patt-Situation entstanden. Die Aufseher stehen verunsichert herum und wissen nicht, was sie machen sollen, und die Frauen sitzen schweigend in der Mitte der Arena.

Inzwischen hat man einen Boten geschickt, denn es erscheinen zwei in kostbare Gewänder gekleidete Männer, denen sich dann ein dann dritter aus den Reihen der Zuschauer anschließt; sie bilden offenbar den Hohen Rat. Sie beratschlagen sich kurz, dann richtet sich der älteste unter ihnen an die Anführerin der Frauen.

»Ich befehle euch: Verlasst sofort die Wettkampfstätte, andernfalls werden wir dafür sorgen, dass ihr sie sehr bald überhaupt nicht mehr verlassen könnt! Wir werden euch hier einsperren, notfalls bis ihr verhungert.«

Unbeeindruckt entgegnet diese:

»Na und? Dann werdet ihr bald ein großes Problem bekommen, dafür werden schon unsere Männer sorgen, denn die werden uns nicht verhungern lassen, dann hätten sie ja keine Frauen mehr. Aber das mit dem Einsperren ist gut, wir bleiben sogar freiwillig hier und euch Männer jagen wir hinaus. Wir bleiben hier, bis ihr unsere Forderung erfüllt; kein Mann wird die Arena betreten können, und wir werden uns allen Männern solange verweigern, bis ihr das Gesetz geändert habt.«

»Wird es so sein?«, ruft sie dann in die Runde und ein hundertstimmiges »So wird es sein!« kommt von allen Frauen und Mädchen zurück.

Also doch ›Lysistrata‹ murmelt Viviane.

Ich grinse.

»Mitgefangen, mitgehangen! Dann richtet euch mal auf einen längeren Aufenthalt hier im Stadion ein.«

Nun stürzen sich alle auf die Männer und vertreiben sie mit Schlägen aus dem Stadion. Kein Mann wagt es, sich zu wehren; die Friedenspflicht, die in den Stadien gilt, hält sie davon ab, außerdem ist es in dieser Gesellschaft verpönt, Frauen zu schlagen. Auch ich werde bedrängt und muss den Wettkampfort verlassen.

In den folgenden Tagen kommen immer wieder Sklaven und gelegentlich auch freie Männer vor die Tore der Arena, die die Eingeschlossenen mit Nahrung versorgen. Auch Männer aus dem gewählten Rat kommen und versuchen, die Frauen durch Überredung von ihrem Vorhaben abzubringen. Aber diese bleiben hart. Auch ich bringe Nahrung und Erfrischungen für Nadine und Viviane.

Am vierten Tag stehe ich wieder vor dem Eingang, als die Wächterinnen mich auffordern, die Arena zu betreten. Sie schauen mich ehrfürchtig an und führen mich ins

Zentrum. Dabei halten sie Abstand zu mir, so, als hätten sie Angst, mich zu berühren. Sie begleiten mich zu Nadine und Viviane, die mit der Anführerin zusammensitzen. Sie haben ihre Bekanntschaft gemacht. Sie heißt Alyssia.

»Klingt doch fast wie Lysistrata!«, meint Viviane schmunzelnd.

Sie sind zu Beraterinnen der Anführerin geworden. Und es ist etwas passiert, das die Stellung von Nadine und auch Viviane schlagartig verändert hat. Viviane berichtet.

»In den letzten Nächten hatten mehrfach Männer versucht, in die Arena zu ihren Frauen zu gelangen. Aber Alyssia hatte Wachen aufgestellt, die die Eindringlinge kalt abwiesen. Und in der letzten Nacht hatte ein großer und kräftiger Mann versucht, mit Gewalt einzudringen und seine Frau herauszuholen. Die Frauen wollten ihn daran hindern, doch sie kamen nicht gegen ihn an. Er schob sie einfach zur Seite und brüllte nach seiner Mehryn. Sie sollte sofort mit ihm kommen, sonst würde er sie so verprügeln, dass sie danach nicht mehr wisse, ob sie Männlein oder Weiblein sei. Kurz darauf löste sich aus der Gruppe der Frauen zitternd und ängstlich eine zierliche Person. Die anderen versuchten sie zurückzuhalten, aber sie riss sich los. Bevor sie jedoch ihren Mann erreichte, schob sich Nadine dazwischen und baute sich breitbeinig vor dem tobenden Mann auf. Der wollte sie einfach beiseiteschieben. Doch bevor er sich versah, hatte Nadine ihn am Arm gepackt und mit einem Salto auf den Boden geschleudert. Wütend rappelte er sich hoch und wollte sich auf sie stürzten. Doch sie trat einen Schritt zur Seite und stellte ihm blitzschnell ein Bein. Er lag schon wieder auf dem Boden. Dann setzte Nadine ihren Fuß auf seinen Hals, so dass er kaum noch Luft bekam. ›Schwöre bei Solos, dem diese Arena geweiht ist, dass du niemals deine Frau schlagen wirst.‹

Er versuchte, sich aus ihrem Griff zu befreien, aber es gelang nicht. Dann drückte Nadine zu, er war kurz davor, zu ersticken und gab verzweifelt Zeichen, dass er tun wolle, was Nadine von ihm verlangte. Er schwor dann bei allen Göttern, dass er seiner Frau niemals ein Leid antun werde. Nadine gab ihn frei, und unter dem Beifall aller Frauen im Stadion schlich er geschlagen davon.

»Seitdem werden wir beide mit größter Hochachtung behandelt«, fährt Viviane fort, »man traut sich kaum noch, mit uns zu reden. Immer, wenn wir an einer Frauengruppe vorbeigehen, stecken diese ihre Köpfe zusammen und tuscheln. Und wenn es an die Nahrungsverteilung geht, werden wir immer zuerst und mit dem Besten versorgt. Auch gab es vorher immer wieder ein paar, die versuchten nachts aus dem Stadion zu kommen, weil sie es nicht mehr ausgehalten haben und zu ihren Männern wollten und die von unseren Wachen aufgehalten werden mussten. Das ist seitdem vorbei. Die Frauen trauen sich das nicht mehr und verhalten sich solidarisch. Die Einzige, die sich uns gegenüber völlig unverkrampft zeigt, ist Alyssia. Sie lässt sich von uns beraten und hört auf uns.«

Am siebten Tag gibt es neue Verhandlungen mit dem Hohen Rat. Die Männer der Stadt haben Druck gemacht.

Sie vermissen ihre Ehefrauen. Alyssia hat ihre Taktik jedoch geändert; sie weiß offenbar, unter welcher Anspannung die Gegner stehen.

»Ihr habt jetzt sieben Tage Zeit gehabt, das Gesetz zu ändern. Und nichts ist geschehen. Ab sofort gelten neue Bedingungen: Wir fordern nicht nur Zugang für alle Frauen zu den Spielen, sondern verlangen jetzt auch, dass es ab sofort Frauen erlaubt werden wird, allein ein Pferdegespann lenken zu dürfen. Und jeden Tag, den ihr hinauszögert, kommt eine neue Forderung hinzu.«

»Da habt ihr beiden doch die Finger im Spiel«, wende ich mich an Nadine und Viviane, als ich wieder mit ihnen zusammentreffe. »Diese Emanzipationsbestrebungen der Frauen hier sind doch genau nach eurem Geschmack.«

»Na klar«, bekomme ich zur Antwort, »und morgen wird Alyssia fordern, dass auch Wettkämpfe für und von Frauen angeboten werden, und am folgenden Tag wird sie das Wahlrecht für Frauen verlangen, das ist schon abgemachte Sache. Ihr ist nicht bewusst, dass sie genau den wunden Punkt getroffen hat. Die Männer sind hier, genau wie die auf unserer Erde, so was von schwanzgesteuert, dass sie mit Sexboykott fast alles erreichen kann, und wir bestärken sie natürlich. Erst recht, seitdem wir mitbekommen haben, dass unter den Frauen hier auch zwei sind, deren Männer zu den drei Mitgliedern des Hohen Rates gehören, und der besteht nicht aus Greisen, die jenseits von Gut und Böse sind, sondern aus gestandenen Männern um die fünfzig. Und wir haben noch etwas erfahren: Es gibt in dieser Gesellschaft auch Sexsklavinnen und Prostituierte. Die genießen sogar ein hohes Ansehen. Oft sind es Tempeldienerinnen der Liebesgöttin. Die haben sich solidarisch erklärt und verweigern sich ebenfalls allen Männern. Wir glauben, in der Stadt ist der Teufel los«.

»Sagt mal, ihr beiden, ist euch eigentlich klar, was hier abläuft und warum die Frauen verstummen und eine Gasse bilden, wenn ihr vorbeigeht? Für die Menschen hier kann es nur eine Erklärung geben, wieso eine Frau einen der kräftigsten Männer der Stadt mit Leichtigkeit aufs Kreuz gelegt hat. Das kann keine normale Frau, so etwas kann nur eine Göttin. Sie halten euch für Göttinnen, die sich unter die Menschen gemischt haben. Du Nadine bist wahrscheinlich so etwas wie Athene, die Göttin der Weisheit, Kraft und List, die der griechischen Sage nach schon in einer Rüstung zur Welt gekommen ist, und du Viviane, hast ja nun, was du wolltest. Du wirst vermutlich für Aphrodite gehalten oder wie immer sie hier heißt, die Schutzgöttin der Liebe und der sexuellen Vereinigung, denn immer, wenn es um dieses Thema geht und darum geht es hier auch, hat diese Göttin ihre Finger im Spiel. Und da ich zu euch gehöre und wir gemeinsam hier aufgetreten sind und auch keiner genau weiß, wo wir herkommen, werde ich ebenfalls für einen Gott gehalten, denn auch in meiner Nähe traut sich keine der Frauen. Wenn sich herumspricht, dass Alyssia die Götter auf ihrer Seite hat, und das wird es, dann kann sie praktisch jede denkbare Forderung stellen. Ihr solltet mäßigend auf sie einwirken.«

»Du hast recht«, erwidert Nadine, »das sollten wir tun. Wenn Alyssia durchgesetzt hat, dass die Frauen das

Wahlrecht bekommen, sollte es genug sein. Damit ist schon viel gewonnen. Sie wird auf uns hören, denn auch sie hält uns vermutlich für Götter. Das hat aber auch etwas Gutes«, ergänzt sie, »da ja nun der Mann von Mehryn von einer Göttin besiegt wurde, ist es nicht so schmachvoll für ihn und er wird es nicht wagen, seiner Mehryn etwas anzutun, da er die Rache der Göttin befürchten muss.«

Zwei Tage später hat sich eine Schar Männer in der Stadt vor dem Gebäude des Zwölferrates versammelt, und es fliegen Steine.

Am Nachmittag gibt dann der Rat bekannt, dass den Forderungen der Frauen in allen Punkten nachgegeben werde, denn man wolle die Götter nicht erzürnen. Ich hatte recht, es hat sich herumgesprochen, dass die Eingeschlossenen Hilfe von den Göttern erhalten haben.

Im Stadion bricht ein unbeschreiblicher Jubel aus. Alyssia wird auf Händen aus dem Stadion und durch die Stadt getragen, umringt von einer singenden und tanzenden Frauenschar.

Später berichtet sie begeistert.

»Das sollten wir öfter machen, so hoch sei es anschließend schon lange nicht mehr in den Betten hergegangen«, und mit einem scheuen Blick auf Viviane ergänzen sie, »die Liebesgöttin hat in der letzten Nacht ganze Arbeit geleistet«.

Man will die Wettkampfstätte in Zukunft außer dem Gott Solos nun auch den beiden Göttinnen widmen, jeder einen Tempel errichten, ihre Statuen darin aufstellen, und unter deren Schutz sollen nun auch Frauen an Wettkämpfen teilnehmen können.

»Werden die dann auch nackt sein?« frage ich mit einem breiten Grinsen Nadine.

Mich völlig ignorierend wendet sie sich an Viviane.

»Wir sollten zusehen, dass wir hier verschwinden, bevor Florian verlangt, dass wir so lange hierbleiben bis es zu Frauenwettkämpfen kommt.«

Dann lacht sie und hakt sich bei uns beiden unter.

Zurück auf dem Schiff legt Selena los:

»Ihr könnt es wohl nicht lassen, euch in die Geschichte der Menschen auf den diversen Planeten einzumischen. Man stelle sich nur einmal vor, wir wären auf einer Zeitreise und es wäre jedes Mal euer Heimatplanet, den wir in den unterschiedlichen Zeitaltern aufsuchten, dann würdet ihr andauernd die Geschichte verändern und damit möglicherweise eure eigene Existenz unmöglich machen. Wie gut, dass es keine Zeitreisen gibt; ihr würdet das gesamte Universum durcheinander bringen.

Und in über zweieinhalbtausend Jahren werden euch die Nachfahren in den dortigen Museen in aller Nacktheit bewundern können, möglicherweise ohne die einen oder anderen Gliedmaßen, die die Jahrtausende nicht überdauert haben oder verloren gegangen sind.«

Wenn Selena ein Mensch wäre, würde sie bestimmt jetzt schadenfroh grinsen.

Grün und Blau

Das nächste Planetensystem, das wir auf den Schirmen haben, ist wieder vielversprechend. Es gibt gleich drei Planeten in der habitablen Zone und alle drei tragen Leben.

Wir nähern uns dem sonnennächsten.

Dann kommt eine Warnung von Selena.

»Achtung! Es gibt zwischen allen drei Planeten Funk- und Radioverkehr, es gibt also intelligente Wesen. Ich gehe da rein und analysiere die Sprachen. Wenn ich damit fertig bin, schließt euch bitte an mich an, damit ich sie auf eurer Gehirn übertragen kann. Moment! Es gibt nur eine Sprache, sie sprechen alle dieselbe Sprache, das macht es leichter.«

Wir sind sehr aufgeregt; der erste Kontakt mit Außerirdischen, die auf einer den Menschen der Erde vergleichbaren oder höheren Entwicklungsstufe stehen, steht bevor. Doch unsere Freude nimmt ein abruptes Ende. Denn ein unbemanntes Schiff nähert sich uns auf Kollisionskurs und Selena gibt Alarm. Es ist kein Schiff, sondern eine Sprengwaffe. Offenbar lebt man hier nach dem Motto »Erst schießen, dann reden!« Selena fährt die Verteidigungsanlagen hoch. Die Bombe zerplatzt vor unserem Schirm und hüllt das Schiff für Sekunden in einen Feuerball ungeheuren Ausmaßes. Aber der Schirm hält. Wir bleiben unversehrt und Selena fährt die Tarnung hoch, die das Licht um das Schiff herumleitet und es für jeden Beobachter unsichtbar macht. Für die Angreifer muss es so aussehen, als hätte die Bombe ihren Zweck erfüllt und uns vernichtet.

»Was war das denn?«, frage ich Selena, »wir befinden uns hier im luftleeren Raum, da kann es keine Explosion mit einem Feuerball geben. Und dann auch noch so eine schnelle Reaktion. Wir sind doch gerade hier aufgetaucht.«

»Die auf uns abgeschossene Rakete führte den Sauerstoff für die Verbrennung mit, und dann haben die offenbar eine Hülle von automatischen Waffen um ihr gesamtes Sonnensystem gelegt.«

Unsere Tarnung scheint zu wirken. Es gibt keinen weiteren Angriff, wir nähern uns unbehelligt dem inneren der drei bewohnten Planeten, und Selena nimmt ihre Analysen vor.

Wir würden gern runtergehen, um den Planeten in Augenschein zu nehmen.

»Ihr könnt den Planeten nicht betreten, zumindest nicht ohne Schutzanzüge. Er besitzt zwar eine Atmosphäre, in der ihr atmen könnt, aber die ist so mit Schwebstoffen durchsetzt, dass euch bald schlecht werden würde. Aber, was noch schlimmer ist, sie ist radioaktiv verseucht.«

»Aber du hast doch intelligentes Leben auf der Oberfläche ausgemacht«, wende ich ein, »wie können die überleben?«

»Die überleben nicht wirklich. Viele von ihnen sterben nach wenigen Jahren, manche schon nach Monaten.«

»Das ist seltsam, wieso besiedeln sie den Planeten, wenn sie kaum Überlebenschancen haben?«

»Das ist mir auch schleierhaft. Wir sollten die anderen beiden Planeten in Augenschein nehmen, vielleicht finden wir dort die Lösung des Rätsels.«

Der mittlere Planet ist ebenfalls erdähnlich. Der Wüstenanteil ist zwar deutlich größer als auf der Erde, auch gibt es weniger bewaldete Gebiete. Das meiste Land ist von riesigen Städten bedeckt, auch auf den Ozeanen gibt es schwimmende Städte. Und die intelligenten Wesen unterscheiden sich im Aussehen kaum von uns Menschen. Nach Selenas Analysen und Einloggen in ihre Kommunikationssysteme sind sie technisch etwa auf dem Stand der Menschen der Erde, nur ihre Raumfahrttechnik ist erheblich weiter fortgeschritten. Es gibt zwischen allen drei Planeten regen Schiffsverkehr, besonders aber zwischen den beiden äußeren, und die Schiffe sind sehr schnell. Eine Reise von einem zum anderen Planeten dauert jeweils nur wenige Tage. Überall verstreut über die Planeten gibt es Fabriken, die Abgase ungefiltert in die Luft entlassen. Daher ist die Luftverschmutzung erheblich.

Dann überrascht uns Selena mit einer zweiten Meldung.

»Es gibt auf diesem Planeten eine zweite Sprache, die aber nicht in ihrem Radio- und Funkverkehr verwendet wird. Das lässt darauf schließen, dass es zwei Rassen oder Völker gibt, und die eine Sprache hat sich durchgesetzt. Also, schließt euch bitte noch einmal an mich an, damit ihr auch die zweite Sprache parat habt.«

Wir beschließen dann, in einem abgelegenen, bewaldeten Gebiet zu landen. Kontakt mit den Bewohnern aufzunehmen, erscheint uns vorerst nicht ratsam, nach der explosiven Begrüßung.

Selena landet das Schiff auf einer Lichtung und wir drei betreten den Planeten, ausgerüstet mit Betäubungsstrahlern. Falls wir doch Einheimischen begegnen, wollen wir nicht auffallen, deshalb haben wir unsere Raumanzüge nicht an.

Wir streifen, uns nach allen Seiten vorsichtig umschauend und die Strahler im Anschlag, durch den lichten Wald. Die Vegetation ist kaum von der auf unserer Erde zu unterscheiden. Es gibt allerdings einen wesentlichen Unterschied, wie Vivianes Analysen ergeben. Fast alle Pflanzen, Blätter und Früchte sind für uns ungenießbar.

Wir sind kaum 50 Meter vorangekommen, als ein riesiger Schatten auf uns zuspringt. Da Nadine und ich eine extrem schnelle Reaktion haben, wird das Wesen noch im Sprung getroffen und fällt betäubt vor uns auf den Boden. Es sieht aus wie die Mischung aus einem Tiger und einem Löwen, nur erheblich größer als auf der Erde, mit gefährlichen Reißzähnen und gewaltigen Pranken mit extrem scharfen Krallen. Das Auffallendste an dem Tier sind aber seine leuchtend grünen Augen, ein Grün, wie es als Augenfarbe auf der Erde nicht vorkommt. Wir machen uns schnell davon, denn wir wissen, dass die Betäubung nicht lange anhalten wird. Aber wir sind nun noch vorsichtiger und nehmen Viviane in unsere Mitte, denn sie besitzt unsere Reaktionsfähigkeit nicht.

Der Wald ist voller unbekannter Geräusche. Es gibt offenbar auch Vögel, denn wir erleben mehrmals, wie ein großes vogelähnliches Wesen über ein Tier herfällt, das sich in den Baumkronen bewegt. Wir werden von so einem Tier mehrfach angegriffen. Auch das besitzt die gleichen leuchtend grünen Augen, und unsere Strahler erfüllen ihren Zweck. Also, besonders friedlich scheint es hier nicht zuzugehen.

In einer Entfernung von hundert Metern steht plötzlich eine junge Frau unter einem Baum. Sie ist nackt und schaut zu uns herüber. Sie unterscheidet sich kaum von einer jungen Frau der Erde, sie ist schlank, fast zu schlank, man könnte sie als mager bezeichnen, trotzdem wirkt sie sehr muskulös. Ihre Haut ist dunkelbraun, und ihre Augen leuchten in demselben Grün wie das der Vögel und Tiere, die uns bisher begegnet sind. Ihre Gesichtszüge entsprechen aber denen einer Europäerin unseres Heimatplaneten, die Nase ist schmal und die Lippen nicht so aufgeworfen wie bei den negroiden Völkern der Erde. Sie bewegt sich sehr grazil und nach irdischen Maßstäben würde man sie als schön bezeichnen. Dann bemerkt Nadine, dass etwa einhundert Meter hinter uns ebenfalls zwei nackte Frauen mit den gleichen leuchtend grünen Augen zu uns herüberschauen.

Wir gehen langsam auf die erste zu. Als wir kurz vor ihr sind, dreht sie sich um und läuft fort. Nach kurzer Zeit bleibt sie wieder stehen, bis wir fast aufgeschlossen haben. Wieder dreht sie sich um und läuft in hohem Tempo davon. Dann wendet sie sich erneut zu uns um und bleibt abermals stehen. Irgendetwas muss sie völlig verwirren. Sie erwartet offenbar, dass wir ihr schneller folgen. Und es sieht so aus, als wollte sie uns irgendwohin locken. Beim nächsten Mal bleiben wir im Abstand von zehn Metern stehen. Sie schaut uns aus großen grünen Augen an. Dann spricht Viviane sie in der ersten Sprache an.

»Hab keine Angst, wir sind Freunde, wir wollen dir nichts tun.«

Sie erschrickt, dreht sich um und will wieder davonlaufen. Schnell wiederholt Viviane dasselbe in der zweiten, weniger verbreiteten Sprache. Abrupt dreht sie sich uns zu.

»Du sprichst unsere Sprache? Wer seid ihr? Ihr seid keine Blauen, ihr seht anders aus. Und zwei von euch sind Frauen. Die Blauen gehen niemals mit Frauen jagen. Aber ihr habt Waffen wie die Blauen.«

Damit deutet sie auf unsere Strahler.

»Ich weiß nicht, wer die Blauen sind, aber wir gehören nicht dazu. Du kannst beruhigt sein. Unsere Waffen töten nicht, sie betäuben nur. Ich zeig's dir.«

Erschreckt weicht das Mädchen zurück, als Viviane mit dem Strahler auf ein eichhörnchenartiges Tier schießt, das gerade von einem Baum klettert. Das Tier fällt um, steht aber nach etwa 30 Sekunden wieder auf und läuft davon. Viviane hat den Strahler auf ganz geringe Energie gestellt.

Langsam fasst die Fremde Zutrauen zu uns. Sie kommt auf uns zu.

»Eure Haut! Sie ist so hell! Und eure Augen! Sie sind braun! Solche Augen habe ich noch nie gesehen.«

Und dann:

»Ich führe euch zu meinen Leuten. Kommt mit!«

Sie führt uns im Kreis fast genau zurück zu der Stelle, an der wir sie zum ersten Mal gesehen haben. Dort angekommen ruft sie in das Dickicht hinein.

»Kommt raus! Es sind keine Blauen. Sie wollen uns nichts tun. Ich glaube, es sind Freunde.«

Vorsichtig tritt eine Gruppe von etwa zehn Leuten aus dem Wald. Alle sind zerlumpt gekleidet, und es sind vier Frauen dabei, zwei davon sind ebenfalls nackt. Die Mitglieder der Gruppe sehen kräftig, aber sehr hager aus. Sie haben Holzknüppel, Steine und Messer dabei, die sie drohend gegen uns richten. Männer wie Frauen haben mittellange dunkle, glatte Haare und eine tiefbraune Haut. Am auffälligsten aber sind ihre Augen, die haben alle die gleiche leuchtend grüne Farbe. Auch sie starren verwirrt auf unsere helle Haut und in unsere braunen Augen. Dann spricht uns einer an, er scheint der Anführer zu sein.

»Wer seid ihr? Ihr seid keine Herren und seid auch nicht von uns. Die Herren haben blaue Augen, aber eure Augenfarbe haben wir noch nie gesehen. Auch eure Hautfarbe ist viel heller als die von den Herren oder von uns. Aber ihr habt Waffen wie die der Herren. Wir haben gesehen, wie ihr den Loger getötet habt, aber wir haben kurz darauf seinen Leichnam nicht finden können. Haben die Herren ihn fortgeschafft, um uns von der Nahrung abzuschneiden? Wir haben keine gesehen.«

Ich wende mich an den Wortführer.

»Du hast recht. Wir gehören nicht zu euch und wir sind auch keine von denen, die ihr Herren nennt. Wir kommen von weit her, von einem anderen Planeten in einem anderen Sonnensystem, und wir sind eure Freunde. Wir wollen euch nichts tun. Die Leute, die ihr Herren nennt, kennen wir nicht, denn wir sind erst vor kurzem auf eurer Welt angekommen. Und als Zeichen, dass ihr uns vertrauen könnt, helfen wir euch, ein großes Tier zu erlegen. Wir können es mit unseren Waffen aber nur betäuben, deshalb habt ihr auch keinen Leichnam finden können. Das Töten müsst ihr dann besorgen. Und damit ihr sicher seid, dass wir es ehrlich mit euch meinen, gehen die beiden Frauen mit euch zusammen zu eurer Unterkunft und ich helfe euch mit meinem Strahler bei der Jagd. Könntet ihr so einem Vorschlag zustimmen?«

Der Anführer bespricht sich mit seinen Leuten. Die Aussicht auf Nahrung gibt den Ausschlag. Sie sind sehr hungrig.

Die Gruppe trennt sich. Ich mache ich mich mit einer Gruppe von drei Männern und zwei Frauen auf die Jagd, die übrigen marschieren zurück zu ihrer Höhle, denn das ist ihre Unterkunft.

Der Anführer besteht allerdings darauf, meinen Strahler zu nehmen, auch wenn er ihn nicht bedienen kann. Zur Sicherheit, meint er, so ganz traut er mir nicht. Dann geht es zu der Stelle, an der wir den Loger betäubt hatten. Sie sind offenbar recht gute Fährtenleser und können den Weg des Tieres verfolgen.

Wir sind bereits etwa eine Stunde unterwegs, als es passiert. Unmittelbar dicht neben uns knackt es im Gebüsch und der Loger springt mit einem gewaltigen Satz auf unsere Gruppe. Da ich aber extrem schnell reagieren kann, reiße ich meinem Begleiter den Strahler aus der Hand und feuere auf das Tier, das sich noch im Sprung befindet. Es bricht sofort zusammen, begräbt aber eine der begleitenden Frauen mit seinem mächtigen Körper. Die Gruppe stürzt sich auf das betäubte Tier und wuchtet es von der jungen Frau, die ein paar Prellungen und Verstauchungen davongetragen hat. Dann wird das Tier in transportfähige Teile zerlegt und zurück zu ihrer Unterkunft geschleppt.

Unsere Situation hat sich schlagartig verbessert. Wir werden ab sofort mit großer Hochachtung behandelt. Man bewundert meine enorme Reaktionsschnelligkeit und freut sich noch mehr über das frische Fleisch. Das ist etwas, das sie in ihrem Leben nicht oft genießen können. Da sie außer Messern, Knüppeln und Steinen keine wirklich gefährlichen Waffen besitzen, leben sie hauptsächlich von toten Tieren oder von Kadaverresten, die andere Tiere übrig gelassen haben. Das Fleisch eines Logers gilt als Delikatesse, auch bei den Herren, die dieses Tier deswegen fast ausgerottet haben.

Wir sitzen in der Höhle am Feuer und die Gruppe kümmert sich um die Verletzungen der jungen Frau. Sie heißt übrigens Aylen und ist die Partnerin des Anführers Zech.

Er erzählt uns die Geschichte der drei Planeten:

»Auf dem inneren und auf diesem Planeten hatten sich unabhängig voneinander zwei intelligente Rassen entwickelt, auf dem inneren die Herren, die man an ihren tiefblauen Augen erkennt, und auf diesem die mit grünen Augen, also meine Leute.

Auf dem dritten, äußeren Planeten entfaltete sich kein intelligentes Leben, er ist aber bewohnbar und die Herren haben ihn später besiedelt.

Die blauäugige Rasse oder, wie wir sagen, die Blauen, entwickelten sich früher und schneller als wir Grünen. Sie beherrschten bald ihren Planeten, führten ziemlich grausame Kriege gegeneinander und eroberten dann auch den Raum unseres Sonnensystems. Das ging einher mit einer rücksichtslosen Ausbeutung der Ressourcen des Planeten. Als sie dann ihren Planeten im Verlauf des letzten Krieges auch noch radioaktiv verseuchten, bestand für die Überlebenden die Notwendigkeit, diesen zu verlassen, und man schloss notgedrungen untereinander Frieden. Man begann, die beiden anderen Planeten zu besiedeln und traf dabei auf uns. Das wurde als Glücksfall bezeichnet, denn nun hatte man wieder einen Gegner, der dann ohne Schwierigkeiten unterworfen wurde, denn sie waren uns technisch weit überlegen. Zuerst zerstörten sie unsere Industrie und Infrastruktur, die sich noch in den Anfängen befand, dann jagte man uns wie Tiere, bis man schließlich auf die Idee kam, uns Grüne als Arbeitssklaven zu verwenden. Wir sind nämlich trotz unserer Rückständigkeit widerstandsfähiger und kräftiger als sie. Mit Hilfe der neuen billigen Arbeitskräfte verbesserten sie ihre Raumfahrttechnik und erlebten eine wirtschaftliche Blüte, die allerdings einherging mit einer langsamen Zerstörung auch der beiden anderen Planeten. Die billigen

Arbeitskräfte gingen schnell zur Neige, also sah man sich gezwungen, Reservate einzurichten, in denen wir Grünen uns ungestört vermehren sollten. Alle paar Jahre gab es eine Jagd, auf der man sich mit neuen Sklaven versorgte. Da bald auch die Grundstoffe knapp wurden, setzte man die Sklaven auch auf dem verseuchten und verlassenen ersten Planeten ein, um dort die noch letzten Rohstoffe abzubauen. Den Blauen gingen aber nicht nur langsam die Rohstoffe aus sondern sie hatten auch keinen ernstzunehmenden Gegner mehr. Sie machten sich also auf die Suche nach neuen Planeten; die Raumfahrt war inzwischen so weit fortgeschritten, dass sie mit ihren Schiffen schon fast Lichtgeschwindigkeit erreichten. Sie bauten ein riesiges Schiff und schickten es auf die Suche nach neuen Planeten, die man ausbeuten könnte. Das ist aber schon einige hundert Jahre her und das Schiff gilt als verschollen. Gleichzeitig errichteten sie um das gesamte System einen Verteidigungswall, denn auf der Suche könnte es ja passieren, dass sie auf andere Zivilisationen trafen, die vielleicht aus dem gleichen Grunde unterwegs waren.«

»Und diese Produktionsstätte für Sklavennachwuchs seid also ihr«, unterbreche ich ihn.

»Ja und nein! Es ist zwar so gedacht und klappt im Wesentlichen auch so. Aber es gibt ein paar kleinere Gruppen von uns, die es verstanden haben, sich der Jagd zu entziehen, indem sie viele unterschiedliche Verstecke einrichten konnten. Auch haben wir es hin und wieder geschafft, einen Blauen zu fangen. Von denen wissen wir auch alles über die Geschichte der Planeten und über sie selbst. Das hilft uns beim Überleben. Nur ihre Waffen, die wir dabei erbeuteten, nützen uns nichts. Sie funktionieren bei uns nicht, die Blauen haben offenbar eine Sperre eingebaut, die wir nicht überwinden können. Das Einzige was wir gebrauchen konnten, waren die Messer, die sie eher als Schmuckstücke trugen denn als Waffen. Da wir uns ständig verstecken mussten, konnte wir nichts mehr selber herstellen. Auch haben einige von uns von den Gefangenen die Sprache gelernt, aber das muss unbedingt geheim bleiben. Wenn tatsächlich welche von uns gefangen werden, sterben wir lieber, als dass wir zu erkennen geben, dass wir die Blauen verstehen.

Aber die Nahrungsbeschaffung bleibt ein Problem, denn wir sind fast reine Fleischfresser. Pflanzliche Nahrung ist auf diesem Planeten nur schwer zu finden, denn fast alle Pflanzen sind für uns giftig; die wenigen genießbaren Pflanzen und Früchte sind von den Blauen fast ausgerottet worden und Tiere gibt es immer weniger.«

»Was habt ihr mit den Gefangenen gemacht? Vor allem, wie habt ihr sie dazu gebracht, euch alle diese Dinge zu erzählen?«, frage ich besorgt.

»Wir mussten schon Gewalt anwenden, um sie zum Sprechen zu bringen, und dann haben wir sie natürlich getötet und ihr Fleisch als Köder für kleinere Tiere verwendet, die wir erlegen können.«

»Was machen die Blauen mit den gefangenen Frauen? Werden die auch als Arbeitssklaven eingesetzt?«, will Viviane wissen. »Kommt es zu Vergewaltigungen?«

„Das ist sogar die Regel. Unsere Frauen sind deutlich hübscher, auch für den Geschmack der Blauen. Daher nehmen sie vorzugsweise unsere Frauen als Sexsklavinnen. Damit ist aber nur scheinbar ihr Überleben gesichert. Häufig werden sie von den Frauen der Beherrscher umgebracht, weil sie eifersüchtig auf ihre Schönheit sind. Die Frauen der Blauen sind nur selten wirklich hübsch.«

»Und können eure Frauen dann schwanger werden?«

»Nein, jedenfalls haben wir noch nie davon gehört, vermutlich sind wir genetisch zu verschieden.

Wir haben vor langem ein Funkgerät erbeutet, das uns sagt, wenn sie eine neue Jagd planen. Sie können sich nicht vorstellen, dass wir damit etwas anfangen können. Sie halten uns für Tiere, die Fragmente einer Sprache haben, und haben sich nie die Mühe gemacht, sich näher mit uns zu befassen. Dabei sind eigentlich sie die Tiere, denn wenn sie eine unserer Frauen zu sehen bekommen, setzt ihr Verstand aus. Sie sind dann so wild darauf, sie zu bekommen, dass sie jede Vorsichtsmaßnahme außer Acht lassen. So gelingt es uns immer wieder, mit unseren Frauen als Lockmittel, einige von ihnen zu fangen. Wir verwenden ihre Kleidung, um daraus welche für uns herzustellen. Aber wie ihr aus unserem Aussehen schließen könnt, haben wir lange keine mehr gefangen. Sie scheinen vorsichtiger geworden zu sein.

»Mein Gott«, seufzt Viviane, »was ist das für eine Rasse, die intelligente Wesen auf einem verseuchten Planeten arbeiten lässt und in Kauf nimmt, dass sie das nicht lange überleben.«

»Ja, das ist schrecklich«, wende ich ein, »aber denke einmal an unsere Erde. Da gibt es große Konzerne, die in Afrika Bodenschätze ausbeuten und eine auf Jahrhunderte unbewohnbare Mondlandschaft hinterlassen. Die ursprünglichen Bewohner können nur noch das Land verlassen, denn anbauen können sie da nichts mehr. Und entschädigt werden sie auch nicht. Mögliche Entschädigungen versickern in den Kanälen der Herrschenden. So viel anders ist es bei uns auch nicht, nur mit dem kleinen Unterschied, dass wir die Sklaverei dem Namen nach seit ein paar Jahrhunderten abgeschafft haben, tatsächlich aber gibt es sie weiterhin in der Dritten Welt, man nennt sie heute Billiglohnkräfte.«

»Können wir denn da gar nichts tun?«

»Nein, Viviane, um das System hier zu revolutionieren, brauchen wir Waffen und zwar solche, die töten können. Unsere Betäubungsstrahler wirken wie Kinderspielzeug gegen das, mit dem die Herren-Rasse aufwarten kann. Und wir dürfen nicht einmal daran denken, dies von Selena zu verlangen. Sie würde uns vermutlich irgendwo aussetzen und die Erinnerung an sie und das Schiff löschen. Sie ist so programmiert worden. Aggressivität kannten ihre Erbauer offenbar nicht.«

Ich wende mich noch einmal an Zech.

»Wie ich dich verstanden habe, unterscheidet ihr euch äußerlich von den Blauen allein durch die Farbe der Augen und durch die Sprache. Genetisch seid ihr zwar verschieden, aber das ist nicht zu erkennen. Warum verändert ihr nicht eure Augenfarbe, zum Beispiel durch farbige Kontaktlinsen?«

Zech schaut mich verwirrt an, und ich erfahre, dass es Sehhilfen oder Kontaktlinsen nicht gibt. Man musste sie gar nicht erst erfinden, weil die Augen der Grünen wie die der Blauen ihr Leben lang gleich bleiben, Sehschwäche kennen sie nicht, auch im hohen Alter verändert sich die Sehkraft der Augen nicht.

Dann kommt die Nachricht, dass eine Jagd bevorsteht. Unsere Gruppe ist durch das erbeutete Gerät vorgewarnt und führt uns tief in das Höhlensystem hinein, wo wir von den Jagdschiffen nicht geortet werden können. Ich wende mich an den Anführer.

»Warum machen das nicht alle Grünen so, dann würden die Blauen doch kaum noch Sklaven bekommen?«

» Es gibt leider noch zu viele von uns, die einfach nur panisch reagieren und in alle Richtungen davonlaufen. Die werden dann einfach mit riesigen Netzen eingefangen, die sich von den Schiffen herabsenken. Es gibt aber ein paar Gruppen, die wir erreichen können. Wir haben untereinander ein Warnsystem mit von den Blauen erbeuteten Spiegeln aufgebaut. So geben wir von der Bergspitze Zeichen, die die anderen vorwarnen. Unser größtes Problem bleibt aber die Versorgung mit Nahrung. Es gibt immer weniger Tiere in unserem Gebiet, und das scheint System zu haben. Die Blauen schneiden uns von der Nahrung ab, damit wir gezwungen sind, Futterplätze aufzusuchen, die sie für uns eingerichtet haben. An diesen Plätzen können sie uns dann sehr viel leichter einfangen. Das ist für die Blauen einfacher, sie müssen uns nicht erst suchen.«

Wir leben eine Zeit lang mit unserer Gruppe zusammen, die aus 22 Personen besteht, und lernen ihr Sozialsystem und ihre Gewohnheiten kennen. Die Arbeit ist nicht geschlechtsspezifisch eingeteilt, Männer wie Frauen gehen auf die Jagd und bereiten die Nahrung zu oder versorgen die Kinder. Es entscheidet sich danach, wer sich bei der entsprechenden Tätigkeit geschickter anstellt oder erfolgreicher ist. Daher gibt es einige Frauen, die bei der Jagd außerordentlich erfolgreich sind. Eine davon ist Aylen, die Partnerin des Anführers.

Sie haben keine festen Partnerschaften, obwohl sich viele über einen längeren Zeitraum zusammentun, und gelegentliche »Seitensprünge« sind durchaus an der Tagesordnung und werden auch toleriert. Kinder werden gemeinsam betreut. Wenn sie noch klein sind, werden sie von mehreren Frauen gesäugt. Sie sind offenbar dazu in der Lage.

Besonders Viviane als Biologin ist natürlich an ihrem Sozialverhalten interessiert. Sie hat sich mit Aylen angefreundet. Die beiden sind viel zusammen und Viviane stellt fest, dass die Grünen von ihrem Verstand her und von den Möglichkeiten längst in der Entwicklung aufgeschlossen haben; nur weil sie in ständiger Angst vor Verfolgung leben, konnten sie keine Wirtschaft oder Infrastruktur aufbauen.

Immer wieder erleben wir es, dass die Männer schüchtern Vivianes und Nadines und die Frauen meine Haut berühren oder sogar streicheln. Dabei schauen sie uns tief in die Augen. Es sieht so aus, als würde die Berührung unserer Haut sie erregen, aber man wagt es nicht, deutlicher zu werden. Der Respekt vor uns ist zu groß.

Dann erleben wir die Tötung eines Blauen mit.

Zwei aus der Gruppe kommen von einer leider erfolglosen Jagd zurück und berichten von zwei bewaffneten Blauen, die weit in das Reservat vorgedrungen sind. Sie wollen vermutlich Tiere jagen. Die beiden Männer machen sich mit sechs weiteren und acht Frauen auf den Weg. Wir dürfen dabei sein. Der Marsch durch das Gelände dauert fast zwei Stunden. Zwei besonders gute Fährtensucher sind etwa hundert Meter vor unserer Gruppe. Dann kommt die Nachricht, dass der Gegner gesichtet wurde. Jetzt läuft alles nach einem einstudierten Plan ab. Zwei der Frauen ziehen sich aus und laufen nackt in die Richtung, in der sich die Blauen aufhalten. Kurz davor halten sie an und treten ins Blickfeld der Männer. Die Blauen erblicken die nackten Frauen und stürzen sich mit lautem Gebrüll, das uns an Brunftschreie eines Hirschen auf der Erde erinnert, auf die Frauen, die in entgegengesetzte Richtungen davon laufen.

»Wir müssen sie erst einmal voneinander trennen, denn gegen zwei Gegner kommen wir nicht an«, erklärt uns Zech. Beide Frauen laufen so, dass die Männer immer wieder dichter an sie herankommen, aber sie nicht erreichen.

»Wenn beide sehr weit auseinander sind, wird Lin, das ist die, die nach links gelaufen ist, so schnell werden, dass der Blaue nicht mehr hinterherkommt, unsere Mädchen und Frauen sind viel schneller als jeder Blaue. Unsere Zweite wird den anderen Blauen immer wieder so dicht an sich heranlassen, bis der vor lauter Geilheit jede Vorsichtsmaßnahme vergisst. Und sie lockt ihn im Kreis hier zu uns zurück«, berichtet Zech.

Dann sehen wir sie kommen. Der Blaue keucht dicht hinter ihr her. Dann ›stolpert‹ unser Lockvogel und landet dabei mit dem Rücken auf dem Waldboden. Der Mann sieht das Mädchen breitbeinig auf dem Boden liegen, stößt ein wollüstiges Gebrüll aus, wirft seinen Strahler weg, reißt sich die Kleider vom Leib und will sich auf das Mädchen stürzen. Das ist das Zeichen für den Rest der Gruppe. Sie fallen, bewaffnet mit Knüppeln, Messern und Steinen, über den fast wahnsinnig gewordenen Gegner her, der bald keinen Mucks mehr von sich gibt.

Jetzt verstehen wir auch das Verhalten der jungen Frau bei unserer ersten Begegnung; sie wollten auf uns die gleiche Taktik anwenden, weil sie uns für Blaue hielten.

Nur eines will ich noch von Aylen wissen:

»Wieso habt ihr damals uns mit dieser Methode fangen wollen? Zwei von uns waren Frauen, da funktioniert das doch nicht?«

»Das beruhte auf einer Fehlmeldung. Es wurde berichtet, dass drei Blaue in das Reservat eingedrungen waren. Frauen von denen gehen niemals auf Jagd. Auch ich hatte das zuerst nicht erkannt. Stutzig wurde ich, als ich feststellte, dass ihr alle drei nur mir folgtet und dann auch nicht besonders eilig. Als ich das dritte Mal anhielt, sah ich, dass ihr anders aussaht und zwei von euch Frauen waren. Als Viviane mich in der Sprache der Blauen ansprach, bekam ich Panik. Doch dann rief sie etwas in meiner Sprache. Die können die Blauen nicht, sie wissen nicht einmal, dass wir eine Sprache haben. Da war ich völlig verwirrt und wusste nicht mehr, was ich machen sollte.«

Nun geschieht etwas, bei dem wir drei lieber nicht zusehen. Von dem Gegner werden mehrere Teile Fleisch abgeschnitten, die mit zurück zur Unterkunft genommen werden. Der Rest des Leichnams wird im Wald vergraben und mit Erde und Laub bedeckt.

»Das machen wir«, klärt uns Zech auf, »damit die Blauen nicht herausbekommen, wie wir sie haben fangen können. Ihn ganz und lebend zur Höhle zu schleppen, ist zu schwer. Wir haben dieses Mal versäumt, vorher eine Trage zu bauen, es ging alles zu schnell.«

»Und was macht ihr mit ihm?«

»Wir nehmen sein Fleisch als Köder, um Tiere zu fangen. Seine Kleidung verwenden wir und machen daraus Bekleidung für mehrere von uns, auch die Waffe nehmen wir mit, obwohl wir sie nicht benutzen können. Aber sie eignet sich immerhin als Schlagstock.«

»Werden sie ihn nicht suchen?«, will ich wissen, »haben sie nie Suchtrupps losgeschickt, wenn ihr Blaue gefangen habt?«

»Nein, denn den Blauen ist es verboten, das Reservat zu betreten und dort zu jagen. Aber Verbote kümmern sie nicht sonderlich. Das hat aber auch einen Vorteil für uns. Wenn jemand aus dem Reservat nicht zurückkehrt, weil er vermutlich umgekommen ist, kümmert das die

Behörden oder die Polizei nicht besonders. Sie sind froh, dass sie sich nicht die Arbeit machen müssen, ein Strafverfahren gegen die Gesetzesbrecher einzuleiten. Das hat sich somit von selbst erledigt.«

Auf dem Rückweg stößt nach einer Stunde Lin wieder zu uns. Sie ist immer noch nackt und hat keine Eile, sich wieder anzuziehen. Es stört sich auch keiner daran. Nacktheit wird bei den Grünen als etwas Selbstverständliches angesehen, so etwas wie Scham kennen sie nicht. Ihr natürlicher Umgang mit dem nackten Körper ist bisher von keiner Religion zerstört worden. Sie haben keine. Es hat aber auch eine praktische Seite. Stoff für Bekleidung ist für sie schwer zu bekommen, sie können nur auf die Sachen von gefangenen und getöteten Blauen zurückgreifen. Also schont man die wenige Kleidung, wann immer es möglich ist.

Die nächste Jagd auf Sklaven kommt ohne Ankündigung. Wir sehen ein Schiff auftauchen, aber es ist noch weit weg. Es ist ungewöhnlich, dass keine Nachricht über das Funkgerät erfolgte. Wir haben es nicht weit bis zu einem der überall angelegten Verstecke. Alle rennen, so schnell sie können, zum Versteck, aber die Zeit reicht, es ist eigentlich keine Gefahr. Wir sind am Eingang, als Viviane laut ruft:

»Aylen fehlt.«

Dann fällt uns ein, dass sie nicht schnell genug laufen kann; ihre Verletzungen, die sie erhielt, als der Loger betäubt auf sie fiel, sind noch nicht ausgeheilt. Ohne lange nachzudenken, läuft Viviane zurück. Sie findet

120

Aylen auch schnell und stützt sie beim Gehen. Doch sie schaffen es nicht. Das Jagdschiff erscheint über ihnen, und kurz darauf zappeln beide im Netz.

Mit Entsetzen sehen wir das Schiff mit den beiden verschwinden.

GEFANGEN

Die Gruppe ist wie gelähmt.

Nachdem ich mich etwas gefasst habe, wende ich mich an ihren Anführer.

»Zech! Nadine und ich werden alles tun, um Viviane und Aylen zu finden. Dafür müssen wir euch jetzt verlassen, aber du kannst sicher sein, dass wir wiederkommen und Aylen zurückbringen werden. Seid aber vorsichtig und seht zu, dass ihr euch in der Zeit unserer Abwesenheit nicht fangen lasst.«

Damit verabschieden wir uns von der Gruppe und laufen ein Stück in den Wald hinein. Auf einer Lichtung holt Selena uns an Bord.

Wir sitzen im Kommandoraum und beratschlagen uns mit dem Bordcomputer.

»Ich muss zu den Blauen und mich unter sie mischen, wenn ich die beiden Frauen finden will. Selena, kannst du mein Äußeres vorübergehend so verändern, dass ich ihnen gleiche?«

»Natürlich geht das, du bekommst blaue Kontaktlinsen und eine Salbe, die deine Haut vorübergehend dunkel macht, und dann werde ich dir ein kleines Gerät unter die Haut implantieren, über das du ständig in Kontakt zu uns bleiben kannst.«

Nadine will mit, aber das möchte ich nicht.

»Nadine, wenn irgendetwas schiefgeht, kannst du immer noch runtergehen und mich rauspauken. Wir brauchen dich als Notfall-Reserve.«

Das sieht sie ein.

Dann verändern wir mein Aussehen.

»Auch nicht schlecht«, meint Nadine, als sie das fertige Werk betrachtet. »Du mit tiefblauen Augen und dunkler Haut, das hat was. Könnt' ich mich dran gewöhnen.«

Selena verpasst mir auch die entsprechende Kleidung, sodass ich als eine höhergestellte, der Oberschicht angehörende Person erkannt werde. Die Farben sind überwiegend in Blau- und Grautönen gehalten, die von einigen Goldstreifen durchwirkt sind. Eine Farbe kommt in dieser Zivilisation nicht vor, das ist Grün, denn Grün verbindet man mit Primitivität und Minderwertigkeit; es ist die Farbe der »dummen Sklaven« und der Tiere, die man unter allen Umständen vermeidet.

Ich habe einen Betäubungsstrahler umgeschnallt, der genauso aussieht wie der Waffen der Blauen, und in meinem Gürtel stecken zwei Messer, deren Griffe kunstvoll verziert sind.

Es gibt ein streng hierarchisches System unter den Blauen. An der Spitze steht ein Alleinherrscher, dessen Amt sich auf seine Söhne vererbt, wenn er nicht vorher umgebracht wird, was übrigens fast immer der Fall ist. Dann gibt es eine Reihe von Ministern, die sich zum Teil heftig untereinander bekämpfen, sie sind auch die Besitzer der Minen und Fabriken auf den Planeten. Herrscher und Minister sind gleichzeitig die obersten Militärführer. Dann gibt es das normale Volk, dem es früher sehr gut ging, doch seitdem die Ressourcen knapp werden, hat es sich in eine kleine reiche Oberschicht und eine große verarmte Unterschicht gespalten.

Selena setzt mich nachts auf einem verlassenen großen Platz in einer Stadt ab. Die Gebäude, deren Fassaden bereits zerbröckeln, stehen leer. Ich schlendere durch die Straßen, bis ich in ein belebteres Viertel komme. Ich muss mir etwas ausdenken, wie ich mit einem Bewohner ins Gespräch kommen kann, und der Zufall kommt mir zu Hilfe.

Vor mir geht ein Mann, der der Kleidung nach ebenfalls zur oberen Schicht gehören muss. Er ist so in seine Gedanken vertieft, dass er nicht bemerkt, wie von einem Baum herab sich ein großer, krallenbewehrter Vogel auf ihn stürzt. Ich habe keine Mühe, das Tier mit meinem Strahler zu erlegen. Der Mann erschrickt, als er das Tier neben sich zu Boden fallen sieht, dann dreht er sich um, sieht mich mit meinem gezogenen Strahler und erkennt sofort, was geschehen ist.

»Mann, ich weiß gar nicht, wie ich dir danken soll. Du hast mir das Leben gerettet, mindestens mich aber vor größeren Verletzungen bewahrt. Ich war mit meinen Gedanken gerade woanders und mit meinen Problemen beschäftigt. Darf ich dich zu einem Drink einladen?«

Ich nehme die Einladung gern an. Dann stellt er sich vor und ich nenne ihm meinen Namen, einen der bei den Blauen häufig vorkommt. Er schleust mich in eine Bar, die man auf der Erde als Kaschemme bezeichnen würde.

Der Drink ist ein Teufelszeug, er brennt im Hals und mir bleibt fast die Luft weg. Unbemerkt tausche ich meine vollen Gläser jeweils gegen die leeren meines stark angetrunkenen Nachbarn auf der anderen Seite. Er ist etwas verblüfft, dass sein Glas nicht leerer wird, aber darüber sehr erfreut.

Nach dem dritten Glas beginnt meine neue Bekanntschaft von seinen Problemen zu erzählen, die ihn so beschäftigten, dass er den Vogelangriff nicht bemerkt hatte.

»Weißt du, meine Frau hat richtig Scheiße gebaut. Ich bin nämlich verheiratet. Bist du auch verheiratet?«

Ich verneine.

»Da hast du richtig Glück, sei froh. Ich hatte nämlich 'ne richtig tolle Sklavin, so 'ne Grüne. Sah echt gut aus. Und weißt du, was meine bescheuerte Alte gemacht hat? Nee! Kannst du ja auch nicht wissen! Die hat meine Grüne umgebracht. Einfach so! Passte ihr nicht, dass die so hübsch war.

Und nun steh ich da und bin echt sauer und auf der Suche nach einem, der sie für mich umlegt, und ich hätt auch gern 'ne neue Grüne. Aber beides kann ich mir nicht leisten. Die Grünen sind richtig teuer geworden, seitdem die Fänge zurückgegangen sind, und seine Frau ins Jenseits befördern zu lassen, ist genauso teuer.«

Der Barkeeper mischt sich ein. Er hat unser Gespräch mitbekommen.

»Habt ihr schon gehört, es soll neuerdings einen Schwarzmarkt geben, auf dem illegale Fänge verkauft werden? Die Preise für Sklaven sind in der letzten Zeit in schwindelnde Höhen geklettert, weil es Nachschubschwierigkeiten gibt. Da lohnt sich das illegale Jagen für Wilderer. Und deren Sklaven sind billiger, denn die Regierenden verdienen nicht mit. Das lässt natürlich auch Gerüchte aus dem Boden schießen. Ich habe da von etwas ganz Verrücktem gehört. Es soll eine Sklavin auf dem Schwarzmarkt angeboten worden sein, die eine weiße Haut und braune Augen gehabt haben soll. Weiße Haut und braune Augen! So ein Quatsch! Was die Leue alles so erzählen, um sich interessant zu machen? Aber, wäre das nicht etwas für dich, ich meine, der Schwarzmarkt?«

Ich werde hellhörig und mir ist jetzt auch klar, warum es keine Ankündigung gab; die Jagd war illegal.

Bevor ich beim Barkeeper nachfragen kann, steht mein neuer Bekannter auf. Er kann sich kaum noch auf den Beinen halten, so betrunken ist er. Er hat sich inzwischen in sein Elend so hineingesteigert, dass er ununterbrochen am Schimpfen ist, über seine Frau, über die gestiegenen Preise für anzuheuernde Mörder und für Sklavinnen.

»Ich mach euch alle fertig«, brüllt er. Und zu mir.

»Bist 'n feiner Kerl! Der einzige! Halt mal!«

Dann drückt er mir einen Beutel in die Hand.

Anschließend wankt er nach draußen. Dort zieht er seine Waffe und schießt wild um sich. Etliche Passanten fallen getroffen zu Boden.

Der Barkeeper kommt seelenruhig hinter dem Tresen hervor, greift sich seine dort deponierte Waffe, geht durch den Raum zur Tür, öffnet sie und erschießt den Mann von hinten. Dann kommt er zurück und nimmt wieder seinen Platz hinter der Bar ein.

»Und was passiert jetzt?«, frage ich entsetzt.

»Jetzt kommt die Polizei. Die stellen die Personalien der Toten und des Todesschützen fest. Dann kommen sie hier herein und fragen, wer ihn erschossen hat. Das sage ich ihnen dann. Dann werden sie sagen, dass ich nicht die Arbeit der Polizei machen soll. Und ich werde sagen, dass noch mehr Leute tot wären, wenn ich das nicht gemacht hätte. Sie werden nicken, wieder gehen und die Leichen wegschaffen lassen.

So ein Geballere ist doch ganz alltäglich hier. Die Leute werden immer frustrierter. Es wird Zeit, dass es wieder Kriege gibt, in denen man ungestraft Leute erschießen kann.«

An die Brutalität dieser Rasse muss ich mich erst noch gewöhnen.

Nachdem die Polizei wieder abgezogen ist, will ich von ihm Näheres zu dem Sklaven-Schwarzmarkt wissen. Ich gebe vor, eine Sklavin erwerben zu wollen, aber nicht genug Geld für einen regulären Preis zu haben.

»Komm morgen Abend wieder, ich mache dich dann mit einem Mann bekannt, der mit solchen Geschäften zu tun hat.«

Ich verspreche, zum verabredeten Zeitpunkt da zu sein und mache mich davon. An einem einsamen Ort im toten Stadtviertel nimmt mich Selena an Bord.

»Nadine, du musst unsere Gruppe um Zech benachrichtigen, damit sie sich darauf einstellen, dass es jetzt hin und wieder unangekündigte Jagden gibt.«

Dann habe ich endlich Zeit, mir anzusehen, was in dem Beutel ist, den der Mann mir vor seinem Tod zusteckte. Es ist Geld. Viel Geld. Es ist das Geld, für das er einen Mörder oder eine Sklavin kaufen wollte. Das kommt mir natürlich gut zupass.

Am nächsten Abend bin ich zur verabredeten Zeit am vereinbarten Ort, während Selena Nadine bei unserer Grünen-Gruppe absetzt.

Der Mann, mit dem ich mich treffe, entpuppt sich als typisch für die verarmte Unterschicht. Er ist ungepflegt, seine Kleidung ist schmutzig, seine Augen haben einen verschlagenen Ausdruck, und er ist außerordentlich misstrauisch. Er will sehen, ob ich auch genügend Geld habe, um eine Sklavin kaufen zu können. Ich zeige ihm den Inhalt des Beutels. Seine Augen glitzern gierig, als er das viele Geld erblickt. Wir gehen an leerstehenden Häusern vorbei und kommen zu einem ehemaligen Fabrikgelände.

»Da vorn ist es, wo wir hin müssen.«

Während er mit seiner ausgesteckten Hand nach vorn zeigt, bleibt er etwas zurück, so dass er leicht versetzt hinter mir geht. Aus den Augenwinkeln sehe ich, wie er seine Waffe zieht. Doch er hat nicht mit meiner Schnelligkeit gerechnet. Seine Waffe fällt zu Boden und er reibt sich sein verletztes Handgelenk. Ich ziehe ihn in eines der verlassenen Gebäude mit dem Messer an seiner Kehle.

«So jetzt raus mit allem, was du weißt!«

»Ich weiß überhaupt nichts, ich habe das nur gemacht, um an dein Geld zu kommen.«

Ein leichter und harmloser Schnitt an seinem Hals lässt ihn aufheulen.

»Ich sag ja alles, bloß lass mich am Leben.

Ich habe Freunde, die gehen auf die Jagd nach Grünen. Illegal. Und die verkaufen sie dann. Ich kann dir wirklich eine Grüne besorgen. Zu einem sehr günstigen Preis.«

Ich will wissen, was an dem Gerücht dran ist, dass sie eine hellhäutige und braunäugige Sklavin gefangen hätten. Er schaut mich ängstlich an.

«Ich weiß, das wirst du mir auch nicht glauben, aber ich habe sie vor zwei Tagen gesehen. Es gibt sie wirklich. Sie hatte wirklich braune Augen und ganz weiße Haut. Ich habe so etwas noch nie gesehen. Die Leute haben sich überboten im Preis.«

»War sie allein, oder wurde noch eine weitere Sklavin zum Verkauf angeboten.«

»Ja, da war noch eine dabei. Das war aber eine normale Grüne, nur mit dem Unterschied, dass auch sie ausnehmend hübsch war, allerdings humpelte sie leicht.«

»Kannst du mir auch sagen, wer sie gekauft hat?«

»Nein, ich kannte die Käufer nicht. Aber der Preis für die mit der hellen Haut war so horrend hoch, das eigentlich kein normal Sterblicher das bezahlen kann. Das muss ein Minister oder sein Agent gewesen sein.«

»Und die andere?«

»Der Preis war auch hoch, denn sie war richtig wild, aber die kann auch einer von den Superreichen gekauft haben.«

Mehr ist nicht aus ihm herauszubekommen. Ich richte meinen Strahler auf ihn, um ihn zu betäuben. Er schreit auf. Er muss davon ausgehen, dass ich ihn töten will.

»Warte! Vielleicht kann ich dir doch helfen. Ich kenne jemanden, der sich mit Ministern und Superreichen auskennt, der ist so was wie ein Hofberichterstatter. Wenn ich ihm die Käufer beschreibe, kannst du vielleicht mehr erfahren.«

Ich lasse mich darauf ein; ich wollte ihn ja auch gar nicht töten.

»Gut, führe mich zu ihm.«

Wir durchqueren die halbe Stadt und kommen in einem der vornehmeren Viertel an. Dort klingelt mein Begleiter an der Tür einer großen Villa und ein Diener öffnet uns. An einer Leine mit Halsband führt er eine grünäugige Sklavin.

»Ich möchte deinen Herrn sprechen, ich bin Voagen, er kennt mich.«

Der Mann verschwindet kurz, dann werden wir hineingeführt und mein Begleiter flüstert mir zu:

»Die Grüne hab ich ihm besorgt. Ist auch ’ne Illegale. Deshalb schuldet er mir noch was.«

In Wohnzimmer empfängt uns ein Mann in hohem Alter. Seiner Kleidung nach gehört er zu den Begüterten, nicht aber zu den wirklich Reichen. Voagen kommt gleich zur Sache.

»Seelegg, du kennst dich doch aus mit den Superreichen und Ministern, du berichtest ja oft in den Zeitungen über sie. Vielleicht kannst du meinem Freund hier helfen. Er ist auch bereit, einiges dafür springen zu lassen. Er sucht nämlich seine Sklavin. Die ist ihm vor kurzem gestohlen und auf dem Schwarzmarkt verkauft worden. Ich war zufällig dabei, als sie verkauft wurde und könnte dir die Käufer beschreiben.«

»Was will er denn springen lassen?«

Ich nenne ihm einen Betrag.

»Gut, wenn du den Betrag verdoppelst, kommen wir vielleicht ins Geschäft.«

Ich erkläre mich einverstanden.

Mein Begleiter beschreibt die Käufer ausführlich. Der alte Mann wendet sich an mich.

»Hm, den einen kenne ich, das könnte der Leibwächter von einem ›Ersten Minister‹ sein. Der Minister wohnt auf dem dritten Planeten. Mit dem würde ich mich aber nicht anlegen, da ziehst du garantiert den Kürzeren.

Die Beschreibung des anderen passt auf drei Personen. Sie gehören alle der oberen Klasse an. Einer davon wohnt auf diesem Planeten, die beiden anderen, genauso wie der Minister, auf dem dritten. Leg mir das Geld auf den Tisch und ich schreibe dir die Adressen auf.«

Wir tauschen Geld und Adressen aus. Dann verlassen wir das Anwesen.

Draußen wende ich mich an meinen Begleiter.

»Hör zu, du hast mich nicht belogen und deswegen lasse ich dich am Leben. Wenn du hoch und heilig versprichst, die ganze Angelegenheit zu vergessen, könnte ich mir eventuell überlegen, dir eine kleine Entschädigung zukommen zu lassen.«

Die Augen des Mannes leuchten gierig und er verspricht beim Leben seiner Mutter, dreier Väter, zwanzig Tanten und Onkel, sowie aller seiner Ahnen und Urahnen, die allerdings nicht mehr leben, dass er alles schon jetzt vergessen habe und nicht einmal mehr wisse, wer ich sei und wie ich aussehe. Ich gebe ihm einen ordentlichen Geldbetrag und mit einem »Danke, Mann, dafür vergesse ich sogar, wie ich heiße!« verschwindet er.

Zurück im Schiff besprechen wir unser weiteres Vorgehen. Zuerst müssen wir herausbekommen, ob wir Aylen unter der angegebenen Adresse auf diesem Planeten finden. Sollten wir hier keinen Erfolg haben, müssen wir den dritten Planeten aufsuchen.

Am nächsten Abend versuche ich, die Adresse zu finden. Ich frage mich durch und stehe bald vor einem Anwesen, das von einer dicken Mauer umgeben ist. Selena teilt mir mit, dass überall auf und hinter der Mauer Sensoren angebracht sind, die jede Bewegung aufnehmen. Das Anwesen ist geschützt wie ein Hochsicherheitstrakt. Ich muss mir also auf legalem Weg Zutritt verschaffen. Plötzlich tauchen zwei Polizisten auf, die hier Streife gehen. Mit barschem Ton werde ich aufgefordert zu erklären, was ich hier mache, und der eine richtet seine Waffe auf mich. Die kommen genau richtig, was Besseres hätte mir gar nicht passieren können, denn die Straße ist menschenleer. Ich habe keine Mühe, beide mit meinem Strahler zu betäuben, bevor der eine auch nur den Auslöser betätigen kann. Eine dunkle Nische in der Mauer bietet sich als geeignetes Versteck für die beiden an. Dann ziehe ich mir die Kleidung des einen an und nehme seinen Ausweis an mich. Schließlich läute ich am Tor des Anwesens. Ein Mann öffnet und macht mir sofort ängstlich Platz, als ich meinen Ausweis zeige und verlange, den Besitzer des Anwesens zu sprechen. Der Diener führt mich zu ihm.

»Ich bedaure, Sie stören zu müssen, aber ich muss in einem Tötungsdelikt ermitteln. Vor drei Tagen ist einer der reichsten Männer durch ein Fahrzeug zu Tode gekommen, das ihre Registrierung trug. Darin saß ein Mann mit einer Sklavin. Von dem Mann gibt es keine Beschreibung, wohl aber von der Sklavin, da sie ausnehmend gut aussah. Können Sie mir bitte sagen, wo genau sie sich vor drei Tagen aufgehalten und was sie gemacht haben.«

Der Mann hat mich während meiner Rede misstrauisch betrachtet, doch jetzt hellt sich seine Miene auf.

»Das kann ich Ihnen genau sagen. Vor drei Tagen war ich auf dem ersten Planeten und habe meine Fabrik besucht. Ich bin erst gestern zurückgekommen. Ich kann Ihnen sogar meine Reisepapiere zeigen. Und eine Sklavin besitze ich auch nicht.«

Mit dem Letzten kann er mich natürlich belügen. Aber warum sollte er. Wenn er tatsächlich eine illegale Sklavin besitzt, muss er dies vor der Polizei nicht geheimhalten. Den Schwarzmarkt für Sklavenhandel gibt es erst seit so kurzer Zeit, dass es sich noch nicht bis zu den Regierungskreisen herumgesprochen und daher die Polizei noch keinen Anlass hat, etwas dagegen zu unternehmen. Noch ist jede Sklavin per se eine legale.

Also bedanke ich mich bei ihm – die Registrierung war offenbar gefälscht, wir hatten auch so etwas auch schon vermutet – und verlasse mit einer weiteren Entschuldigung sein Haus.

Ich bin kaum zurück auf dem Schiff, als es auch schon auf dem Weg zum dritten Planeten ist.

Auch dieser Planet zeigt deutliche Spuren einer Ausbeutung. Weite Landstriche sind verwüstet, Tagebaubetriebe haben ihre Spuren hinterlassen. Da er von den drei bewohnbaren Planeten der sonnenfernste ist, liegt seine Durchschnittstemperatur bei etwa zwölf Grad. Seine Achse ist ebenfalls geneigt, daher gibt es Jahreszeiten. Die Winter sind extrem kalt und im Sommer erreicht die Tagestemperatur auch in Äquatornähe selten Werte über 25 Grad. Hier entdecken wir riesige Kuppeln aus einem durchsichtigen Material, und unter den Kuppeln können wir Villen mit üppigen Gärten und kleinen Wäldern ausmachen. Nach Selenas Analysen werden die Kuppeln von einem Energiefeld erzeugt, das auch der Computer nicht zu durchdringen vermag. Es sind eindeutig die Anwesen der Superreichen und der Minister, und sie gleichen alle einer Festung. Man hat weniger Angst vor einem Angriff aus dem Weltraum als vielmehr vor dem Nachbarn, der einem seine Position neiden könnte und bei der Wahl der Mittel, daran etwas zu ändern, nicht zimperlich ist. Wenn nämlich ein Minister durch einen ›Unfall‹ ums Leben kommt, steigt einer aus der Gruppe der Superreichen auf, damit die Anzahl von 500 gleich bleibt. Von diesen 500, die eigentlich keine Aufgabe haben, aber an der Ausbeutung der Planeten maßgeblich beteiligt sind, beraten zwanzig ›Erste Minister‹ den obersten Herrscher bei seinen Entscheidungen.

Wir machen ein Anwesen aus, das sich in seiner Größe und Bauart von den anderen unterscheidet. Es ist mindestens zehnmal so groß und die vielen Gebäude sind wahre Prachtbauten. Das muss das Anwesen des Herrschers sein.

Die wenigen Städte sind in einem katastrophalen Zustand, die Gebäude sind verfallen. Hier hausen die Arbeitssklaven. Einige besser erhaltene Gebäude werden von den Aufsehern und der Gruppe von Dienern, Helfern und Wachen in den Kuppelanwesen bewohnt, soweit sie nicht sogar in den Kuppelbauten selbst leben. Es gibt wenig Grün auf dem Planeten, außer am Äquatorgürtel und natürlich jede Menge innerhalb der Kuppeln.

Die einzige Möglichkeit, etwas über den Verbleib unserer beiden Mädchen zu erfahren, ist, sich wieder unters Volk zu mischen.

In einer Bar treffen sich eine Menge Leute, die alle als Bedienstete arbeiten. Und natürlich haben sie nur ein Thema: Frauen.

Aber nicht etwa ihre Frauen oder die der Reichen, sondern es geht um Grüne. Ich gebe ein paar Runden aus und versuche dann, sie anzustacheln, indem ich damit prahle, was für eine tolle Sklavin mein Freund gerade erworben hat.

»Echt, Männer, die hat ein paar Titten und einen Arsch, den findet ihr auf allen drei Planeten nicht. Und die grünen Augen! Die leuchten sogar nachts.«

Das will man nicht auf sich sitzen lassen. Man überbietet sich gegenseitig im Aufzählen der Vorzüge der jeweiligen Sklavinnen seiner Herrschaften.

»Das ist noch nicht alles«, prahlt ein Mann, der schon einiges an Alkohol intus hat, »mein Chef hat vor ein paar Tagen eine Sklavin erworben, die ist nicht nur irre hübsch, sondern ein echter Loger. So was von wild. Wenn die ihre Krallen ausfährt, kriegt sogar mein Chef Probleme.«

Es sieht so aus, als sei das mein Mann, und ich versuche, ihn zu provozieren.

»Ich glaub dir kein Wort, die Grünen sind doch nur Tiere. Wenn die ein paar mit der Peitsche übergezogen bekommen, dann jaulen sie und werden ganz zahm.«

»Wenn ich's dir sage. Mein Chef hat 'ne richtige Stange Geld für die abdrücken müssen, obwohl er sie auf dem Schwarzmarkt gekauft hat, wo die doch sonst billiger sind.«

Er ist wirklich mein Mann. Ich verwickle ihn in ein längeres Gespräch, begleitet von etlichen ausgegebenen Drinks. So erfahre ich den Namen und die Lage des Anwesens, die sich mit einer meiner aufgeschriebenen decken, und ich versuche, alles aus ihm herauszuholen, was er über seinen Chef, seine Gewohnheiten und seine Vorlieben weiß.

Ich erfahre, dass er Kunstsammler ist, spezialisiert auf Waffen aus der Zeit vor den Atomkriegen, die den ersten Planeten unbewohnbar gemacht hatten. Diese Dinge gelten heute bei den Blauen als Kunst.

Also gräbt Selena in den Archiven auf dem mittleren Planeten und stellt für mich eine Kopie einer solchen Waffe her.

Am nächsten Abend treffe ich meinen Informanten wieder und zeige ihm ein Bild von der alten Waffe. Er will es seinem Herrn zeigen und ist sicher, dass der interessiert sein wird.

Am dritten Tag berichtet er, dass sein Herr mich kennenlernen wolle.

»Mein Herr ist sehr misstrauisch. Ich würde dir raten, unbewaffnet zu kommen und vielleicht auch deine Frau mitzubringen, wenn du eine hast. Das macht einen seriösen Eindruck.«

Ich bekomme bereits einen Termin am folgenden Abend, und Nadine verändert ihr Aussehen durch blaue Kontaktlinsen und eine dunkle Haut. Dann machen wir uns zu unserem Besuch auf.

Der Diener, der uns hereinlässt, ist mein Kontaktmann von den Abenden vorher. Er starrt Nadine an.

»Donnerwetter, hast du eine schöne Frau. Ich wusste gar nicht, dass es unter uns Blauen solche Schönheiten gibt. Aber wartet hier, ich melde euch an.«

Nach kurzer Zeit kommt er zurück.

»Es dauert leider noch ein bisschen«, und mit einem Grinsen fügt er hinzu, »mein Herr ist gerade mit seiner Sklavin beschäftigt. Er wird euch in einer Viertelstunde empfangen.«

Also setzen wir uns erst einmal auf ein Sofa hinter einen gewaltig großen Tisch.

Eine halbe Stunde ist vergangen und der Diener schaut auf die Uhr.

»Jetzt wird er wohl fertig sein und wieder einmal etliche Kratzer verpasst bekommen haben, aber das liebt er. Ich führe euch zu ihm.«

Er öffnet zwei große Flügeltüren und wird im gleichen Moment zu uns zurückgeschleudert, wo er auf dem Teppich reglos liegen bleibt. Er ist tot. Nadine und ich werfen den Tisch um und gehen blitzschnell dahinter in

Deckung. Vorsichtig schauen wir um die Ecke und erblicken ein skurriles Bild. Im Türrahmen steht breitbeinig der Erzengel persönlich. Es ist ein Mädchen. Die dunklen Haare stehen nach allen Seiten ab und ihre grünen Augen sprühen vor Hass.

Die Hände, die einen Strahler halten, stecken in dicken Handschuhen. Sonst ist sie nackt. Hinter ihr liegt der offensichtlich tote Hausherr.

Es ist Aylen. Wir sind überrascht. Sie hat den Strahler bedienen können.

»Nicht schießen! Aylen! Wir sind es, Nadine und Florian.«

Sie ist völlig verwirrt, hier ihre Sprache zu hören.

»Wir kommen jetzt raus! Aber erschrick nicht, wir sehen etwas verändert aus.«

Vorsichtig verlassen wir unsere Deckung. Aylen hat weiterhin den Strahler auf uns gerichtet.

»Ey, ihr habt blaue Augen und dunkle Haut. Aber ihr seht wirklich wie Florian und Nadine aus.«

»Wir sind es wirklich Aylen, das ist unsere Tarnung und wir sind da, um dich hier herauszuholen.«

Aylen lässt den Strahler fallen. Dann rennt sie auf uns zu, wirft sich in unsere Arme und schluchzt heftig.

»Oh, ihr seid es wirklich. Jetzt wird alles gut. Es war ja so schrecklich.«

»Ja, Aylen, du musst Schlimmes durchgemacht haben. Lass uns später darüber reden. Jetzt müssen wir erst einmal sehen, wie wir hier rauskommen. Wo ist deine Kleidung?«

»Im Nebenraum! Wartet, ich hole sie.«

Was sie dann anzieht, als Kleidung zu bezeichnen, ist schon sehr gewagt. Es ist ein Minimum an Stoff, der kaum ihre weiblichen Formen verdeckt. Doch dann sammelt sie ein paar von den überall im Raum verstreuten Wintersachen auf und bedeckt sich damit. Beim Hinauslaufen nimmt Aylen ein Blatt Papier vom Tisch und steckt es ein.

»Aylen, wir müssen die Stelle finden, von der aus der Schutzschirm um das Gebäude zu deaktivieren ist. Hast du eine Ahnung, wo das sein könnte?«

»Kommt mit.«

Wir hasten durch mehrere Räume und Flure, dann geht es zwei Treppen hoch in die oberste Etage. Aylen reißt eine Tür auf und feuert. Der Mann an den Überwachungsschirmen bricht zusammen. Wir finden schnell den Schalter und deaktivieren den Schutzschirm.

»Jetzt aber schnell raus hier, bevor die das merken und den Schirm wieder einschalten.«

Einige Bedienstete versuchen, uns aufzuhalten, doch Aylen ist unglaublich reaktionsschnell. Zwei Leute brechen zusammen, bevor sie ihre Waffe betätigen können. Dann sind wir außerhalb des Anwesens. Ehe weitere Verfolger im Tor auftauchen, sind wir im Schiff.

Aylen berichtet.

»Es war schrecklich. Als man uns im Schiff hatte, war die Verwunderung groß über Vivianes Haut- und Augenfarbe. Der Anführer, Tarip, hatte sich als Erster wieder im Griff und kapierte schnell, was das bedeutete.

›Ich glaube, wir haben den größten Fang unseres Lebens gemacht. Könnt ihr euch vorstellen, was die uns einbringt? Und die andere ist auch nicht schlecht. Ist verdammt hübsch. Und das sag ich euch, wenn sich einer von euch an denen vergreift, dann schlag ich ihm den Schädel ein. Das ist, wie zwei Sechser im Lotto und die lass ich mir von niemandem kaputtmachen.‹

Damit waren wir erst einmal vor Vergewaltigungen sicher. Dann wurden wir auf den Markt gebracht. Wir wurden ausgezogen und mit einem Metallring um den Hals an Pfosten gekettet. Es war schrecklich, wie die Leute gierten und glotzten, aber wenn uns einer anfassen wollte, schlug Tarip mit einer Peitsche zu. Dann wurden wir versteigert. Ich konnte alles verstehen, was gesagt wurde, nur das vermutete keiner.

Nachdem meine Versteigerung beendet war, und der Preis war hoch, wie ich den Äußerungen der Beteiligten entnehmen konnte, sagte mein Besitzer, wohin ich am nächsten Tag gebracht werden sollte. Dann kam Viviane dran, der Preis kletterte schnell in schwindelnde Höhen, so dass die meisten ausstiegen. Ein Erster Minister ersteigerte sie schließlich, und da auch hier gesagt wurde, wohin man sie am nächsten Tag liefern solle, weiß ich auch, wo sie ist.«

Ich unterbreche sie.

Du weißt, wo sie ist? Das ist gut. Wir werden uns nachher den Ort ansehen. Aber erzähl erst mal weiter.«

»Ich war kaum bei dem Mann angekommen, der mich ersteigert hatte, da fiel er über mich her und wollte mich vergewaltigen. Aber ich habe mich so heftig gewehrt, dass er nicht zum Zuge kam.

Dann holte er seine Diener und ich wurde festgebunden. Er war wie ein Tier. Das wiederholte sich dann die nächsten Tage mehrfach.

Irgendwann bekam ich einen Streit zwischen ihm und seiner Frau mit; sie wussten ja nicht, dass ich ihre Sprache verstehen konnte. Dabei ging es aber nicht um mich, sondern um ihren fünfjährigen Sohn. Sie waren außerhalb der Abschirmung gewesen und wollten ein paar Schießübungen veranstalten, so als Wettbewerb. Es war bitterkalt, alle hatten Winterkleidung an. Da hatte in einem unbeobachteten Moment der Kleine so einen Strahler an sich genommen, worüber aber niemand besorgt war, denn ihre Waffen sind so konstruiert, dass sie nicht nur bei uns Grünen blockiert sind, sondern auch bei Kindern. Das Kind nahm also die Waffe in die Hand und – schoss. Der Schuss richtete keinen Schaden an, trotzdem drehte die Frau fast durch.

Man kam zu der Überzeugung, dass die Waffe eine Fehlfunktion hatte. Die Frau tobte und man holte einen Spezialisten. Der ließ sämtliche vorhandenen Waffen in seinem Beisein durch das Kind ausprobieren. Keine konnte ausgelöst werden, auch die nicht, mit der das Kind geschossen hatte. Trotzdem verlangte die Hausherrin, dass die Waffe vernichtet wurde.

Ich hatte eine Vermutung. Die Waffen blockierten möglicherweise bei Kindern und bei uns Grünen deswegen, weil sie uns durch die Berührung erkannten. Es war aber sehr kalt da draußen und das Kind trug dicke Handschuhe.

Ich entwickelte einen riskanten Plan, denn ich hatte ja nichts zu verlieren. Wenn ich mit meiner Vermutung falsch lag, hätte ich mich in den Augen der Blauen einfach nur dumm angestellt. Und wenn ich richtig lag, wollte ich so viele Blaue wie möglich töten, bevor ich selbst umgebracht wurde.

Ich erklärte mich meinem Herrn gegenüber bereit, mit ihm zu schlafen und mich nicht zu wehren, aber er müsse seinen Strahler dabei haben und ihn ab und zu mal auf mich richten. Denn das würde mir einen besonderen Kick verschaffen. Er war sofort begeistert und wurde so geil, dass er nicht einmal merkte, dass ich ihn in seiner Sprache angesprochen hatte. Die Blauen glauben ja, dass wir zu einer richtigen Sprache nicht fähig sind, und er wusste auch, dass ich mit der Waffe nichts anfangen konnte. Dann wollte er mich ausziehen, doch ich sagte ihm, dass es mich noch mehr anmachen würde, wenn er ganz viel auszuziehen hätte. Ich würde gern Winterkleidung anziehen, dicke Handschuhe und dicke Stiefel, die könne er dann in aller Ruhe und mit Genuss ausziehen. Das tat er dann, zog zuerst mich aus, dann sich und spielte mit seiner Waffe herum. Ich tat so, als würde mich das anmachen und er verlor fast den Verstand. Es war ein Leichtes seinen Strahler in die Hände zu bekommen, die Handschuhe überzustreifen und die Waffe auf ihn zu richten. Er lachte und sagte, so wie man zu einem Tier spricht, von dem man weiß, dass es einen nicht versteht:

›Du Dummchen, du kannst die Waffe nicht benutzen!‹

Ich schoss und er starb mit einem verblüfften Ausdruck im Gesicht und nahm das Wissen um meine Sprachfähigkeit mit in den Tod. Dann ging die Tür auf und ich schoss erneut. Ja, und dann wart ihr da und der Alptraum hatte ein Ende.

Mein Gott, ich habe fünf Blaue getötet, würdet ihr das meinen Leuten erzählen, das glauben die mir sonst nicht. Noch nie hat einer von uns fünf Blaue getötet, und ich kann ihnen sogar sagen, wie wir die Waffen benutzen können. Die werden Augen machen.«

Ich bin froh; die Freude über die neuen Möglichkeiten hat bei ihr die Verletzungen durch die Vergewaltigungen in den Hintergrund treten lassen; sie wird ihre Erlebnisse ohne Trauma überstehen.

»Aber jetzt schlaf dich erst einmal aus. Morgen werden wir dann nach Viviane suchen.«

Die Suche

Am nächsten Tag machen wir uns zu dem Anwesen des Ersten Ministers auf. Nadine begleitet mich als meine Frau und Aylen als unsere Sklavin. Wir haben einen Lieferanten ausgemacht, der den Minister mit Lebensmitteln beliefert. Gegen einen hohen Betrag erklärt er sich bereit, uns die Lieferung zu überlassen. Wir mieten ein Fahrzeug, denn der Gebäudekomplex liegt weit außerhalb der nächsten Ortschaft. Die Fahrzeuge sind auch hier mit Verbrennungsmotoren ausgestattet, die überwiegend mit Gas betrieben werden.

Wir haben noch keinen festen Plan, uns interessieren natürlich die Kontroll- und Sicherheitsmaßnahmen; vielleicht ergibt sich eine Möglichkeit in der kommenden Nacht in das Gebäude zu gelangen. Nach einer zweistündigen Fahrt nähern wir uns unserem Ziel.

Schon von weitem sehen wir die Rauchsäule, das Anwesen liegt in Schutt und Asche und ist von Polizei und Militär abgesperrt.

Wir nähern uns einem Posten, erzählen ihm wer wir sind und was wir wollen und fragen ihn, was passiert sei.

»Kehren Sie bitte wieder um, Sie können hier nicht durch, und was genau passiert ist, darf ich Ihnen nicht sagen, auch wenn ich es wüsste.«

Unbeobachtet von seinem in der Nähe stehenden Kollegen stecke ich ihm einen größeren Geldschein zu mit der Bitte, uns doch das zu sagen, was er weiß. Er schaut verstohlen auf den Schein, seine Augen glitzern gierig und er wird auf einmal sehr gesprächig.

Der gesamte Gebäudekomplex sei bis auf die Grundmauern niedergebrannt und sie hätten viele Tote gefunden. Offenbar sei keiner der Bewohner mit dem Leben davongekommen, was bei der Größe und Vielzahl der Gebäude sehr ungewöhnlich sei. Sie hätten die Toten beziehungsweise deren Überreste geborgen und wollten sie zur Untersuchung abtransportieren, da sei auf einmal das Militär gekommen und hätte die Leichen beschlagnahmt und die gesamte Untersuchung des Geländes übernommen, und damit waren die ganz schnell fertig: Das Ganze sei ein Unfall gewesen, so hieß es, es hätte vermutlich einen Kurzschluss gegeben.

Bei seiner Erzählung krampfen sich unsere Herzen zusammen: Es sieht so aus, als seien wir zu spät gekommen. Ich will von ihm wissen, ob es unter den Toten etwas Ungewöhnliches gab, jemanden, der anders aussah als die übrigen, aber er verneint.

»Wir konnten die Toten nicht einmal richtig ansehen, da waren schon die Soldaten da. Aber den Ersten Minister haben wir auf Grund der Reste seiner Kleidung identifizieren können. Die anderen sahen einfach so aus, wie verkohlte Leichen nun einmal aussehen.«

Auf der Rückfahrt sagt keiner ein Wort, Aylen und Nadine laufen Tränen über die Wange. In meinem Hals steckt ein dicker Kloß. Dann beende ich das Schweigen.

»Ich kann mich einfach nicht damit abfinden, dass Viviane tot ist, und ich will wissen, was da los war; warum die Toten so schnell beiseite geschafft wurden und warum man die Ermittlungen so früh eingestellt hat. Da ist vieles nicht mit rechten Dingen zugegangen.«

»Wie willst du das anstellen?«, will Nadine wissen.

»So etwas bietet meist Anlass zu den verschiedensten Gerüchten. Ich werde mich in den nächsten Tagen wieder unters Volk mischen, vielleicht kann ich etwas herausbekommen.«

Nadine und Aylen wollen mit, aber das geht nicht.

»In die Spelunken, in denen ich mich aufhalten werde, kommen fast nie Frauen, außerdem würdet ihr mit eurem Aussehen auffallen, auch wenn Aylen blaue Kontaktlinsen trägt. Aber wir bleiben in Kontakt, und wenn etwas schiefgeht, müsst ihr mich mit Hilfe von Selena rauspauken.«

Die nächsten drei Abende lungere ich in einer Spelunke des Ortes herum, der in unmittelbarer Nähe des verbrannten Anwesens liegt. Natürlich ist der Brand Gesprächsthema und es laufen die wildesten Gerüchte um. Der Erste Minister sei verrückt geworden und habe sein eigenes Anwesen angezündet oder ein Angestellter habe sich für seine schlechte Behandlung gerächt, aber auch, und das lässt mich aufhorchen, eine Sklavin habe das Feuer gelegt. Aber alle meine Nachforschungen laufen ins Leere, für keine der Vermutungen gibt es stichhaltige Anhaltspunkte. Am wahrscheinlichsten wird von den meisten angesehen, dass ein konkurrierender Minister das Feuer in Auftrag gegeben hat, weil man sich in die Quere gekommen ist. So etwas würde häufiger passieren.

Am dritten Abend werde ich von einem Saufkumpan, davon habe ich inzwischen etliche, auf einen Neuankömmling aufmerksam gemacht, der von der Polizei sei und bei dem Brand dabei gewesen wäre. Ich verwickle ihn sofort in ein Gespräch, indem ich ihm etliche Drinks spendiere, und erhalte den ersten verwertbaren Hinweis. Er berichtet nämlich, dass er als einer der Ersten an der Brandstelle gewesen sei und auch die Brandopfer zuerst in Augenschein nehmen konnte.

»Und Kumpel, weißt du, was merkwürdig war«, vertraut er mir hinter vorgehaltener Hand an, »alle Opfer hatten schwere Verletzungen von Strahlern, zum Teil auch von Gewehrkugeln, die müssen alle schon tot gewesen sein, bevor sie verbrannten. Ich hab meine Vorgesetzten darauf aufmerksam gemacht, aber dann kam das Militär, und uns wurde befohlen, nicht darüber zu reden. Ey, Kumpel, erzähl das bloß niemandem, ich komme sonst in Teufels Küche.«

Ich gelobe, Stillschweigen zu wahren.

Zurück im Schiff besprechen wir das Gehörte.

»Das spricht ja wirklich dafür, dass es sich um einen Konkurrenzkampf unter Ministern gehandelt haben könnte, aber, was ich nicht verstehe, ist, dass das Militär seine Finger im Spiel hatte, die scheren sich doch normalerweise nicht um die Querelen unter den Reichen und Ministern.«

Am folgenden Abend wird das Lokal von der Polizei gestürmt. Alle werden verhaftet, auch ich lasse mich widerstandslos festnehmen, ich hoffe dadurch mehr zu erfahren; mein Strahler und die Zierdolche werden konfisziert, alle Gäste werden in Mannschaftsfahrzeuge verfrachtet und auf der Polizeistation in Gemeinschaftszellen gesperrt. Selena und Nadine wissen Bescheid, ich bin über mein implantiertes Gerät mit dem Schiff verbunden. Nach einer Stunde werde ich zum Verhör gebracht. Ich werde auf einen Stuhl gedrückt, im Hintergrund hat ein bewaffneter Uniformierter Aufstellung genommen, und mir gegenüber sitzt ein Mann, der seiner Uniform nach weder zur Polizei noch zum Militär gehört. Er ist ein bulliger Typ, fast einen Kopf größer als ich und hat Pranken, damit könnte er meine Faust vollständig umschließen. Sein Schädel ist rasiert und unter buschigen Augenbrauen stechen eiskalte Augen hervor. In meinem Kopf kommt eine Warnung von Selena.

»Vorsicht! Der Mann ist gefährlich! Es gibt offenbar unter den Blauen ganz wenige Leute, die eine einfache Form von Telepathie beherrschen. Er wird zwar nicht in dich eindringen können, da habe ich vorgesorgt, aber ich kann auch nichts von ihm und über ihn erfahren. Im Augenblick geht sogar gar nichts, wir können nicht unbemerkt dicht genug an euch herankommen.

Meine Personalien werden aufgenommen und man scheint damit zufrieden zu sein. Womit man aber nicht zufrieden ist, ist die Tatsache, dass meine Waffe offenbar nicht funktioniert; kein Mensch läuft mit einer Waffe herum, mit der man nicht schießen kann. Selena hat unsere Strahler so gebaut, dass sie nur bei uns funktionieren. Doch ich habe eine Erklärung parat.

»Wissen Sie, ich habe eine sehr rabiate Frau. Die hat schon zweimal meine Sklavin erschossen, weil sie eifersüchtig war. Das wurde mir langsam zu teuer, also gibt es in meinem Haus keine scharfe Waffe mehr. Ich habe natürlich eine Waffe, aber die ist gut versteckt, und oft vergesse ich, wenn ich fortgehe, die Waffen auszutauschen.«

Auch damit ist man vorerst zufrieden. Dann kommt man zur Sache. Man will wissen, warum ich mich so sehr für den Brand beim Ersten Minister interessiere.

Da hat offenbar jemand geredet, möglicherweise wurde unser Gespräch belauscht.

Um der Frage Nachdruck zu verleihen, landet seine Faust in meiner Magengegend, und mir bleibt für einen kurzen Moment die Luft weg, gleichzeitig erfolgt von hinten ein Schlag mit einem Gewehrkolben in meinen Rücken, der Mann im Hintergrund hat zugeschlagen.

»Ich will eine glaubhafte Erklärung, und kommen Sie mir nicht wieder mit Ihrer rabiaten Frau.«

Also erzähle ich, dass ich Lieferant des Ersten Ministers gewesen sei und an dem Tag, als der Brand war, meine Ware ausliefern wollte. Nun wollte ich natürlich wissen, ob der Erste Minister überlebt hätte, denn er sei ja schließlich mein Kunde.

Die nächste Faust landet in meinem Gesicht und schleudert mich vom Stuhl.

»Reden Sie keinen Scheiß! Wir wissen, dass Sie ganz besonders an der Todesursache der Opfer interessiert waren, ihr Kontaktmann hat uns alles brühwarm erzählt, und wir gehen im Allgemeinen sehr großzügig mit Leuten um, die einen kleinen Fehler gemacht haben: Der Polizist, der das Maul nicht halten konnte, wird demnächst sogar eine Beförderung bekommen. Er wird einen gutbezahlten

Job als Sklavenaufseher auf dem ersten Planeten bekommen. Bedauerlicherweise wird er diese Arbeit nicht lange ausüben können, wenn er Glück hat vielleicht zwei bis drei Jahre. Die radioaktive Strahlung ist leider immer noch ein wenig hoch dort unten.«

Da er ja schon alles von dem plaudernden Polizisten erfahren hat, kann ich auch mit meinem Wissen herausrücken; vielleicht lässt er sich provozieren und verrät etwas, das mir weiterhilft. Also erzähle ich, dass behauptet wurde, die Toten seien vorher ermordet worden, und das würde ich nicht verstehen, wenn mein Informant nicht gelogen hätte.

Er schaut mich eine Zeitlang an, ohne etwas zu sagen. Dann zischt er gefährlich leise: »Das scheint sich ja wohl langsam herumzusprechen. Du hast recht, einige der Toten wurden vorher erschossen. Das werden wir auch der Öffentlichkeit mitteilen, damit es nicht unkontrollierbare Gerüchte gibt. Wir werden aber auch mitteilen, dass wir den Mörder bereits festgenommen haben«, und mit einem kalten Glitzern in den stahlblauen Augen ergänzt er: »Er sitzt nämlich gerade vor mir!«

Diesmal sitze ich in einer Einzelzelle ohne Kontakt zu anderen Insassen. Meine Nase hat aufgehört zu bluten, aber im Rücken spüre ich noch die Schläge, mit denen ich in die Zelle geprügelt wurde. Ich habe Verbindung zu Selena und den beiden Mädchen. Aylen trägt bereits blaue Kontaktlinsen; sie stehen in den Startlöchern und warten ungeduldig darauf, endlich mit einer Befreiungsaktion beginnen zu können. Ich befinde mich immer noch in der Polizeistation, nehme aber an, dass man mich demnächst woanders hin bringen wird, denn der Mann, der mich verhört hatte, gehört weder zur Polizei noch zum Militär. Es muss auf diesem Planeten so etwas wie einen Geheimdienst, eine politische Polizei oder eine Art Elite-Truppe geben. Nur wem unterstehen die? Der Minister-Riege, die ja gleichzeitig zu den Oberbefehlshabern der Armee gehört, oder dem obersten Führer, der sich Shar nennt?

Am nächsten Tag werde ich der Öffentlichkeit vorgeführt. Der Saal ist voller Pressevertreter, und ich werde mit Handschellen an eine von der Decke herunterhängende Kette gefesselt, so dass meine Füße kaum den Boden berühren. Unter den Anwesenden erkenne ich Seelegg, der mir die Adressen der Käufer von Aylen und Viviane verkauft hatte. Aber er erkennt mich nicht. Kein Wunder, durch den Schlag ins Gesicht beim Verhör sind Nase und Mund geschwollen, und meine Augen sind nicht nur durch die Kontaktlinsen blau, sondern haben auch tiefblaue Veilchen. In der letzten Reihe unter den Journalisten fallen mir zwei junge Männer auf, die mich sehr intensiv anstarren.

Dann wird eine haarsträubende Geschichte aufgetischt.

Ich würde mit dem Ersten Minister schon seit Jahren im Streit liegen. Es ginge um Schürfrechte auf dem mittleren Planeten. Dann hätte man mir die Rechte abgenommen, weil meine Arbeiter misshandelt worden wären (alle Arbeiter werden hier misshandelt), und ich hätte Rache geschworen. Nach dem Brand sei ich sogar von etlichen Zeugen am Brandherd gesehen worden. Letzteres stimmte sogar.

Die vermeintliche Pressekonferenz entpuppt sich kurz darauf als Gerichtsverfahren, der Mann, der mich verhört hat, fungiert als Richter, und eine Anhörung oder gar Verteidigung findet nicht statt, es wird gleich ein Urteil gefällt: Tod durch öffentliche Folter. Der Delinquent wird mit subtilen Foltermethoden möglichst langsam zu Tode gebracht werden, und jeder darf dabei zusehen, was auch gern wahrgenommen wird. Es wird sogar im Fernsehen übertragen. Die meisten Blauen genießen es geradezu, wenn Menschen gequält oder getötet werden.

Nun werden Fotos gemacht, die Presseleute drängen nach vorn, jeder will mich ablichten, darunter auch die beiden jungen Männer. Sie starren mich immer noch an, und dann erkenne ich sie an ihrem Gang und ihren Gesten: Es sind Nadine und Aylen, sie wollen herausbekommen, was weiter geschieht und wann und wo sie eingreifen können.

Dann werde ich losgebunden und zurück in die Zelle geprügelt. Der Oberaufseher bremst jedoch seine Leute aus.

»Schlagt nicht so hart zu, er soll noch bei Kräften sein, wenn das Urteil in drei Tagen vollstreckt wird.«

Zwei Tage später werde ich am frühen Morgen, in Handschellen und an einen Wächter gefesselt, in einen Gefangenentransporter gesteckt. Die Überführung soll in das Hauptquartier der Sondereinheit in der nächsten Stadt erfolgen. Dort befindet sich auch eine Arena, ausgestattet mit Kameras für Fernsehübertragungen und viel Platz für Zuschauer. Hier finden die öffentlichen Folterungen und Hinrichtungen statt.

Die beiden Mädchen hatten schon nachts Kontakt zu mir aufgenommen und mir mitgeteilt, dass sie Zeitpunkt und Route des Gefangenentransportes herausbekommen hätten; ich solle mir keine Sorgen machen.

Die Sicherheitsvorkehrungen für den Transport sind derart lasch, dass ich mich wundere. Drei Leute sind für meine Überführung abgestellt: Ein Fahrer und Beifahrer sowie ein persönlicher Bewacher. Es gibt keine Begleiteskorte. Aber das liegt daran, wie mir Selena mitteilt, dass die Sondereinheit unbegrenzte Befugnisse hat und jederzeit von der Schusswaffe Gebrauch machen darf. Sie ist bei der Bevölkerung so gefürchtet, dass noch keiner es gewagt hat, sich gegen sie aufzulehnen oder gar gegen sie vorzugehen.

Das Fahrzeug ist ein nicht sonderlich gesicherter Kleintransporter mit geschlossenem Laderaum. Mein persönlicher Bewacher löst die Handschelle von seiner Hand und schließt mich an eine Verstrebung der Wand an. Meine zweite Hand bleibt frei. Dann nimmt er auf einer Bank Platz, ich muss auf dem Boden hocken. Es gibt ein Sichtfenster zum Führerhaus. Dort haben der ebenfalls bewaffnete Fahrer und Beifahrer Platz genommen. Dann geht es los. Wir verlassen nach zehn Minuten den Ort und fahren über eine befestigte Straße, die durch ein wüstenähnliches Gelände führt. Um diese Tageszeit ist noch wenig Verkehr. Nur etwa alle fünf Minuten kommt uns ein Fahrzeug entgegen.

Nach etwa einer halben Stunde Fahrt sehen wir vor uns am Straßenrand ein Fahrzeug liegen, die Motorhaube ist offen, ein Mädchen hat sich über den Motor gebeugt und streckt ihr attraktives Hinterteil in die Luft. Ein zweites Mädchen winkt verzweifelt, damit unser Fahrzeug anhält. Beide stecken in hautengen Anzügen, vergleichbar extrem dünnen Surfanzügen, die ihre phantastischen Körperformen deutlich zur Geltung bringen. Allen drei Aufsehern fallen fast die Augen heraus. Mein Bewacher klebt förmlich mit seinem Gesicht an der Scheibe zum Fahrerhaus unmittelbar neben mir.

»Wow, habt ihr schon einmal so geile Bräute gesehen? Ich wusste gar nicht, dass es unter uns Blauen solche Mädels gibt.«

Der Fahrer kriegt sich nicht wieder ein und hält sofort an.

Doch dann geschieht etwas Unerwartetes. Ein zweites Fahrzeug kommt vorbei, die beiden Insassen, zwei junge Männer, blicken auf das Auto und die beiden Mädchen, bekommen große Augen und setzen sich mit ihrem Fahrzeug vor das angeblich defekte Auto.

»Können wir helfen?« Mit lüsternen Blicken gehen sie auf die Mädels zu.

»Verdammt!«, flucht unser Fahrer vor sich hin, »die wollen uns die Tour vermasseln. Bleibt hier, ich erledige das. Denen werde ich Beine machen.«

Damit steigt er aus, geht mit wiegenden Schritten auf die Gruppe zu und baut sich breitbeinig und drohend vor ihnen auf.

»Haut ab, Jungs, das übernehmen wir, die Ladies gehören uns.«

Die beiden Männer lassen sich nicht beeindrucken.

»He, alter Mann, was willst du denn mit den Mädels, du kannst deinen Hosenstall ruhig zulassen, Tote brauchen keine Luft.«

Das war zu viel! Der Kopf unseres Fahrers schwillt knallrot an, er reißt seine Waffe aus dem Gürtel und erschießt die beiden Männer. Einfach so. Dann wendet er sich an die Frauen.

»Tut mir leid, Mädels, aber das musste sein, so redet keiner mit mir. Aber wir nehmen euch gern ein Stück mit, wenn ihr mir in unser Auto folgen wollt?«

Damit lässt er den Frauen den Vortritt. Der Beifahrer öffnet bereitwillig die Tür und reicht Aylen die Hand, um ihr in die Fahrerkabine zu helfen, doch dazu kommt er nicht mehr. Kaum hat sie seine Hand zu fassen bekommen, als er auch schon nach draußen auf die Straße geschleudert wird, mit dem Kopf auf den Asphalt knallt und regungslos liegen bleibt. Zeitgleich hat Nadine sich blitzschnell umgedreht und den Fahrer mit einem Schlag matt gesetzt. Mit einer Geschwindigkeit, die er nicht vorhersehen konnte, reiße ich meinem Bewacher, der immer noch mit dem Gesicht an der Scheibe klebt, die Waffe aus dem Gürtel und betäube ihm mit dem Knauf der Pistole. Auch er rührt sich nicht mehr. Mit dem Schlüssel aus seiner Tasche öffne ich die Handschellen und reiße dann die hintere Wagentür auf. Nadine und Aylen stehen schon bereit und werfen Fahrer und Beifahrer auf die Ladefläche. Dann schließen wir alle drei mit ihren eigenen Handschellen an die Innenverstrebungen der Ladefläche, verriegeln alle Türen, schleppen die beiden toten Männer auf den Rücksitz ihres Fahrzeugs, so dass man sie nicht sofort sehen kann und sind schon mit dem Fahrzeug der Mädchen verschwunden. Das Ganze hat nicht einmal drei Minuten gedauert.

Auf der Rückfahrt in die Stadt kommen uns mehrere Polizeifahrzeuge entgegen; der Überfall scheint entdeckt worden zu sein. Die Mädchen haben auch meinen Raumanzug dabei, in den ich während der Fahrt schlüpfe. Das war keine Minute zu spät, denn wir geraten kurz darauf in eine Straßensperre. Zwei Fahrzeuge stehen quer auf der Straße, dazwischen etliche Uniformierte, die konventionelle Schusswaffen auf das ankommende Fahrzeug richten.

»Festhalten!«, schreit Nadine, dann brettert sie seitwärts auf den vorderen Teil eines der die Straße blockierenden Fahrzeuge, das dreht sich einmal um sich selbst, die Umstehenden hechten zur Seite, und wir sind durch. Auch bei unserem Fahrzeug ist der vordere Teil zerbeult, aber es ist weiterhin fahrtüchtig. Nun dreht Nadine richtig auf, ein zweites und drittes Polizeifahrzeug nehmen die Verfolgung auf. Nadine rast mit lautem Hupen durch die Straßen und scheucht so die anderen Verkehrsteilnehmer zur Seite. Ich wusste zwar, dass Nadine ausgezeichnet Motorrad fährt, aber diese halsbrecherische Fahrt hätte ich ihr nicht zugetraut. Dann kommen wir in das verlassene Viertel. Wir brettern über leere Straßen. Da steht auf einmal ein LKW an Ende unserer Straße quer und blockiert die Fahrbahn. Auf den letzten Metern vor der Blockade kann Nadine in eine kleine Seitenstraße ausweichen. Doch die ist eine Sackgasse und endet vor einer Mauer. Nadine bekommt das Fahrzeug wenige Meter vor der Mauer zum Stehen, wir stürzen raus und rennen in ein kaum bewohntes mehrstöckiges Gebäude. Hinter uns hören wir die quietschenden Bremsen der Polizeiwagen und es fallen Schüsse. Zweimal werden wir getroffen und fallen zu Boden, weil die Anzüge schlagartig hart und für Geschosse wie Strahler und Kugeln undurchlässig werden, dann sind wir in dem Gebäude und stürmen nach oben. Wir hören die Verfolger unter uns das Treppenhaus hinaufpoltern. Die triumphierende Stimme des Befehlshabenden hallt durch das leere Treppenhaus.

»Nur ruhig Leute, auf dem Dach können sie nicht weiter, sie sitzen in der Falle, unsere Leute sind auf dem Dach gelandet; wir nehmen sie in die Zange.«

Von oben hören wir Poltern von schweren Stiefeln. Zwei bewaffnete und an schusssicheren Anzügen schwer tragende Männer mit Sturmhauben kommen uns entgegen. Ein paar Stockwerke höher trampeln drei weitere über die Treppenstufen.

Wir treten eine Tür zu einer leerstehenden Wohnung ein. Aylen baut sich am Ende des Flurs in einem Raum so auf, dass man sie vom Eingang her sehen kann. Sie hält beide Hände nach oben. Nadine und ich haben uns hinter der Eingangstür auf den Seiten postiert. Die ersten beiden Männer sehen Aylen, stürmen sofort in die Wohnung und werden von Nadine und mir in Empfang genommen. In Windeseile schlüpfen wir in ihre Anzüge, nehmen Aylen in unsere Mitte und stürzen auf den Flur. Dort brülle ich.

»Wir haben eine von ihnen, sie haben sich in den Wohnungen versteckt! Durchsucht alle Wohnungen!«

Sowohl die Gegner unter uns als auch die drei von oben brechen sofort die nächstliegenden Türen auf und stürmen die Wohnungen, egal ob bewohnt oder leerstehend. Für uns ist der Weg nach oben frei.

Wir hasten hoch und gelangen über eine Luke aufs flache Dach. Dort steht das Flugboot, das die Männer aufs Dach gebracht hat. Es ist ein kleiner Senkrechtstarter, der durch Schwenken der Triebwerke wie ein Hubschrauber landen kann. Er ist bis auf den Piloten leer, der uns jedoch nicht sehen kann, da die Luke durch einen Mauervorsprung verdeckt wird. Wir verschließen die Luke von oben mit einer Eisenstange, die durch zwei Ösen an beiden Seiten gezogen werden kann, und rufen dann dem Piloten zu.

»Wir haben eine von denen. Der Kommandant sagt, du sollst sie nach unten auf die Straße schaffen, innen ist der Weg durch eine Schießerei blockiert.«

Der Pilot öffnet bereitwillig die Fahrzeugtür und erstarrt, wir halten ihm unser erbeutetes Gewehr an den Hals und zwingen ihn zum Starten.

Das Boot hebt ab, als die ersten Schüsse von unten durch die Luke schlagen. Sie haben offenbar ihre beiden betäubten Leute gefunden. Wir erreichen schnell eine große Höhe, sehen aber, wie unten einige Fahrzeuge starten und versuchen, die Verfolgung aufzunehmen. Doch wir sind für die Bodenfahrzeuge viel zu schnell.

Der Ort bleibt hinter uns zurück und vor uns liegt ein wüstenähnliches Gelände. Nadine deutet nach hinten. Am Horizont hinter uns tauchen einige Punkte auf. Sie haben weitere Flugboote gestartet und nehmen die Verfolgung auf, aber sie sind noch weit weg.

Unter uns schlängelt sich ein Fluss durch die Ebene, der in das nun folgende Bergland einen tiefen Canyon gegraben hat. Wir zwingen unseren Piloten, das Flugboot hinunter in den Canyon zu lenken, damit es nicht mehr geortet werden kann. In einem halsbrecherischen Flug folgt das Boot den Windungen des Flusses. Unser Pilot ist wirklich gut. Hinter einer starken Linksbiegung hat sich vor uns auf der Außenseite eine Sandbank gebildet, die sich zum Landen eignet. Wir sind im Landeanflug und ich habe über mein implantiertes Gerät Selena gerade mitgeteilt, wo sie uns abholen soll, als hinter uns ein silberner Punkt auftaucht, der schnell größer wird.

Der Pilot schreit: »Das ist eine Drohne mit einem Sprengkopf, die verfolgt uns, egal was wir machen. Der kann man praktisch nicht entkommen.«

Das unbemannte Flugobjekt rast auf uns zu, der Pilot reißt in letzter Minute unser Flugboot hoch und die Drohne saust unter uns vorbei, wendet und nimmt uns erneut in Visier. Diesmal lässt unser Mann das Boot schlagartig fallen. Wieder verfehlt uns die Rakete. Dann kommt der dritte Angriff. Wieder versucht der Pilot auszuweichen. Das automatische Boot verfehlt uns zwar knapp, reißt jedoch ein Triebwerk vom Rumpf ab sowie die linke Seite der Kabine und einen Teil des Bodens unter unseren Sitzen vollständig auf. Wir drei stürzen hinaus, das schwere Fahrzeug schmiert spiralförmig ab. Der Pilot schießt plötzlich mit seinem Sitz oben aus dem Fahrzeug heraus und gleitet an einem Fallschirm zu Boden. Er hatte also einen Schleudersitz. Wir dagegen stürzen im freien Fall nach unten. Mit rasender Geschwindigkeit kommt die Sandbank auf uns zu, wir fallen aus etwa 200 Metern Höhe. Das ist unser Ende.

Kurz vor dem Aufschlag werden wir schlagartig abgebremst und schweben einige Meter über dem Boden in der Luft. Das Raumschiff ist über uns und hat den Antischwerkraft-Aufzug eingeschaltet, der uns nun langsam in das Schiff hineinzieht. Dann trifft die Drohne auf das Schiff, aber Selena hat den Schutzschirm eingeschaltet, und die Rakete explodiert, ohne Schaden anzurichten. Wir verlassen unter voller Tarnung den Canyon. Selena hat uns in wirklich letzter Minute gerettet. Erschöpft nehmen wir im Kommandoraum Platz.

Wirklich weitergekommen sind wir nicht. Es gibt zwar Unstimmigkeiten bei dem Brand, aber wir wissen nicht, warum die Brandopfer vorher erschossen worden sind, und wir können auch nicht mit Sicherheit sagen, dass Viviane nicht unter den Opfern ist.

Wie kommen wir an die Informationen heran, die nur den Leute der Sondereinheit zugänglich sind, insbesondere denjenigen, die an der Aktion der Übernahme der Ermittlungen über den Tod der Brandopfer beteiligt waren? Es hilft nichts, wir müssen in die Höhle des Löwen, und das bedeutet, wir müssen unbemerkt in ihr Hauptquartier gelangen.

In der kommenden Nacht machen Nadine und ich uns auf den Weg. Wir haben unsere schusssicheren, dunklen engen Raumanzüge an, aber ohne Helm, darüber tragen wir unauffällige Kleidung. Vor uns liegt das Hauptquartier als ein bedrohlicher dunkler Klotz, umgeben von einer meterhohen Mauer. Nur aus einem der vielen Fenster dringt ein Lichtschein, die anderen sind alle dunkel. Der Eingang wird von nur einem Pförtner bewacht. Wir schleichen uns bis auf wenige Meter an das Häuschen heran, Nadine versteckt sich hinter einem Mauervorsprung. Ich torkele auf das Wärterhäuschen zu und mime den Betrunkenen. Der Mann kommt heraus und richtet seine Waffe auf mich.

»Bleib stehen, das hier ist verbotenes Gelände!«

Der Wächter geht auf mich zu und will mir einen Schlag mit seiner Waffe versetzen. Darauf hat Nadine gewartet, sie betäubt ihn mit ihrem Strahler. Dann schleppen wir ihn in sein Häuschen und legen ihn dort verschnürt auf dem Boden ab. Es kommt uns wieder zugute, dass die Truppe der Sondereinheit rücksichtslos und brutal gegen die Menschen vorgeht, daher sind ihre Gegner so eingeschüchtert, das die Leute der Elitetruppe sich einfach nicht vorstellen können, dass irgendjemand gegen sie vorgehen könnte. Daher ist das Gebäude auch nicht sonderlich gesichert. Wir legen unsere Kleidung in dem Pförtnerhäuschen ab, so dass wir noch die dunklen engen Anzüge anhaben, klettern über eine Feuerleiter aufs Dach und öffnen das Gitter eines Luftschachtes. Der ist innen an seinen senkrechten Teilen mit Steigeisen für die Revision versehen. Wir gelangen ohne Mühe nach unten und über waagerechte Verzweigungen in mehrere Räume. Es dauert eine Zeitlang, bis wir ein Zimmer gefunden haben, das von der Ausstattung vermuten lässt, dass hier einer der Ranghöchsten residiert. Und tatsächlich: Wir finden auch bald einen Aktenschrank, dessen Akten fast alle die Aufschrift »geheim« tragen. Wir wühlen uns durch die Seiten und haben schon zwanzig Ordner durchsucht, als Nadine etwas entdeckt.

»Hör mal, Florian, hier ist ein Vermerk über einen Befehl von höchster Stelle, das Anwesen des Ersten Ministers zu überfallen, denn er besäße etwas, das dem Obersten Herrscher zustehe. Das sei sicherzustellen und dann müssten alle Spuren beseitigt werden.«

Also haben die Leute des Shar die Aktion ausgeführt. Damit ist auch erklärt, wieso ein Überfallkommando überhaupt in das gesicherte Anwesen gelangen konnte. Den Leuten des Shars muss Zutritt gewährt werden.

»Das deckt sich übrigens mit Gerüchten, die unter den Presseleuten kursierten,« ergänzt Nadine. »Wir haben davon gehört, als wir uns unter die Presse mischten, um an deiner Verhandlung teilzunehmen. Es traute sich aber niemand, es laut auszusprechen.«

Wir müssen herausfinden, was es sein könnte, das der Shar dem Ersten Minister streitig macht. Ich habe einen kleinen Hoffnungsschimmer; eine weiße Sklavin mit braunen Augen könnte so etwas sein, vielleicht lebt Viviane doch noch.

Dann finden wir einen weiteren Hinweis. Alle Beteiligten, die mit dem Objekt, das für den Shar bestimmt

162

war, in Kontakt gekommen sind, wurden vorübergehend auf den mittleren Planeten versetzt. Ausgenommen davon wurde nur der Ranghöchste. Das war der, von dem ich verhört und geschlagen wurde. Man wollte also die Sache mit dem mysteriösen Objekt geheimhalten, jedenfalls eine Zeitlang.

Plötzlich steht ein Mann im Raum und richtet seine Waffe auf uns. Ich erkenne ihn, er ist mein Peiniger.
»Wie gut, dass ich gern nachts arbeite, und wen haben wir denn da? Da hab ich ja den richtigen Fang gemacht: Nicht nur meinen entflohenen Mörder, sondern auch noch seine Komplizin, offenbar von den Toten auferstanden. Fehlt nur noch die Dritte im Bunde. Wo die sich aufhält werde ich mit Freude aus euch herausprügeln. Das ist ja ein richtiger Glückstreffer!«, höhnt er und grinst bösartig. Und mit einem lüsternen Blick auf Nadine: »Dich, mein Engel, werde ich mir unten in der Zelle vornehmen, und dein Freund darf dabei zusehen, wie ich dich halbtot vögeln werde.« Dann befiehlt er uns, voranzugehen. Es geht mehrere Treppen hinunter in den Keller des Gebäudes und dort einen langen schmalen Gang entlang, in dem auf beiden Seiten Türen aus Eisenstangen den Blick auf die dahinter liegenden Zellen freigeben. Etliche davon sind besetzt. Die zerlumpt aussehenden Gefangenen, die sämtlich schwere Verletzungen von Misshandlungen aufweisen, stehen stumm hinter ihren vergitterten Türen und starren uns an. Wir kommen am Ende des Ganges an einer leeren Zelle an. Unser Bewacher ist nur einen kurzen Moment unaufmerksam, als er

die Zelle aufschließen will. Das reicht, um ihn zu entwaffnen und zu Boden zu schlagen.

»Was machen wir mit ihm?«, fragt Nadine.

»Es wäre gut, wenn wir ihn ins Schiff schaffen könnten.
Der kann uns sicher einiges erzählen, und die Leute können uns dabei helfen, ihn nach draußen zu bringen.«

Wir binden seine Hände mit seinen eigenen Handschellen
auf den Rücken, auch seine Fußgelenke werden mit
Handschellen zusammengebunden. Dann öffnen wir alle
Zellentüren, hinter denen sich Gefangene aufhalten. Es
sind acht Leute. Sie schauen uns dankbar an, aber sagen
kein Wort. Zwei von ihnen schultern den Gefangenen,
und mit Hilfe seiner Schlüssel können wir das Gebäude
auf dem normalen Weg verlassen.

Im Pförtnerhaus entdecken wir einen Nebenraum mit
Vorräten. Während sich die befreiten Gefangen dort mit
Essen und Trinken versorgen und sich etliches in ihre
Taschen stopfen, legen wir unsere dort deponierten Kleidungstücke wieder an.

Eine Prozession von zehn Leuten, die einen Gefesselten tragen, zieht daraufhin durch den nächtlichen Ort bis
zu einem ungepflegten Park. Hier verabschieden wir uns
von den Gefangenen. Sie müssen von nun an allein zurechtkommen. Sie schütteln uns alle dankbar die Hände,
dann hat sie die Nacht verschluckt, und wir schaffen den
Gefangenen aufs Schiff.

Selena untersucht ihn.

»Er ist ein Telepath, ich komme daher nicht an seine Gedanken heran: Obwohl er bewusstlos ist, hat er eine Blockade errichtet, die ich nicht überwinden kann.«

»Sind alle Blauen Telepathen?«, will ich von Selena wissen.

»Nein, das ist etwa so selten wie auf eurer Erde. Es gibt ganz wenige Telepathen, und deren Fähigkeiten sind auch nur schwach ausgebildet. Aber damit ist unser Gefangener natürlich für seine Arbeit prädestiniert, und er ist wohl auch deswegen auf seine Spitzenposition gelangt. Für Verhöre von Gefangenen ist er damit auf diesem Posten ideal.«

Aylen mischt sich ein.

»Überlasst ihn mir. Wenn Selena mich gegen seine telepathischen Angriffe schützen kann, wüsste ich schon, wie ich ihn zum Reden bringe. Da haben wir Grünen unsere erprobten Methoden.«

»Unter einer Bedingung«, kommt es von Selena, »du lässt ihn am Leben.«

»Das wird mir zwar schwerfallen, aber ich kriege es hin.«

Selena setzt Aylen und den Gefangenen auf ihren Wunsch in einem verlassenen Gebäude in der Stadt ab. Wir wollen lieber nicht so genau wissen, was Aylen mit ihm anstellt, und Selena bekommt die Anweisung, ihre Beobachtungssensoren abzuschalten.

»Selena, es geht um Viviane. Vielleicht ist sie noch am Leben. Und das ist unsere einzige Chance, das herauszubekommen.«

Sie hat ein Einsehen und stellt ihre moralischen Ansprüche zurück, jedenfalls teilweise.

Nach einer halben Stunde lässt sich Aylen zurück aufs Schiff holen.

Sie wirft uns einen triumphierenden Blick zu und platzt heraus:

»Viviane lebt! Das Überfallkommando wurde tatsächlich vom Shar geschickt. Sie haben zuerst den Ersten Minister gefangen genommen und ihm gesagt, dass er etwas hätte, das dem Obersten Herrscher zustehen würde. Er tat aber so, als wüsste er nicht, worum es ginge, daraufhin haben sie ihn einfach umgebracht, das Haus nach einer weißen Sklavin durchsucht, und als sie sie gefunden hatten, das Anwesen angezündet und alle, die fliehen wollten, erschossen. Der Shar hat Viviane.«

Nadine und ich fallen uns erleichtert in die Arme.

»Was ist mit dem Gefangenen?«, wollen wir wissen.

»Der wird etwas Mühe haben aufzustehen, wenn er wieder zu sich kommt. Und dann wird er feststellen, dass er kein richtiger Mann mehr ist. Außerdem wird die Welt für ihn ziemlich dunkel sein, auch wenn er die Augenbinde abnimmt. Aber er wird das überleben, das habe ich euch zugesichert.«

Nadine und ich müssen schlucken, aber es war wohl die einzige Möglichkeit. Wir machen uns bewusst, dass er einer Rasse angehört, die außerordentlich rücksichtslos und brutal ist, das hilft etwas, und Aylen dürfen wir keinen Vorwurf machen; wir wissen, was diese Rasse ihrem Volk angetan hat.

Nun sitzen wir im Schiff und beratschlagen, wie wir in das Anwesen des obersten Herrschers gelangen können. Aylen kommt strahlend auf uns zu und wedelt mit einem Blatt Papier. Es ist das Blatt, welches sie beim Verlassen des Hauses ihrer Gefangenschaft eingesteckt hatte.

»Ich wusste doch, dass uns das helfen könnte. Damit kommt ihr in den Palast des Shars.«

Es ist eine Einladung des Herrschers an alle Minister und eine Reihe der Superreichen. Solche Feste finden regelmäßig statt. Dies ist die Einladung an ihren ehemaligen Herrn, der zu der Riege der Superreichen gehörte.

Es ist für Selena ein Leichtes, sie zu kopieren und neue Namen einzusetzen.

DIAMANTEN – DIE BESTEN FREUNDE EINES MÄDCHENS
(»DIAMONDS ARE A GIRL'S BEST FRIENDS«)

Am Abend des Festes sind wir spät dran. Vor dem Eingang hat sich eine Schlange gebildet und wir sind fast die Letzten. An der Garderobe müssen alle Waffen abgegeben werden, auch die Zierdolche. Der Diener, der die Waffen in Empfang nimmt, ist irritiert.

»Ihre Gattin hat Waffen? Das ist aber seltsam.«

Ich reagiere prompt.

»Dann schauen Sie sie sich doch einmal an. Was glauben Sie, wie oft sie sich anderer Männer erwehren muss, so wie sie aussieht.«

Der Mann mustert Nadine.

»Sie haben recht, ihre Gattin ist wirklich ungewöhnlich schön. Meinen Glückwunsch. Eine solche Frau findet man auf allen drei Planeten nur selten. Aber beeilen Sie sich, es geht gleich los, und ich versichere Ihnen, es gibt einige Überraschungen.«

Damit legt er unsere Waffen als letzte hinter dem Tresen ab.

Wir betreten den riesigen Saal, in dem sich fast sechshundert Personen versammelt haben.

Plötzlich werde ich von der Seite angesprochen.

»Wie kommen Sie denn hierher? Ich kenne Sie doch!«

Es ist Seelegg, Hofberichterstatter und Kenner der High Society.

»Ich darf es Ihnen ja eigentlich nicht sagen, aber heute wird ein neuer Erster Minister ernannt, und einer aus dem Volk wird nachrücken in die Reihe der Fünfhundert. Das werde ich sein.«

Seelegg ist sofort hochinteressiert.

»Aber ich kenne Sie nicht, wer sind Sie?«

Bevor ich antworten kann, gibt es einen Trommelwirbel. Dann tritt ein Mann auf das Podest am vorderen Ende des Saales.

»Meine Damen und Herren, ich bitte um Ihre Aufmerksamkeit. Sogleich wird unser aller Herrscher und vom Volk hochverehrter Shar die Bühne betreten.« (Tosender Beifall!) »Und er wird Ihnen etwas präsentieren, das Sie noch nie in Ihrem Leben gesehen haben und von dem Sie denken werden, dass es nicht möglich sein kann. Sie werden das ungewöhnlichste, erstaunlichste und mit Abstand wertvollste Stück aller drei Planeten zu sehen bekommen.« (Noch mehr tosender Beifall!) »Später dann wird unser Herrscher den Nachfolger für den unter tragischen Umständen kürzlich umgekommenen Ersten Minister benennen und auch denjenigen erwähnen, der aus der Reihe der Wohlhabenden unseres Volkes in die Ministerriege nachrückt.« (Der Beifall ist etwas verhaltener, möglicherweise hat der eine oder andere von den Gerüchten gehört, die über den Verantwortlichen ›des unverhofften Ablebens‹ des Ersten Ministers kursieren.)

Dann betritt der Shar den erhöhten Platz im Saal. (Hochrufe, Beifall und Begeisterungspfiffe!) Er ist ein alter Mann, schon leicht gebrechlich, doch mit fester Stimme wendet er sich an die Menge.

»Liebe Untertanen, Ihr werdet euren Augen nicht trauen. Aber schaut genau hin. Es ist wirklich und wahrhaftig.«

Dann gibt es wieder einen Trommelwirbel und neben dem Herrscher geht ein Vorhang auf.

Da steht sie. Viviane. Um den Hals trägt sie ein Lederband, das über und über mit Diamanten besetzt ist. Von dem Lederband führt eine Leine weg, dessen Ende der Herrscher in der Hand hält. Ihre Brustwarzen sind jeweils von einem riesigen weißen Diamanten bedeckt, der von einem Kranz aus blauen Diamanten umschlossen ist. Auch im Bauchnabel steckt ein ebenso großer Diamant und schließlich wird ihre Scham von einem Kollier aus ebenfalls weißen und rosa Diamanten verhüllt. Ansonsten ist sie nackt.

Durch die Menge geht ein verzücktes »Ah« und »Oh«. Es sind nicht nur die Diamanten, die die Menge in Erstaunen versetzen, sondern vor allem auch die Farbe ihrer Haut und der Augen und ihre Schönheit.

Ich wende mich an Nadine.

»Also, wenn die Situation nicht so dramatisch wäre, würde ich doch glatt sagen: Sie sieht atemberaubend aus!«

Nadine boxt mich in die Seite.

»Männer! Pah! Aber ehrlich, du hast recht, sie sieht wirklich hinreißend aus.«

Die Menge drängelt nach vorn, jeder will einmal diese Haut berühren, und wir drängeln mit. Der Shar steht neben ihr mit glänzendem, fettigem Gesicht und sonnt sich in seiner Eitelkeit. Seine Anwesenheit sorgt aber auch dafür, dass die Leute sich vorne an der Bühne disnipliniert verhalten. Einer nach dem anderen darf ihre Haut einmal berühren und geht dann wieder an der Seite nach hinten.

Dann sind wir dran. Ich berühre Vivianes Schenkel und tue so, als ob ich mit Nadine spreche. Leise sage ich: »Schnapp ihn dir. Wir halten dir den Weg frei.«

Sie schaut mich an und schließt kurz ihre Augen. Dann schaut sie auf Nadine. Sie hat uns erkannt, aber lässt sich nichts anmerken.

Es vergeht keine Minute, da macht sie einen Satz in Richtung des Herrschers, schlingt das Band, mit dem er sie festhält um seinen Hals, zieht seinen Dolch aus seinem Gürtel und setzt ihn ebenfalls an seinen Hals.

Dann ruft sie in die Menge: »Keiner bewegt sich, sonst ist euer Herrscher ein toter Mann. Und ihr beiden hier vorn geht voran und sorgt dafür, dass der Weg frei ist.«

Damit deutet sie auf uns.

Ein Aufschrei geht durch die Menge, man ist wie gelähmt: Eine Sklavin droht, ihren Herrscher zu töten, und das Ungewöhnliche daran ist, dass diese Sklavin ihre Sprache spricht.

Wir gehen voran, Richtung Ausgang, und man macht uns angstvoll Platz. An der Tür angekommen, dreht Viviane sich um, den Herrscher immer noch umklammert haltend. Dann zieht sie das Messer einmal quer über seine Brust, zerschneidet damit seine Kleidung und ritzt die Haut. Die Menge schreit erneut auf, als sich die Kleidung vom Blut des Herrschers rot färbt. Dann rennen wir los.

Gleich hinter der Tür wollen sich zwei schwergewichtige Leibwächter uns in den Weg stellen. Doch die können gar nicht so schnell denken, wie sie jeweils Nadines und meine Zeige- und Mittelfinger in ihren Augen haben. Sie krümmen sich vor Schmerzen, halten sich die blutigen Augen und blockieren durch ihre Größe und ihr Gewicht den Ausgang für die Nachfolgenden. Wir nutzen die allgemeine Verwirrung und rennen zum Eingangsbereich, dorthin, wo wir an der Garderobe unsere Waffen abgegeben haben. Doch einer der Gäste hat dieselbe Idee. Und er ist vor uns da. Er greift sich wahllos einen der nächsthängenden Strahler und richtet ihn auf uns.

»Bleibt stehen und nehmt die Hände hoch!«

Gegen einen auf uns gerichteten Strahler können wir auch mit unserer übermäßigen Schnelligkeit nichts ausrichten.

»Die da«, er deutet auf Viviane, »ist für mich. Euch brauche ich nicht.«

Dann drückt er ab.

Nichts geschieht.

Er hat Nadines Strahler gezogen, der funktioniert nur bei uns.

Dann macht er einen Fehler. Statt eine andere Waffe zu nehmen, es sind ja reichlich da, schleudert er wütend das scheinbar funktionsuntüchtige Gerät in unsere Richtung. Wir haben keine Mühe, es aufzufangen, und betäubt bricht er zusammen. Dann nehmen wir Viviane in unsere Mitte und rennen in Richtung Tor. Es ist nicht geschlossen, da es bis vor kurzem ein ständiges Kommen von Gästen gab. Wir sind eben hindurch, als offenbar einer der Sicherheitsleute reagiert und die Abschirmung einschaltet. Hinter uns hören wir das Brüllen unserer Verfolger.

»Welcher Idiot hat die Abschirmung eingeschaltet! Sofort ausschalten!«

Es dauert eine Zeit, bis das Tor wieder frei ist, genügend Zeit für uns, um Selena herbeizuordern und dann mit dem Schiff zu verschwinden.

Als wir im Schiff alle zusammensitzen, komme ich nicht umhin, Viviane ein Kompliment zu machen.

»Ich weiß, Viviane, du hast wahrscheinlich Schlimmes durchgemacht. Aber trotzdem muss ich sagen, dass du mit deinem Outfit umwerfend aussiehst, oder darf ich das nicht sagen?«

»Natürlich darfst du das sagen, das ist wirklich nett von dir. Und so schlimm war es gar nicht. Mein erster Besitzer fiel erst einmal drei Tage aus, nachdem ich ihm heftig in die Eier getreten hatte, als er versuchte, über mich herzufallen. Dann wollte er mir eine Droge spritzen, um mich gefügig zu machen. Die Spritze landete aber bei dem Gerangel in seiner Haut. Damit fiel er die nächsten zwei Tage aus. Und dann kam der Überfall und man schleppte mich zum Shar. Der aber stellte sich als impotent heraus, was er unbedingt verbergen wollte. Das Einzige, was er konnte, war, mit mir anzugeben. Das wollte er dann ganz besonders auf dem großen Fest tun. Naja und das Weitere wisst ihr.«

Dann steht sie auf und betrachtet sich von allen Seiten in einer Reihe von Monitoren, die sie zu Spiegeln umfunktioniert hat, und wackelt dabei mit Brüsten und Po.

»Darf ich mir eine Bemerkung erlauben?«, mischt sich Selena ein.

Bevor ich nein sagen kann, denn ich fürchte, dass jetzt wieder ein dummer Spruch kommt, legt sie schon los.

»Also, was den unteren Teil von Viviane angeht, so bekommt die ›String Theorie‹ der Physiker auf eurer Erde eine ganz neue Bedeutung!«

»SELENA! Halt einfach die Klappe!«

Doch dieser Befehl war offenbar nicht eindeutig, Selena fängt nun auch noch an, mit der Stimme von Marilyn Monroe zu singen: Von Diamanten und den besten Freunden eines Mädchens.

Was ist bloß mit dem Schiffscomputer los? Ich fasse es nicht.

Unbeeindruckt von Selenas Ergüssen betrachtet Viviane sich von allen Seiten.

»Wow! Ich bin ja kein bisschen eitel, aber ich gefalle mir ausnehmend gut. Die Klunker müssen ein Vermögen wert sein. Die möchte ich gar nicht wieder abnehmen.«

Mit gespielter Entrüstung mischt sich Nadine ein.

»Also, wenn du weiterhin so rumhoppst, muss ich Florian festbinden. Er ist kaum noch zu halten, und wir können doch die arme Aylen nicht völlig durcheinanderbringen.«

»Nun gut, ich leg sie ab. Willst du sie nicht auch einmal anlegen, Nadine? Sie haften einfach auf der Haut. Es ist ein tolles Gefühl, solche Diamanten auf der Haut zu spüren.«

»Ich weiß nicht so recht? Was sagt denn Aylen dazu?«

»Mich stört das nicht. Im Gegenteil, die Diamanten sind einfach toll, und Vivianes weiße Haut finde ich wahnsinnig erotisch. Schade, dass die Haut von dir und Florian noch nicht wieder weiß geworden ist.«

Viviane legt den gesamten Schmuck ab. Sie ist nun völlig nackt. Nadine zieht sich aus und Viviane hilft ihr beim Befestigen der Diamanten. Dann tänzelt Nadine vor den Spiegeln hin und her.

»Und! Florian! Wie gefalle ich dir? Ach, ich sehe schon, ich gefalle dir ganz gewaltig«, sagt sie dann mit einem verschmitzten Lächeln.

Dann wenden sich beide Mädchen an Aylen.

»Wie sieht es aus, Aylen, du schaust so, als würdest du auch gern einmal die Diamanten auf deiner Haut spüren?«

»Darf ich wirklich? Das wäre toll!«

Auch Aylen zieht sich aus und die beiden nackten Mädchen legen ihr den Schmuck an. Während Aylen sich vor dem Spiegel betrachtet, setzt sich Nadine auf meinen Schoß und beginnt, mich zu liebkosen. Dann ziehen die beiden Mädchen auch mich aus und es kommt wieder zu einem flotten Dreier. Doch dabei bleibt es nicht. Aylen schaut uns durch die Spiegel zu und man merkt, dass sie erregt ist. Viviane deutet ihr durch ein Kopfnicken an, dass sie gern dazukommen darf. Dann spüre ich, wie sie sich auf mich setzt. Die Diamanten geben einen leisen klirrenden Ton von sich, als sie sich immer heftiger zu bewegen beginnt. Dabei streichelt sie ständig die Haut von Viviane, die vor ihr hockt. Deren weiße Haut macht sie unglaublich an.

Als wir alle später dann erschöpft durcheinander auf dem Boden liegen, wird mir bewusst, was passiert ist.

»Mein Gott, ist das wahnsinnig. Ich habe Sex mit einer Alien gehabt.«

»Ich sogar mit dreien«, kommt die prompte Antwort von Aylen. Für sie sind wir die Aliens.

Wir sind überhaupt Aliens! Fast überall!

Und dann ergänzt sie:

»Also, irgendwie seid ihr auch nicht anders als wir Grünen, aber Spaß hat es gemacht!«

Am nächsten Tag überrascht uns Selena mit der Nachricht: »Der Shar ist tot! Es wird gemeldet, dass er von einer weißen Sklavin mit einem Messer erstochen wurde.«

»So ein Quatsch!«, empört sich Viviane, »ich habe ihm nur die Haut geritzt. Davon stirbt man nicht!«

»Ist doch wohl klar, was da abgelaufen ist«, mischt sich Nadine ein, »da hat einer die Gelegenheit genutzt, die Erbfolge zu beschleunigen, wahrscheinlich sogar einer seiner Söhne. Der jetzige Shar war schon viel zu lange an der Macht, jedenfalls zu lange für die Verhältnisse dieser Rasse. Und hier ergab sich die Gelegenheit, den Tod jemand anderem in die Schuhe zu schieben. Wir wissen ja, wie gewalttätig und brutal sie sind. Naja, uns soll es nicht kümmern, aber ich vermute, dass jetzt ein rücksichtsloser Kampf um die Nachfolge einsetzen wird,

176

und es wird sicherlich noch eine ganze Reihe von Toten geben.«

Dann geht es zurück zum zweiten Planeten, zu Zech und seiner Gruppe. Nadine und ich haben die Kontaktlinsen herausgenommen und Aylen beigebracht, wie man sie einsetzt.

Die Freude über unsere Rückkehr ist riesengroß. Verwundert ist man allerdings über unsere Hautfarbe. Wir erklären, dass es nur eine vorübergehende Färbung sei, die nach ein paar Wochen zurückgehe. Dann müssen sich alle um Aylen versammeln.

»Passt auf«, sagt sie geheimnisvoll, »ich zeige euch jetzt etwas!«

Sie dreht sich von der Gruppe weg und setzt die blauen Linsen ein. Die Gruppe schreit auf, als Aylen sie mit strahlend blauen Augen anschaut. Dann streift sie Handschuhe über, nimmt einen Strahler in die Hand und feuert auf einen Busch vor der Höhle. Wieder schreien alle auf, dann hagelt es Fragen. Wir müssen alles erzählen. Das tun wir dann auch.

Als wir mit unserer Erzählung fertig sind, ist die Gruppe vor Freude nicht mehr zu halten. Es werden die erbeuteten Waffen geholt, Lappen um die Hände gewickelt und jeder will es ausprobieren. Dann setzen wir noch eins drauf: Wir haben für jeden in der Gruppe Kontaktlinsen dabei und noch etliche als Reserve. Zech weiß nicht, wie er uns genug danken kann.

Auf das, was nun folgt, hat sich Aylen auf dem Flug hierher wie ein Kind auf die Bescherung zu Weihnachten gefreut.

Alle müssen sich noch einmal um sie versammeln. Sie stellt sich auf einen erhöhten Platz, so dass jeder sie genau sehen kann. Dann knöpft sie ganz langsam den Mantel auf und lässt ihn mit einem »Tatatataa!« über ihre nackten Schultern zu Boden gleiten. Auf ihrer dunklen Haut glitzert der Diamantenschmuck von Viviane. Die Gruppe kommt aus dem Staunen nicht heraus und Zech kann seine Augen nicht von ihr abwenden.

»Das gehört alles uns. Viviane hat es uns geschenkt. Mit diesen Diamanten könnten wir sogar den Palast des Herrschers der Blauen mehrfach erwerben, wenn wir wollten, so wertvoll sind sie.«

Der Jubel der Gruppe will kein Ende nehmen.

»Endlich können wir uns wehren und den Blauen empfindliche Niederlagen zufügen. Sie werden uns nicht mehr wie wilde Tiere behandeln können.«

Doch ich muss ihre Begeisterung dämpfen.

»Wir können gut verstehen, dass ihr am liebsten jetzt losmarschieren wollt, um so viele Blaue wie möglich zu töten, denn sie haben euch viel Leid zugefügt. Ihr solltet aber wissen, dass es auf Dauer nichts bringt, Blaue nur zu töten. Auch mit den Strahlern seid ihr ihnen hoffnungslos unterlegen. Und ihr müsst Sorge tragen, dass euer Geheimnis so lange wie möglich ein Geheimnis bleibt. Wenn die Blauen dahinterkommen, werden sie entweder jeden töten, der Strahler mit Handschuhen bedient, oder sogar eure Rasse auslöschen. Das würde zwar ihre Wirtschaft zugrunde richten, da sie auf Sklavenarbeit basiert, aber sie würden es überleben, ihr aber nicht. Die einzige Möglichkeit, die ihr habt, ist, ihr System zu untergraben. Das bedeutet, sich unter sie zu mischen und langfristig durch Übernahme der Führungspositionen ihr System zu verändern, vielleicht sich sogar mit einigen von ihnen zu verbünden. Es gibt nämlich unter den Blauen eine große verarmte Unterschicht, von denen viele die gleiche Arbeit verrichten, die Sklaven tun, nur mit dem Unterschied, dass sie dafür bezahlt bekommen, meistens sehr schlecht. Das alles wird vielleicht Generationen dauern, aber nur so habt ihr eine Chance.«

Die Mitglieder der Gruppe werden nachdenklich, allen voran Aylen und Zech.

»Ich glaube, du hast recht, wir müssen eine langfristige Strategie entwickeln. Und wenn Blaue getötet werden, muss es immer so aussehen, als ob es einer der ihren war, der Amok gelaufen ist. Das passiert deinem Bericht zufolge offenbar ständig. Vielleicht kann man Unruhen und Aufstände schüren, die Gruppe der Verarmten wäre da ein großes Potential.«

»Das ist richtig, Zech. Ihr solltet aber zuerst andere Gruppen kontaktieren und ihnen euer Wissen weitergeben, dann müsst ihr euch mit dem Leben und den Gewohnheiten der Blauen vertraut machen, damit ihr unter ihnen nicht auffallt. Dazu braucht ihr die erbeutete Kleidung. Anschließend könnt ihr euch daran machen, die Diamanten einzeln nach und nach gegen Kleidung, Waffen und Wohnungen einzutauschen. Eure Frauen müssen ihr Gesicht verdecken oder durch Bemalung oder

Schminken hässlicher machen. Sie würden mit ihrer Schönheit auffallen.

Wir wollen euch dabei gern helfen, soweit es uns möglich ist.«

Wir teilen uns auf. Viviane und Nadine suchen mit jeweils zweien aus der Gruppe nach anderen Gruppen, und ich mische mich mit Zech, einem zweiten aus der Gruppe und Lin unter die Blauen in der Stadt. Selena bringt uns hin und setzt uns unbeobachtet ab. Wir alle haben blaue Kontaktlinsen und erbeutete Kleidung der Blauen, ich die von Selena hergestellte. Lins Gesicht ist so geschminkt, dass ihre Schönheit nicht zu erkennen ist. In der mir schon bekannten Kaschemme frage ich den Barmann nach Voagen und habe Glück. Er ist im Nebenraum und ist erstaunt, aber auch ein bisschen ängstlich, mich wiederzusehen. Ich erzähle ihm, dass ich seine Dienste wieder in Anspruch nehmen möchte und deute eine kleine Belohnung an. Er ist sofort interessiert. Ich gebe mich als Minenbesitzer einer Edelsteinmine zu erkennen, der an den Behörden vorbei Steine verkaufen will; ob er nicht jemanden wüsste, der daran Interesse hätte. Wenn ich mit seiner Arbeit zufrieden wäre, könne er mit weiteren, noch attraktiveren Aufträgen rechnen. Damit habe ich einen treuen Diener gewonnen, der, wie er beteuert, sein Leben für mich geben würde. Jedenfalls solange Geld fließt, füge ich im Stillen hinzu.

Der Juwelier, zu dem er uns führt, macht einen seriösen Eindruck. Ich zeige ihm eine Auswahl der kleineren Diamanten, die wir aus den Fassungen genommen hatten, und sage auch ihm, dass ich mir bei einem zufrieden-

stellenden Preis eine weitere Zusammenarbeit vorstellen
könne. Ich lasse ihn einen Blick auf einen der großen
Steine werfen.

»Sehen Sie ihn sich an. Sie können ihn jetzt nicht kaufen, denn sein Wert übersteigt bei weitem Ihre finanziel-
len Möglichkeiten, so viel Geld werden auch Sie nicht in
ihren Tresoren haben. Aber es könnte ein zukünftiges
Geschäft werden. Und er ist nicht der Einzige, den ich
anzubieten habe.

Noch eines: In Zukunft wird mein führender Mitar-
beiter alle Geschäfte auf diesem Planeten abwickeln,
denn ich werde selten hier sein.«

Damit weise ich auf Zech.

Diese verlockende Aussicht lässt den Mann uns einen
akzeptablen Preis nennen und wir werden handelseinig.
Voagen erhält einen stattlichen Betrag und den Auftrag,
nach einem vollständig gesicherten Anwesen zu suchen,
welches zu verkaufen ist. Bei erfolgreichem Abschluss
könne er mit einem weiteren Betrag rechnen. Dann ent-
lasse ich ihn und wir stürmen die Kaufhäuser. Wir kaufen
Kleidung für alle Gruppenmitglieder, dazu Waffen und
Zierdolche. Schwer beladen nimmt uns Selena nachts in
einem verlassenen Stadtviertel auf.

Drei Tage später besitzt Zech ein Anwesen im vornehmen Teil der Stadt, das genau unseren Vorstellungen
entspricht. Es ist eine Villa mit über fünfzig Zimmern, in
einem riesigen Garten gelegen und von hohen Mauern
umgeben. Es gibt einen Raum, von dem aus jeder Winkel
im Haus und Garten von Kameras überwacht werden

kann. Dies wird die Operationsbasis für zukünftige Aktivitäten gegen die Blauen werden.

Voagen erweist sich als Glücksfall. Er hat Beziehungen zu allen Leuten, die sich mit zwielichtigen Geschäften abgeben. In kurzer Zeit hat er Dutzende von täuschend echten Ausweisen besorgt, dazu Papiere, die alle möglichen Vergangenheiten vorgaukeln. Er hat sich inzwischen unentbehrlich gemacht und ist zur ›rechten Hand‹ von Zech aufgestiegen.

Immer wieder wirft er einen bewundernden Blick auf Lin, obwohl ihr Gesicht auf hässlich geschminkt ist. Die Anmut der Bewegungen kann sie nicht ablegen. Als er nach einigen Tagen mitbekommt, dass sie *nur eine Sekretärin* von Zech ist und nicht seine Frau, zeigt er seine Bewunderung sogar offen.

In den nächsten Wochen kommen nachts immer wieder Grüne mit blauen Kontaktlinsen ins Anwesen und bleiben einige Tage, um sich mit der Lebensweise der Blauen vertraut zu machen. Voagen wundert sich über das ständige Kommen und Gehen.

Eines Tages äußert er sich gegenüber Lin.

»Hier läuft irgendetwas, nicht wahr? Ich weiß nicht, was ihr vorhabt, aber wenn es gegen die Superreichen und Minister geht, könnt ihr auf mich zählen. Ich bin dabei.«

Lin wirft ihm einen erstaunten Blick zu, aber schweigt.

Am kommenden Morgen passiert es dann: Lin ist im Bad und will sich schminken. Ihre Kontaktlinsen liegen auf der Konsole, und sie hat vergessen, abzuschließen.

Da platzt Voagen herein. Er dachte, das Bad sei frei. Sie dreht sich um und schaut ihn erschreckt mit ihren leuchtend grünen Augen an.

Voagen erstarrt. Er bringt sekundenlang kein Wort heraus. Er kann es nicht fassen, dann sprudelt es aus ihm heraus:

»Mein Gott, bist du schön! Und du bist eine Grüne und sprichst unsere Sprache!

Ich habe schon lange gedacht, dass ihr keine Tiere seid. Ich habe die Sklavinnen beobachtet, wenn wir miteinander reden, sie haben dann einen Gesichtsausdruck, so als würden sie uns zuhören und uns verstehen. Und das tut ihr auch. Die ganze Sache mit der Unfähigkeit zu sprechen und der niedrigen Entwicklungsstufe ist ein Riesenschwindel. Wir Blauen waren zu blöd zu erkennen, dass ihr eine gleichberechtigte Rasse seid, und vermutlich habt ihr sogar eine eigene Sprache.«

Lin schaut ihn mit großen Augen ängstlich an. Sie weiß nicht, wie sie sich verhalten soll. Voagen beruhigt sie.

»Du brauchst keine Angst zu haben, dass ich euch verrate. Ich kann mir jetzt auch vorstellen, was ihr vorhabt, und ich bleibe dabei, ich bin auf eurer Seite, und ganz besonders *du* kannst auf mich zählen.«

Lin geht auf ihn zu, nimmt seinen Kopf in beide Hände und küsst ihn auf den Mund; sie hat die Betonung in seinem letzten Satz verstanden. Voagen ist überglücklich.

Wenig später berichtet Lin davon.

Zech und seine Leute haben den ersten blauen Verbündeten.

Wenige Tage später sitzen wir mit Aylen, Zech und noch zwei weiteren aus der Gruppe in der Villa zusammen und besprechen das weitere Vorgehen. Lin kommt mit Voagen dazu. Als sein Blick auf Aylen und dann auf Viviane fällt, reißt er die Augen auf.

»Wow, ihr habt sie also befreit! Hat sie wirklich den Shar umgebracht?«

»Nein«, erwidert Viviane, »da hat jemand anderes die Gelegenheit genutzt, ich habe ihm nur die Haut geritzt.«

»Und sie«, er deutet auf Aylen, »wie hat sie es bloß geschafft, dass ein Reicher und seine Dienerschaft sich gegenseitig umgebracht haben? Oder war das etwa auch nicht so?«, und dann fügt er noch hinzu: »Das muss ich euch lassen, ihr habt wirklich starke Frauen, die auch noch irre gut aussehen; ich bin stolz, zu euch gehören zu dürfen.«

Zech ergreift das Wort.

»Wir müssen die Gesellschaft der Blauen infiltrieren, da können uns die von den Reichen gehaltenen Sklavinnen helfen und wir können unsere Sprache als Erkennungsmerkmal verwenden, aber unser Fernziel muss es sein, eines ihrer Raumschiffe in die Hände zu bekommen, denn wir brauchen wirksame Waffen.

Mitten in der Diskussion meldet sich Selena in unseren Köpfen.

»Hört zu, ihr drei! Ihr seid nicht hier, um eine Revolution anzuzetteln. Das überlasst ihr bitte den Einheimischen. Denn wenn es hier eine Veränderung geben wird, dann wird sie nicht unblutig verlaufen. Solltet ihr Menschen absichtlich töten oder für deren Tod verantwortlich sein, dann lasse ich euch zurück und suche allein weiter.«

Wir drei gucken uns betreten an. Also wende ich mich an die Gruppe.

»Es tut uns leid, aber wir werden euch bald verlassen müssen und nicht wiederkommen, denn es ist uns absolut verboten, zu töten und euer zukünftiger Kampf wird Tote nicht ausschließen. Ihr müsst es ohne uns schaffen.

Aylen und Zech! Ihr beide habt jetzt eine große Verantwortung. Euer Handeln entscheidet, ob eure Rasse überlebt, denn wir können und dürfen euch bei eurem Kampf nicht helfen.«

Wir umarmen jede und jeden Einzelnen noch einmal ganz intensiv, dann verschluckt uns die Nacht.

Zurück im Schiff erlebe ich erneut eine von Selenas merkwürdigen Äußerungen.

»Florian, was hältst du davon, wenn Zech einfach das ›Z‹ weglässt und dann seinen Namen umdreht? Damit könnte er ein Nationalheld werden und auf den T-Shirts sämtlicher jüngeren Grünen erscheinen.«

»Selena, du redest Blödsinn, was wissen die hier wohl von einem kubanischen Revolutionär auf meinem Heimatplaneten?«

Was ist bloß mit dem Schiffscomputer los?

Diesmal versuche ich jedoch zu kontern.

»Ja, und Aylen wird durch Umstellen der Buchstaben zu ›Lenya, der größten Kriegerin aller Zeiten‹, nach einem im Jahre 2001 auf der Erde produzierten Fantasy-Film.«

Das wiederum findet Selena nicht witzig.

»So ein Quatsch! Wie kann jemand oder etwas zu dem größten jemand oder etwas aller Zeiten werden, wenn alle Zeiten noch gar nicht zu Ende sind? Mit so etwas schmeißt ihr in euren Medien ständig herum. Ihr spinnt, ihr Menschen!

Aber wie findest du das:

Wir könnten ihnen ja alle Waffen wegnehmen, dass sie nur noch ihre Fäuste haben. Dann können die Blauen und Grünen sich gegenseitig grün und blau schlagen.«

»Selena, das kannst nicht einmal du, und lass endlich diese Sprüche. Du bist ein Computer und ein Computer hat weder Humor noch macht er blöde Sprüche.«

»Entschuldige, Florian. War nur ein Wortspiel. ›Nobody is perfect‹.«

Gegen diesen Computer komme ich einfach nicht an.

Dann wird Selena ernst.

»Ich muss bei euch dreien Abbitte leisten. Ich habe immer gedacht, die Menschen eurer Erde seien eine Fehlentwicklung der Evolution. Aber was ich mit den Blauen kennengelernt habe, übertrifft alles, dagegen seid ihr Menschen Waisenknaben. Solche Aggressivität und Gewaltbereitschaft habe ich mir nicht vorstellen können.«

»Das Einzige, das versöhnlich stimmt,« ergänze ich, »ist die Tatsache, dass es auch innerhalb einer solchen brutalen Rasse einen Saulus gibt, der zum Paulus werden kann. Ich denke an Voagen, und das lässt hoffen.«

»Das ist aber merkwürdig, Florian«, mischt sich Viviane ein, »du als überzeugter Atheist verwendest Begriffe und Bilder aus der Bibel – ich dachte, du glaubst nicht an Gott?«

»Das tue ich auch nicht. Die meisten Menschen verwenden auch Bilder und Namen aus der griechischen Mythologie ohne gleich an die streitsüchtige Horde der Götter auf dem Olymp zu glauben.«

»Nicht an Götter glauben, aber nichts dagegen haben, für den Göttervater gehalten zu werden«, kommt es von Nadine lachend, »das hab' ich gern. Darf ich dich an die Geschichte um Lysistrata erinnern.«

Ich schaue sie mit einem ironischen Blick an und sie ergänzt.

»Jaja, ich weiß schon: Athene und Aphrodite! Hat uns ja auch Spaß gemacht. Ich nehme alles zurück.«

Dann nimmt sie mich in die Arme und verpasst mir einen langen und intensiven Kuss.

Wir suchen weiter nach intelligentem Leben, haben uns aber vorgenommen, bei den nächsten Planeten vorsichtiger zu sein. Wir müssen erst alles über eine mögliche Zivilisation herausbekommen, bevor wir uns zu einer Landung entschließen. Doch dieser Vorsatz kommt gar nicht erst zur Ausführung, denn wir finden keine weiteren bewohnten Planeten.

Damit sind wir mit unserem Latein am Ende. Hinter uns liegt der letzte Planet unserer Liste. Aber ich will mich damit nicht abfinden.

»Selena, ich möchte, dass wir einen benachbarten Spiralarm unserer Galaxie absuchen. Geht das?«

Ich erhoffe mir von der veränderten Position neue Ergebnisse.

»Natürlich geht das, es wird ein paar Tage dauern. Du weißt aber, dass ich diese Gegend früher schon abgesucht habe. Da gibt es keine Sonnensysteme mit Planeten. Aber wenn du darauf bestehst, warum nicht.«

Ich bestehe darauf, obwohl es eigentlich keinen Grund gibt. Vielleicht hat es mit meinem Frust über die erfolglose Suche zu tun.

Ich lasse Selenas Sensoren ausfahren und nach einigen Tagen entdecke ich eine Sonne, deren Bahnverhalten auf ein Planetensystem schließen lässt. Ich stimme mein Ergebnis mit Selena ab und bin überrascht. Sie teilt mir nämlich mit, dass da gar keine Sonne sei, geschweige denn eine mit Planeten. Der Raum, in dem ich meine angebliche Sonne sehe, sei völlig leer. Ich bin verwirrt und überprüfe meine Messungen. Die vorherigen Ergebnisse werden bestätigt, und ich übermittle Selena meine Daten.

»Florian, ich weiß nicht, was du da siehst oder gemessen hast, aber da ist nichts. Du musst einen Fehler gemacht haben.«

Ich beginne an mir zu zweifeln. Ruft etwa die lange, vergebliche Suche und der Frust darüber Halluzinationen bei mir hervor? Selena legt mir ihre Messungen vor. Und tatsächlich, da ist nichts.

Ich hole Nadine und Viviane dazu.

»Könnt ihr euch mal diese Messungen ansehen, und sie nachprüfen?«

Nadine und Viviane arbeiten an den Konsolen. Es dauert eine Weile, dann kommen ihre Ergebnisse. Beide bestätigen meine Messungen. Doch Selena besteht weiterhin darauf, dass wir uns irren müssen.

Viviane schüttelt den Kopf.

»Das ist merkwürdig! Es scheint so, als hätte Selena eine Blockade.«

In meinem Kopf setzt sich ein Gedanke fest.

»Viviane! Das ist es! Sie muss tatsächlich eine Blockade haben. Und ich ahne, wieso. Als ich nämlich bei meiner ersten Begegnung Selena fragte, warum sie nach dem Tod der ursprünglichen Besatzungsmitglieder keinen Kontakt zu ihrem Heimatplaneten aufgenommen habe, sagte sie mir, dass ihr das nicht erlaubt sei. Diesen Kontakt hätten nur die beiden Getöteten herstellen können. Wisst ihr, was ich glaube: Wir haben ihren Heimatplaneten gefunden.«

Ich wende mich an Selena.

»Selena, erinnerst du dich, dass du einmal zu mir gesagt hast, wir Menschen hätten etwas, was dir fehle und dass du daher den Kontakt zu Menschen suchst, und das ist Intuition. Meine Intuition sagt mir, dass wir dahin fliegen sollten, wo nichts ist. Ich möchte, dass du uns ab jetzt alle Entscheidungen überlässt. Das kannst du auch bedenkenlos tun, weil dieser Kurs keine Gefahr für das

Raumschiff bedeutet, denn schließlich ist da nichts, was gefährlich sein könnte. Selena hatte damals meine Verfügung über das Schiff eingeschränkt: Befehle, die das Raumschiff in Gefahr bringen und solche, aus denen Aggressivität spricht, würde sie nicht ausführen.«

Selena ist einverstanden und wir fliegen in das System hinein, das für den Schiffscomputer nicht existiert. Wir haben auch bald den Planeten in der habitablen Zone ausgemacht, der unserer Erde verblüffend ähnlich sieht, allerdings von zwei Monden begleitet wird. Wir kommen näher, als plötzlich nichts mehr geht. Unser Schiff hängt bewegungslos im Raum.

»Selena, was hast du gemacht, warum hast du das Schiff gestoppt?«

Die Antwort kommt sofort.

»Ich habe das Schiff nicht angehalten. Da ist etwas von außen gekommen, das es festhält. Ich kann das Schiff auch nicht wieder in Gang setzen. Es ist komplett manövrierunfähig.

Leute, da dringt irgendetwas in meine Schaltkreise ein! He, was treibst du in meinen Kreisen?

Oh! Ich werde abgeschaltet! Leb wohl, du schnöde Welt, du warst so sch…!«

Trotz der ernsten Situation kann ich mir ein Schmunzeln nicht verkneifen. Selena ist wirklich ein bisschen seltsam geworden. Doch dann vergeht mir das Lachen. Ich bekomme Atemnot, Nadine und Viviane geht es genauso. Entweder wird die Atemluft abgesaugt oder mit einem Betäubungsgas angereichert.

Wir drei verlieren das Bewusstsein.

GEA

Ich bin zu Hause. In meinem Bett. Und ich fühle mich unglaublich wohl. Neben mir liegt jemand. Ich kann ihn nicht sehen, aber fühlen. Ich fühle Haare, lange Haare und einen Körper. Einen weiblichen Körper. Nadine. Nadine liegt neben mir in meinem Bett und schläft. Ich will mich zu ihr hinüberbeugen, aber ich komme nicht hoch. Mein Körper fühlt sich so schwer an. Ich versuche es wieder und wieder, aber es geht nicht. Vor Anstrengung stöhne ich laut auf.

Dann ruft jemand: »Florian, wach auf!«

Ich werde wach. Jemand beugt sich über mich. Es ist Nadine.

»Florian, wach auf, du hast geträumt.«

Ich liege wirklich in einem Bett und es ist sehr bequem. Dann schaue ich mich um. Der Raum sieht aus wie der einer Blockhütte auf der Erde und hat zwei Fenster. Die Sonne scheint durch die Fenster und beleuchtet Nadines dunkles Haar. Ich nehme sie in die Arme.

»Wo sind wir?«

»Das weiß ich auch nicht, ich bin erst kurz vor dir wach geworden. Aber draußen sieht es aus wie auf der Erde. Schau! Bäume, bunte Blumen und ein blauer Himmel mit einzelnen Wölkchen.«

»Wo ist Viviane? Gibt es noch andere Räume?«

Unser Raum hat zwei Türen. Die eine führt in ein Bad und die andere ist verschlossen. Von Viviane keine Spur.

Plötzlich steht ein Mann im Zimmer; er ist einfach da, wo vorher nichts war. Der Mann ist schon älter, vielleicht 60 Jahre, hat leicht ergraute Haare, ist mittelgroß und trägt einen Umhang, der einer römischen Tunika gleicht. Dann spricht er.

»Bitte erschreckt nicht, weil ich hier so plötzlich erscheine. In Wirklichkeit bin ich gar nicht da, was ihr seht ist ein Hologramm. Ich kann leider nicht persönlich zu euch kommen, da ihr unter Quarantäne steht. Wir wissen nämlich noch nicht, ob und wie gefährlich ihr für uns seid. Aber so viel kann ich schon sagen: Es wird euch nichts geschehen. Ich will euch auch gern sagen, wer wir sind und wo ihr seid. Wir sind die Rasse, die das Schiff und den Computer, den ihr Selena nennt, erbaut hatte. Wir hatten es mit zweien von uns vor gut achthundert Jahren auf die Reise geschickt, um nach anderen Zivilisationen zu suchen und wussten, dass es Jahrhunderte dauern würde, bis es zurückkommt, denn es muss immer wieder einen nennenswerten Prozentsatz der Lichtgeschwindigkeit erreichen, um den Quantenantrieb zu nutzen. Das bedeutet aber, dass sich die Schiffszeit im Verhältnis zu unserer extrem dehnt. Wir hatten es spätestens in eintausend Jahren zurückerwartet. Auf dem Schiff wären dann aber höchstens 50 Jahre vergangen.

Als nun das Schiff in unserem System auftauchte, haben wir sofort festgestellt, dass an Stelle von unseren Leuten drei fremde Wesen an Bord sind. Also haben wir den Computer vorübergehend ausgeschaltet und das Schiff übernommen. Euch haben wir betäubt und dann hierher auf unseren Planeten geschafft. Nun sind unsere

Wissenschaftler und Techniker dabei, sämtliche Aufzeichnungen des Schiffscomputers zu sichten. Das wird allerdings noch einige Zeit in Anspruch nehmen. Eines aber haben wir schon herausgefunden: Ihr beiden seid vom Computer medizinisch behandelt und auch leicht verändert worden; damit haben wir Informationen über eure Physiologie und die Funktionsweisen eures Körpers. Bei der dritten Person, die ihr Viviane nennt, ist das nicht der Fall. Daher sind wir dabei, sie eingehend zu untersuchen. Aber ihr braucht euch keine Sorgen zu machen. Wir werden keine Veränderungen an ihr vornehmen und sie in keiner Weise irgendwie verletzen. Die Untersuchungen werden auch in Kürze abgeschlossen sein, und ihr werdet sie schon in wenigen Stunden wieder bei euch haben. Aber habt bitte Verständnis dafür, dass ihr euch noch nicht frei bewegen könnt, solange wir nicht alle Auswertungen vorliegen haben. Ihr findet übrigens in eurem Raum eine Konsole, die exakt der im Raumschiff entspricht, die euch mit allem Nötigen wie Nahrung und Getränken versorgt.

Ich werde so bald wie möglich wieder Kontakt zu euch aufnehmen, aber jetzt überlasse ich euch erst einmal euch selbst.«

Damit löst sich das Hologramm auf und wir sind wieder allein.

Es vergeht einige Zeit, nach unserem Gefühl etwa drei Stunden, da geht die andere Tür auf, wir sehen in eine Schleuse mit einer zweiten Tür und Viviane wird von einer Gestalt, die sich in einem durchsichtigen Schutzanzug befindet, hereingeführt. Sie hat ihren

Schutzanzug abgelegt. Die fremde Person nimmt ihren leeren Anzug an sich und schließt die Tür zu uns wieder. Wir fallen uns in die Arme.

»Viviane, wie geht es dir, hast du etwas von den Untersuchungen mitbekommen?«

»Mir geht es hervorragend, ich fühle mich richtig erfrischt. Von irgendwelchen Untersuchungen habe ich nichts mitbekommen. Ich habe einfach geschlafen und wie es scheint sogar sehr gut.«

Dann erzählen wir ihr die Neuigkeiten.

»Ich glaube, dass wir uns keine Sorgen machen müssen. Ich weiß von Selena, dass ihre Erbauer-Rasse sehr friedlich ist. Sie kennt keine Aggressionen.«

Kurze Zeit später erscheint wieder das Hologramm.

»Es tut mir sehr leid, aber es gibt ein Problem. Das besteht aber nur bei Viviane. Da sie von Selena nicht verändert wurde, ist sie nicht immun gegen einige denkbare Viren und Bakterien. Die gibt es zwar nicht auf diesem Planeten, aber sie kommen in unserem Sonnensystem vor. Wir möchten einen Vorschlag machen. Wir bieten dir, Viviane, an, dich bezüglich deines Immunsystems so zu verändern, wie es Selena mit Florian und Nadine gemacht hat. Das machen wir natürlich nur, wenn du einverstanden bist.«

»Natürlich bin ich einverstanden, und würdet ihr dann auch so ein paar klitzekleine Veränderungen an meinem Körper vornehmen? So die Hüften und Oberschenkel ein paar Millimeter schmaler und auch die Reaktionsfähigkeit der beiden?«

»Viviane, meinst du das im Ernst? Du siehst toll aus, so wie du bist!«

»So? Und was war mit dir, Nadine? Als du damals schwer verletzt warst, hast du erzählt, das Selena deinem Gehirn deine heimlichen Wünsche entnommen und dich entsprechend verändert hat. Ich sage nur B-B-P, und das hieß in deinem Fall Busen, Beine, Po.«

Das Hologramm mischt sich ein.

»Wir würden es bei dir genauso machen, wie Selena es damals bei Nadine gemacht hat. Du erhältst auch ihre schnelle Reaktionsfähigkeit. Aber es wird ein paar Wochen dauern, bis du mit deinem neuen Körper zurechtkommst. Die operativen Veränderungen nehmen nur ein paar Stunden in Anspruch.«

»Na, dann mal los, her mit eurem Ganzkörperkondom. Ich verlasse die Quarantäne.«

»Das war ja ein kurzer Besuch«, seufzt Nadine, »aber ich kann sie gut verstehen, wir Frauen haben immer etwas an unserem Körper auszusetzen, auch wenn er noch so perfekt ist.«

Nach zwei weiteren Tagen geht die Tür zur Außenschleuse auf und unser Hologramm marschiert herein. Wir sehen, dass die äußere Tür fehlt, und das Hologramm reicht uns die Hand. Es ist eine richtige Hand und das Hologramm gar keines. Der Mann steht leibhaftig vor uns.

»Wir können euch aus der Quarantäne entlassen, denn eure Viren und Bakterien schaden uns nicht, sie erkennen uns nicht einmal als Wirtskörper und umgekehrt ist es genauso. Ihr könnt euch ab sofort überall in unserer Welt frei bewegen, und ich würde mich freuen, wenn ich, zusammen mit meiner Partnerin, euch in den nächsten Tagen mit unserer Heimat vertraut machen darf.«

Wir stimmen sofort zu und sind begierig, diese Welt kennenzulernen.

Am kommenden Morgen werden wir von Gohr abgeholt, so heißt unsere Kontaktperson. Er stellt uns seine Partnerin Gohra vor. Beide gehören der gewählten Regierung an und sind Spezialisten für Alien-Forschung, sie ist außerdem Soziologin. Sie ist eine attraktive Frau zwischen 40 und 50. Als erstes erfahren wir, dass sie 160 und er 175 Jahre alt sind. Die Lebenserwartung der Menschen dieses Planeten beträgt nämlich etwa 300 Jahre. Tages- und Jahreszyklen entsprechen in etwa denen unserer Erde.

Vor unserem Haus steht ein Fahrzeug, das wie ein Helikopter aussieht, nur ohne Rotoren und ohne die Auslegung für den Heckrotor, und er ist rundherum verglast. Wir nehmen Platz und das Gerät erhebt sich lautlos in die Luft.

»Haben alle Menschen hier so ein Fahrzeug?«, will ich wissen.

Gohr schaut mich erstaunt an.

»Nein. Das wäre ja eine große Verschwendung. Dieses Fluggerät steht jedem zur Verfügung, der es braucht. Man kann es vorher ordern. Nicht alle Menschen dieses Planeten benötigen so ein Gerät zur gleichen Zeit. Also steht eine große Anzahl allen zur Verfügung, man muss nur angeben, in welcher Größe man es braucht.«

Wir überfliegen die Landschaft. Es gibt Dörfer und kleine Städte, die man aber erst auf den zweiten Blick erkennt, da alle Gebäude maximal zweigeschossig und alle Dächer bewachsen sind mit Gras, Blumen, Büschen und vereinzelt sogar Bäumen. Es gibt viel Wald, aber auch Graslandschaft, auf der Tiere äsen.

»Es sind aber«, erklärt uns Gohr, »keine Haustiere sondern wilde Tiere. Wobei das Wort ›wild‹ völlig irreführend ist; es gibt keine wilden Tiere in dem Sinne, wie ihr Menschen es versteht. Die Tiere haben keinerlei Angst vor den Menschen oder anderen Tieren. Es gibt nämlich keine Fleischfresser und somit keine Raubtiere.«

Das ist ökologisch eigentlich nicht möglich, und ich nehme mir vor, unsere Begleiter bei passender Gelegenheit danach zu fragen.

Es herrscht ein angenehmes Klima, es ist warm, aber nicht zu warm. Der Planet hat ebenfalls eine geneigte Achse, daher gibt es Klimazonen und Jahreszeiten. Wir befinden uns an der Grenze zwischen gemäßigter und subtropischer Zone und es ist Sommer.

Während des Fluges erzählt uns Gohra etwas über den Unterschied zwischen den Menschen dieses Planeten und uns, denn sie gehört zu der Gruppe, die Selenas Aufzeichnungen analysiert und auswertet.

»Obwohl wir äußerlich sehr ähnlich sind,« beginnt sie, »gibt es doch gravierende Unterschiede. Die haben etwas mit der Entwicklungsgeschichte der jeweiligen Rasse zu tun. Bis ihr Menschen euch bis zur Spitze der Nahrungskette durchgekämpft hattet, musstet ihr ständig gegen Fressfeinde ankämpfen. Durch eure Aggressivität konntet ihr euer Überleben sichern. Als die äußeren Feinde keine überlebensbedrohende Gefahr mehr für euch waren, schuft ihr euch eure eigen Feinde, nämlich euch selbst, und versuchtet, euch gegenseitig umzubringen. An erfundenen Motiven mangelte es euch nicht, ihr führtet Gründe wie Rasse, Religion oder Weltanschauung dafür an.

Auch herrscht bei euch zwischen dem, was schadet und dem, was euch guttut, ein labiles Gleichgewicht. Ihr habt viele Dinge, die für euch in kleinen Dosierungen ein Heilmittel sind, in größeren Mengen aber hoch giftig. Sogar euer Körper funktioniert nach diesem Prinzip. In eurem Verdauungssystem tummeln sich die verschiedensten Bakterien, die die Grundstoffe der Nahrung für euch so aufbrechen, dass euer Körper sie aufnehmen und verarbeiten kann. Wenn aber durch eine Störung eine Bakterienart überhandnimmt und eine andere dadurch abstirbt, ist das für euch lebensbedrohend.

Bei uns ist das anders verlaufen. Bis vor etwa zehn Millionen Jahren lief die Evolution allerdings ähnlich ab wie bei euch auf der Erde. Wir befanden uns zu der Zeit auf einem Entwicklungsstand, vergleichbar mit dem eines Cro-Magnon-Menschen, und wir waren reine Pflanzenfresser. Es galt, sich gegen Fressfeinde zu wehren, und es überlebte nur die Art, die sich den Veränderungen am schnellsten anpasste oder vor den Feinden am schnellsten flüchten konnte. Letzteres war unsere Stärke. Dann geschah etwas Dramatisches. An Land starben alle Fleischfresser aus. Wir wissen bis heute nicht warum, aber es gibt zwei Theorien: Entweder war ein Virus daran schuld, den wir aber nie nachweisen konnten, oder eine unbekannte Strahlung eines dicht vorbeirasenden Meteoriten, der aber eine so hohe Geschwindigkeit gehabt haben muss, das er ein Wanderer zwischen den Sonnensystemen war, ein Meteorit, der von außerhalb in unser System gekommen war, und durch das Gravitationsfeld der Sonne erfasst und vermutlich weiter beschleunigt wurde, so dass er das Sonnensystem wieder verlassen hat.

Da durch das Aussterben der Raubtiere das natürliche Gleichgewicht empfindlich gestört war, hätten sich eigentlich die übrig gebliebenen Tiere ungehindert vermehren können, bis sie den gesamten Planeten kahlgefressen hätten. Aber gleichzeitig geschah noch etwas: Die Vermehrungsrate der übrig gebliebenen Lebewesen sank rapide. Dadurch pendelte sich das biologische Gleichgewicht an Land ein. Etwas anders lief es im Meer ab, und das spricht eher für die Strahlungstheorie. Hier überlebten auch die Fleisch- beziehungsweise Fischfresser. Aber auch im Meer sank die Vermehrungsrate, allerdings nicht so heftig wie an Land. Das führte dazu, dass etliche große Meeressäuger ausstarben, weil sie verhungerten, denn sie brauchten Tonnen von kleinen Krebstieren und anderen kleinen Wasserlebewesen als Nahrung. Die waren in der nötigen Menge nicht mehr vorhanden.

Wir haben also seit etwa zehn Millionen Jahren keine natürlichen Feinde mehr, gegen die wir in Konkurrenz treten müssen. Daher kennen wir keinen Konkurrenzkampf und auch keine Aggressivität. Dass es so etwas überhaupt gibt, haben wir jetzt erst aus den Aufzeichnungen des Schiffscomputers erfahren. Und es ist schwer für uns zu verstehen.

Es gibt allerdings etwas, was uns aus der Zeit vor zehn Millionen Jahren erhalten geblieben ist, obwohl es uns heute überhaupt nichts nützt. Das ist die Fähigkeit, bei Gefahr enorm schnell reagieren zu können. Das hat uns damals geholfen, vor Fressfeinden davonzulaufen; wir waren dadurch um ein Vielfaches schneller als jeder Feind. Ihr beiden habt diese Eigenschaft auch, seitdem euer Körper von Selena verändert wurde. Und ihr habt diese Fähigkeit zur aktiven Verteidigung genutzt, auch etwas für uns ganz Neues.

Seit dieser Katastrophe sind auch wir Menschen deutlich weniger fruchtbar. Wir Frauen sind nur einmal im Jahr empfängnisbereit. Dieser scheinbare Nachteil wird durch unsere höhere Lebenserwartung von etwa dreihundert Jahren ausgeglichen. Daher hat sich auch unsere Bevölkerungszahl seit Hunderten von Jahren auf zweihundert Millionen eingependelt, und unser Planet ist so groß wie eure Erde. Wir nennen ihn übrigens Gea, das heißt nichts anderes als Erde, übrigens auch bei euch, wie wir inzwischen wissen.

Wir haben auch Gea nicht in dem Maße ausgebeutet, wie ihr es mit der Erde gemacht habt. Klar, anfangs haben auch wir die Rohstoffe auf dem Planeten abgebaut, aber nie so hemmungslos wie ihr. Wir haben von Anfang an mit ihnen das gemacht, was ihr unter ›recyceln‹ versteht. Als wir in der Lage waren, Raumschiffe zu bauen, haben wir uns die Rohstoffe von Planeten und deren Monden unseres Sonnensystems geholt, die nicht in der habitablen Zone liegen. Später haben wir sogar die gesamte Industrie auf diese Himmelskörper verlegt. Daher ist die Ökologie hier völlig intakt. Und natürlich auch die Flora und Fauna, denn wir können nicht töten. Wir haben es ja auch seit Millionen von Jahren nicht machen müssen.

Das mit der intakten Ökologie war nicht immer so. Auch wir hatten vor ein paar tausend Jahren Transportwege, ähnlich wie ihr auf der Erde. Aber zwei Dinge haben damals unser Leben grundlegend verändert:

Das erste war die Beherrschung der Schwerkraft, wie ihr es schon vom Raumschiff her kennt. Damit wurde Transportieren von Dingen ein Kinderspiel, und unsere Fahrzeuge waren nicht mehr an den Boden gebunden, und das zweite war die Lösung des Energieproblems. Wie ihr ebenfalls wisst, können wir fast unbegrenzte Energiemengen auf kleinstem Raum speichern. Das macht zum Beispiel unsere Häuser zu autarken Einheiten, und da unsere Bevölkerungszahl sich bei etwa 200 Millionen eingependelt hat, gibt es auch kein Platzproblem. Wir müssen nicht – wie ihr – in die Höhe bauen, und wir bauen mit natürlichen und wiederverwertbaren Materialien. Unsere heutigen Bauten sind harmonisch in die Landschaft eingepasst und gebaut mit Material, das in unserer Natur vorkommt.«

Nadine fällt auf, dass es keine größeren Bauten wie Schlösser oder Herrenhäuser gibt. Alle Häuser, die wir überfliegen, haben in etwa die gleiche Größe. Sie wendet sich an Gohra.

»Habt ihr keine Prachtbauten oder Herrenhäuser, zum Beispiel für Leute, die repräsentieren wollen oder in herausragender Position leben?«

»Nein. Warum sollte jemand so ein Haus haben wollen? Wozu? Das ergibt für uns keinen Sinn.«

»Was würde geschehen, wenn einer von euch es doch tun würde, sich ein riesengroßes Haus bauen mit vielen Räumen, die er vielleicht nur zum Repräsentieren haben will. Würdet ihr ihn für verrückt erklären und vielleicht in seinem Kopf Korrekturen vornehmen?«

»Nein, das wäre nicht nötig. Was wären seine Motive für ein solches Handeln? Er will die anderen beeindrucken und nach außen zeigen, dass er sich für etwas Besseres hält. Er erreicht aber das Gegenteil. Die Leute würden ihn für ein bisschen verrückt halten und ihn bemitleiden. Und das würde er zu spüren bekommen. Er würde sich in seinem viel zu großen Haus sehr bald unwohl fühlen, da ihm die Anerkennung versagt bleibt. So etwas wie Neid, das auf eurer Erde offenbar sehr verbreitet ist, kennen wir nicht.

Auch unsere Wirtschaft läuft komplett anders ab. Völlig unverständlich ist für uns euer Streben nach Wirtschaftswachstum. Wozu ökonomisches Wachstum, wenn man alles hat, was man zu einem zufriedenen Leben benötigt. Wenn für euch etwas machbar ist, dann macht ihr es auch. Sogar dann, wenn es gar keinen Sinn ergibt. Unverständlich ist für uns, dass ihr mit enormen Kosten Dinge produziert, die man nicht braucht. Dann wendet ihr noch mehr Kosten auf, um den Leuten zu suggerieren, dass sie diese Dinge doch brauchen. Und schließlich verkauft ihr die unnötigen Sachen zu einem völlig überhöhten Preis, weil ihr die Kosten, die nicht nötig waren, wieder hereinholen wollt. Wir haben in den Aufzeichnungen einen Spruch gefunden, der wohl aus der Zeit der Erde vor 50 Jahren stammt und der das sehr treffend beschreibt: ›Ihr kauft Dinge, die ihr nicht braucht, mit dem Geld, das ihr nicht habt, um dem Nachbarn zu imponieren, den ihr nicht leiden könnt.‹

Wir dagegen machen vieles nicht, obwohl wir es machen könnten. Ich will dir ein paar Beispiele nennen: Du weißt bereits von Selena, dass wir in der Lage sind, uns ohne Sprache zu verständigen, aber wir tun es nur in ganz seltenen Fällen. Sprache ist etwas Schönes und wir würden sie einfach verlernen, wenn wir nur über Telepathie miteinander kommunizieren. Das Gleiche gilt für unsere Fortbewegung. Wenn wir uns nur mit unseren Antigravitations-Geräten oder nur über Quantensprünge bewegen würden, würden unsere Beine irgendwann verkümmern. Also tun wir es nicht. Das Gegenteil ist sogar der Fall. Wir lieben es geradezu, zu Fuß zu gehen.

Völlig verrückt empfinden wir das Verhalten eurer Politiker. Wenn eine Partei eine objektiv gute Idee hat und vor der anderen Partei, die diese Idee auch hatte, damit an die Öffentlichkeit geht, dann versucht die zweite Partei krampfhaft etwas zu finden, was gegen diese Idee spricht und vertritt sofort eine andere Meinung. Aber das hat wohl auch mit eurem ständigem Konkurrenzkampf zu tun. Er macht euer Verhalten irrational. Was uns aber verwundert, ist, dass ihr drei offenbar ein abweichendes Verhalten an den Tag legt. Wir wissen vom

Bordcomputer, dass ihr deutlich weniger aggressiv seid und vermuten, dass es auf eurem Planeten noch mehrere eurer Art gibt. Wenn sich irgendwann, in vielleicht einigen Jahrhunderten, euer Verhalten durchgesetzt haben würde, wäre sogar ein Kontakt mit eurer Rasse für uns denkbar. So, wie die Menschen heute auf der Erde sind, werden wir alles tun müssen, um diesen Kontakt zu unterbinden, denn er wäre tödlich für uns, weil wir der Aggressivität nichts entgegenzusetzen haben.«

»Ich glaube, ich kann euch verstehen,« erwidere ich, »aber was ich nicht verstehe, ist, dass eure Nahrung der unseren gleicht. Ihr esst zum Beispiel auch Fleisch, aber ihr tötet nicht. Wie geht das zusammen?«

»In unserem frühen Stadium waren wir tatsächlich Vegetarier. Dass wir heute Fleisch essen, liegt daran, dass unser Fleisch nicht von unseren Tieren stammt. Du würdest sagen, es ist synthetisch. Aber dieser Ausdruck ist bei euch negativ besetzt. Bei uns nicht, denn wir lassen schon seit Jahrtausenden den Umweg der Produktion über das Tier weg. Wir stellen es exakt aus den Grundstoffen her, aus denen es aufgebaut ist, und mit exakt meine ich zu einhundert Prozent ohne irgendwelche Zusatzstoffe. Ihr wurdet ja auf eurer Reise mit dem Raumschiff von dem Bordcomputer mit allem verpflegt, habt ihr da irgendeinen Unterschied feststellen können? Nein, denn es gibt keinen.«

»Aber wenn ihr in eurer Entwicklung weiterkommen wolltet – und weitergekommen seid ihr ja –, dann muss euch doch etwas antreiben. Ihr habt alles, was ihr zu einem zufriedenen Leben braucht. Warum solltet ihr euch die Mühe machen, überhaupt noch etwas zu tun? Wie habt ihr überhaupt eine Entwicklung durchgemacht, wenn es schon so lange nichts mehr gab, gegen das ihr euch durchsetzen musstet?«

»Uns treibt etwas an, was auch euch Menschen der Erde antreibt: die Neugier. Wir wollen die Welt verstehen und wir wollen wissen, wie die Welt ist. Deshalb haben wir auch das Schiff auf die Reise geschickt und wissen seitdem etwas für uns gänzlich Neues, nämlich, dass es Konkurrenzdenken und Aggressivität gibt. Wir wissen nun davon, aber wir verstehen es noch nicht, mit der Betonung auf ›noch nicht‹.

Neugier und Wissen sind bei uns Selbstzweck. Wir wollen mehr verstehen und mehr wissen, wir benutzen Wissen auch, um unser Leben einfacher und schöner zu gestalten, aber wir brauchen es nicht, um es gegen andere zu unserem Vorteil einzusetzen oder um besser zu sein als andere. Wir sind nicht besser als zum Beispiel eine Kuh auf eurer Erde, wir wissen nur mehr. Das finden wir schön, es macht uns aber nicht erhaben über die Kuh.

Unsere Wissenschaftler haben inzwischen die Aufzeichnungen von Selena fast vollständig ausgewertet. Allerdings hätten wir dabei beinahe fünf von ihnen verloren. Als wir die Daten sichteten und zu den Ereignissen auf den Planeten der Grünen und Blauen kamen, hat die Schilderung über die Gewalttätigkeit der Rasse diese fünf wahnsinnig werden lassen; ihre Gehirne konnten das nicht verarbeiten.

Wir konnten sie nur wieder heilen, indem wir alles, was sie in diesem Zusammenhang aufgenommen hatten, aus ihrem Gedächtnis löschten. Jetzt unterziehen wir alle, die mit der Auswertung zu tun haben, einem Test, um zu prüfen, ob sie derartig gewalttätige Schilderungen verarbeiten können, ohne verrückt zu werden.

Wir werden später weiter über dieses Thema reden, denn ich weiß, ihr habt noch viele Fragen. Aber jetzt gehen wir runter. Es wird bald dunkel und wir möchten mit euch an einem kleinen Fest in dem Ort unter uns teilnehmen. Wir nennen es das ›Fest des Leuchtenden Wassers‹.«

Das Dorf liegt auf einer Anhöhe oberhalb eines großen Binnenmeeres. Viele Häuser haben daher einen herrlichen Blick auf das Meer. Auf einem Pfad, der hinunter zum Wasser führt, herrscht ein geschäftiges Treiben. Der Weg wird auf beiden Seiten mit Blumengirlanden geschmückt. Am Ufer liegen etliche Boote, die jeweils 20 Personen fassen; auch die sind mit Blumen verziert.

Die Menschen des Dorfes, die alle ausnehmend schön sind, egal ob jung oder alt, betrachten uns neugierig, aber mit höflicher Zurückhaltung. Sie wissen offenbar, wer wir sind.

Ich komme auf die Häuser mit dem traumhaften Meerblick zu sprechen und wende mich an Gohra.

»Seid ihr wirklich nie auf jemanden oder auf etwas neidisch oder sogar sauer, weil er etwas hat, was ihr nicht habt? Zum Beispiel einen besonders schönen Ausblick von seinem Haus wie hier oder eine ausnehmend schöne Frau?«

»Komm mit, ich zeig dir etwas.«

Sie klettert mit mir zehn Minuten über einen ansteigenden Pfad auf eine Plattform, die am Ende einer weit ins Meer ragenden Halbinsel liegt. Von hier hat man fast einen Rundumblick auf das Meer. Es ist spiegelglatt.

»Schau!«, sagt sie nur.

Am Horizont geht auf der rechten Seite die Sonne gerade im Meer unter. Als der letzte Bogen hinter dem Horizont verschwindet, geschieht etwas Atemberaubendes. Gleichzeitig erheben sich zwei Monde, durch die Luftschichten enorm vergrößert, auf der gegenüberliegenden Seite der Plattform aus dem Meer, und mit dem abnehmenden Licht der Sonne wird ihr Leuchten immer intensiver. Dort, wo noch vor kurzem sich auf dem Wasser das lange Band der Sonne spiegelte, entstehen gegenüber zwei exakt parallele Straßen der Mondlichte. Der Anblick nimmt mir fast den Atem, so schön ist er. Dann verdeckt ein schmales Wolkenband die Monde und die Spiegelungen auf dem Wasser sind verschwunden.

»Bist du jetzt sauer auf die Wolke, weil sie den schönen Anblick beendet hat? Oder ärgerst du dich über den Abhang vor uns, der verhindert hat, dass du zum Ufer hättest laufen können, um in das Leuchten einzutauchen?«

»Nein, natürlich nicht, die Wolke kann doch nichts dafür und der Anblick hatte ja auch nichts mit mir zu tun, er gehörte mir nicht, genau genommen habe ich ihn sogar mit dir geteilt. Und es wäre natürlich traumhaft, in das Wasser einzutauchen, aber man kann ja nicht alles haben und muss nicht alles machen, was man gern tun würde.«

»Was ist dann mit dem Ausblick, den ein anderer von seinem Haus aus genießt, gehört der dir oder gehört er ihm? Oder kann die schöne Frau ihm oder dir gehören? Eine absurde Vorstellung! Schaue sie an, genieße ihren schönen Anblick, und wenn sie sich abwendet, freue dich darüber, dass du eine Zeitlang den Anblick genießen durftest. Und wenn du gern mit ihr schlafen möchtest, dann frag sie. Sie wird es dir nicht übelnehmen, vielleicht freut sie sich sogar darüber, auch wenn sie möglicherweise ablehnt? Du hast es gesagt: Man kann nicht alles haben und man muss nicht alles machen, was man gern tun würde oder was machbar ist.

Aber komm, lass uns zurückgehen, denn dich erwartet etwas noch viel Atemberaubenderes.«

Wir stoßen wieder auf Nadine und ihren Begleiter. Gohra greift unser Gespräch auf.

»Ihr beiden solltest noch etwas wissen. Es ist bei uns nicht ungewöhnlich, wenn ihr gefragt werdet, ob jemand Sex mit euch haben darf. Das ist nicht negativ gemeint; es ist ein Zeichen von Wertschätzung und Zuneigung. Genauso ist es aber auch keine Missachtung, wenn ihr nein sagt, niemand fühlt sich deswegen verletzt. Wir wissen, dass dies auf eurer Erde nicht üblich ist, obwohl es viele Menschen gibt, die in Clubs gehen, um dort mit anderen Partnern oder mehreren zugleich zu schlafen. Aber das tun sie in der Regel, weil es ihnen einen besonderen Kick verschafft. Erstaunlich für uns ist es, dass ihr drei auch da offenbar anders seid. Wir wissen von Selena, dass ihr oft Sex miteinander hattet, aber nicht wegen eines besonderen Kicks, sondern aus Zuneigung zueinander. Mit diesem Verhalten seid ihr unserer Rasse näher als eurer eigenen.«

Gemeinsam mit allen Dorfbewohnern, die wie alle Menschen dieses Planeten ausnehmend gut aussehen, geht es dann auf dem blumengeschmückten Pfad hinunter zum Ufer. Beide Monde stehen nebeneinander in fast gleicher Höhe am Himmel und tauchen die Landschaft in ihr weißes Licht. Es ist sehr viel heller als auf der Erde bei dem Licht nur eines Mondes.

Unsere beiden Begleiter bleiben stehen und deuten mit ausgestrecktem Arm aufs Wasser.

Es ist unglaublich, was wir nun zu sehen bekommen. Das Wasser schillert in allen Farben, die wie Wellen über das Meer laufen, ein bisschen so, als wenn das Nordlicht der Erde auf dem Wasser tanzen würde, die Farben sind aber viel intensiver. Es ist ein unbeschreiblich schöner Anblick. Meine Begleiterin erzählt mir, dass das Leuchten von Algen stammt, die nur einmal im Jahr blühen, wenn beide Monde gleichzeitig nebeneinander aufgehen.

Die Menschen besteigen ihre Boote, die sich geräuschlos vom Ufer fortbewegen. Auch wir besteigen so ein Boot. Die Farben des Wassers verwirbeln hinter dem Fahrzeug. Auf dem Wasser ertönt nun Musik, aber es ist keine Musik, wie wir sie kennen. Es klingt wie das Zwitschern von Vögeln, das melodisch aufeinander abgestimmt ist. Gruppen von jungen Leuten auf einigen Booten erzeugen die Geräusche mit Holzinstrumenten.

Dann halten die Boote, alle ziehen sich aus und springen ins Wasser, auch wir. Dort, wo das Wasser aufspritzt oder von den Armen abperlt, gibt es einen Schauer von tausend leuchtenden bunten Punkten.

Es herrscht eine ausgelassene Stimmung und die Menschen bespritzen sich mit dem leuchtenden Wasser oder streichen sich gegenseitig über ihren Körper, so dass die Haut in bunten Farben glitzert. Auch wir werden einbezogen und spüren hundert Hände über unsere Körper gleiten.

Nadine und ich umarmen uns im Wasser und ich sehe sie weinen.

»Oh, Florian, das ist das Schönste, was ich je in meinem Leben erlebt habe und wohl je erleben werde. Um uns herum all diese fröhlichen und so unglaublich friedlichen Menschen. Warum kann unsere Erde nicht auch so sein?«

»Es gab ja schon Menschen, die so eine Utopie hatten,« erinnere ich sie. »Die Vorstellungen von einem Paradies in der Bibel erzählen davon und du findest sie in den Ideen des Kommunismus. Aber das scheitert auf unserer Erde an uns Menschen. Unser Konkurrenzdenken und der Egoismus sind zu ausgeprägt, auch ist der Bildungsstand zu unterschiedlich.«

Nach drei Stunden ist alles vorbei. Beide Monde stehen hoch am Himmel und die Algenblüte ist beendet. Die Menschen klettern wieder in die Boote und es geht zurück ins Dorf. Wir werden von einem jungen Paar eingeladen, in ihrem Haus zu übernachten. Auch Gohr und Gohra übernachten im Dorf.

Am nächsten Morgen starten wir mit unserem Fluggerät. Wir überfliegen eine Berglandschaft, vergleichbar unseren Mittelgebirgen.

»Gibt es eigentlich auch Hochgebirge auf Gea?«

»Nein. Der Planet ist viel älter als eure Erde, die Tektonik ist schon vor tausenden von Jahren zur Ruhe gekommen und hat keine neuen Gebirge aufgeworfen. Die ehemaligen Gebirge sind durch Erosion abgetragen und bilden die heutigen Berge, die selten zweitausend Meter erreichen.«

Dann überfliegen wir das Meer. Am Ufer und in der ufernahen Zone sehen wir Segelboote.

»Die kann man mieten. Einige verdienen ihr Geld damit, sie den Leuten zur Verfügung zu stellen«, erklärt Gohr.

»Dann könnten sie doch damit reich werden.«

»Reich? Ach ja, das ist einer eurer Ausdrücke, an die ich mich erst gewöhnen muss. Was hätte er davon? Er kann doch nicht mehr Geld ausgeben, als er zur Befriedigung seiner Bedürfnisse benötigt.«

»Aber er besitzt die Boote als sein Eigentum«, wende ich ein, »also gibt es Eigentum.«

»Wir besitzen Eigentum, allerdings auf Zeit. Die Boote gehören ihm, und wenn er stirbt, bekommen sie seine Kinder, wenn sie seinen Beruf weiterführen wollen. Wenn nicht, dann gehen sie an die Gemeinschaft zurück, und die sucht einen neuen Besitzer. Auch unsere Häuser gehören uns samt der Einrichtung, zu der unter anderem auch Kunstgegenstände gehören. Wir richten sie individuell ein. Aber Häuser sind extrem teuer, weil sie autonome Einheiten sind, d. h. sie stellen die Nahrungsmittel aus den jeweiligen Grundstoffen selbst her, und es gibt eine Menge technischer Geräte, die das Leben vereinfachen, ebenso haben wir natürlich Kommunikationsgeräte, ähnlich euren Fernsehern, und die sind interaktiv. Wir bezahlen für die Häuser einschließlich der Wartung und technischen Verbesserungen unser Leben lang. Wenn wir sterben, geht das Haus zurück an die Gemeinschaft und es wird an neue Leute vergeben. Das Geld dafür verdienen wir mit unserer Arbeit.

Jeder von uns arbeitet, in der Forschung, der Wissenschaft oder als Aufsicht und Kontrolle in unseren Fabriken außerhalb unseres Planeten, wenn er nicht gerade wieder an der Universität studiert. Die meiste Arbeit machen natürlich Roboter, aber auch die müssen gewartet, verbessert oder erneuert werden.«

»Habt ihr keine Angst, wie z. B. bei uns auf der Erde, dass die Roboter sich irgendwann selbstständig machen und sich gegen euch wenden?«

»Wie sollten sie? Sie sind von uns konstruiert und damit kennen auch sie kein Konkurrenzdenken oder Aggressivität.«

»Wir haben«, fährt Gohr fort, »Schulen in jedem Ort und Universitäten verstreut über das Land. Die Schulen sind für unsere Jungen da, sie lernen dort etwa 20 Jahre lang. Dann sind sie erwachsen und besuchen regelmäßig bis ins hohe Alter von etwa 280 Jahren immer wieder die Universitäten. Wir wollen es so, denn wir haben ein Bedürfnis nach lebenslangem Lernen. Die Kinder gehen zu Fuß in die Schulen, da keine Schule weiter als drei Kilometer entfernt ist. Wenn man studiert, bezieht man für die Zeit ein Haus in der Universitätsstadt. Auch dort werden alle Wege zu Fuß erledigt, denn wir lieben es, zu Fuß zu gehen. Solche Fluggeräte wie dieses benutzen wir nur, wenn wir größere Entfernungen überbrücken wollen und natürlich für den Transport von Dingen.«

Ich muss die Frage noch einmal stellen:

»Gibt es nicht Leute, die sich sagen, ich habe alles, was ich brauche. Wozu soll ich da noch für die Gemeinschaft arbeiten?«

»Ja, die gibt es, und da wollen wir jetzt auch hin.«

Unser Fluggerät landet auf einer Bergwiese.

»Wir haben jetzt eine halbe Stunde Fußmarsch bergauf vor uns. Auf geht's.«

Nadine und ich sind erschöpft, als wir ankommen. Wir sind die Bewegung nicht mehr gewohnt. Auf einer Lichtung schmiegt sich an den Berghang ein einfaches Holzhaus, das von einem Garten umgeben ist, wie wir ihn von unserem Planeten auch kennen.

»Remer! Wir sind's. Gohr und Gohra, und wir haben Gäste mitgebracht.«

Von innen dröhnt eine tiefe Stimme.

»Kommt herein, ich habe euch schon erwartet. Das Essen ist fertig.«

In der Hütte begrüßt uns ein Mann, der sich deutlich von den anderen Menschen, die wir bisher kennengelernt haben, abhebt. Er trägt keine Tunika, wie es der hiesigen Mode entspricht, sondern ein einfaches Gewand aus einem groben, graubraunen Stoff. Unter seinen zerzausten Haaren leuchten helle und wache Augen in einem Gesicht, das man, wie bei allen Bewohnern dieses Planeten, als schön bezeichnen kann. Wenn er noch einen Bart tragen würde, könnte man ihn kaum von einem Einsiedler auf der Erde unterscheiden. Die männlichen Bewohner dieses Planeten haben jedoch keine Gesichtsbehaarung.

»Ich hab von euch gehört. Die Rückkehr des Raumschiffes hat sich wie ein Lauffeuer über den Planeten verbreitet und ist sogar bis zu mir heraufgedrungen. Wo ist denn die dritte von euch?«

Gohra klärt ihn auf.

»Ihr Körper ist in einigen Dingen unverträglich mit unserer Biologie. Unsere Mediziner nehmen die notwendigen Veränderungen vor. Das dauert noch ein bisschen.«

»Aha! Nun, dann lasst uns essen. Ich hoffe, es schmeckt euch.«

Wir probieren.

»Also, ich merke keinen Unterschied. Es ist offenbar ein vegetarisches Gericht und schmeckt ausgezeichnet.«

»Ihr habt natürlich Recht. Objektiv und optisch gibt es keinen Unterschied, aber subjektiv. Erst wenn man weiß, dass dieses Gericht nicht aus den chemischen Grundstoffen hergestellt ist, sondern alle Zutaten auf meinem Land ringsherum gewachsen sind, ändert sich auf einmal der Geschmack. Allein das Wissen darum macht es aus.«

Wir können ihm zustimmen.

Dann erzählt er uns, dass er schon viele Jahre hier oben in der Einsamkeit von dem lebt, was sein Land hergibt. Manchmal kommen Gäste, die sich allerdings anmelden müssen. Das ist schwierig, denn er ist nicht an das planetarische Kommunikationsnetz angeschlossen. Die Anmeldung erfolgt über Leute im fünf Kilometer entfernten Ort. Die schicken dann jemand zu ihm herauf.

Wir unterhalten uns noch etliche Stunden und erzählen ihm von dem Leben auf unserem Planeten. Manches freut ihn, zum Beispiel, wenn wir von Menschen erzählen, die wir Aussteiger nennen. Aber von vielem ist er schockiert.

Auf dem Rückweg frage ich unsere Führer:

»Du wolltest uns jemanden zeigen, der nichts tut, weil er alles hat, was er zum Leben braucht? Jemand, der nicht arbeitet. Aber Remer arbeitet doch und zwar auf seinem Land und das ist sicherlich keine leichte Arbeit.«

»Du hast recht, aber er arbeitet nicht für die Gemeinschaft, sondern nur für sich und gelegentlich für ein paar Gäste. Er tut nichts, was der Gemeinschaft hilft.«

»Und? Findet ihr das schlecht?«

»Nein! Überhaupt nicht. Wenn er so leben will, ist das sein gutes Recht, solange er anderen nicht schadet. Das tut er auf keinen Fall. Ich wollte euch nur zeigen, dass es andere Arten bei uns gibt, sein Leben zu gestalten.«

»Und gibt es viele unter euch, die so leben?«

»Nein, ich denke, es sind etwa zweitausend, verstreut über den ganzen Planeten.«

Ich bin mit seinen Antworten immer noch nicht zufrieden.

»Gibt es nicht Leute, die überhaupt nichts tun? Die den ganzen Tag auf der faulen Haut liegen und sich von der Gemeinschaft durchfüttern lassen? Oder die sich mit irgendwelchen Drogen zuschütten und daher nicht in der Lage sind, am gesellschaftlichen Leben teilzunehmen?«

»Drogen, wie ihr sie auf der Erde habt, kennen wir nicht oder aber unser Körper reagiert nicht darauf. Vielleicht erinnerst du dich daran, dass du damals auf der Erde nach einem Alkoholexzess überhaupt keine Nachwirkungen verspürt hattest, nachdem Selena dich körperlich verändert hatte. Aber deine Frage ist trotzdem berechtigt. Es gibt unter uns welche, die gar nichts tun. Aber das ist nur temporär, denn es hat etwas mit unserer Lebenserwartung zu tun. Man kann sicherlich eine Zeitlang so leben, aber nicht dreihundert Jahre lang. Das wäre für jeden Geaner eine grauenhafte Vorstellung. Wenn also jemand für eine Zeitlang so leben will, dann lassen wir ihn. Die Gemeinschaft kann das verkraften. Er wird nach einer gewissen Zeit genug davon haben und sich wieder in die Gemeinschaft integrieren. Aber es kommt außerordentlich selten vor und spielt daher in unserer Gesellschaft keine Rolle.«

Als wir uns unserer Unterkunft nähern, blicken wir erstaunt auf die Gebäudeansammlung und Nadine platzt heraus:

»Da sind ja doch große und weitläufige Bauwerke zu sehen. Wer wohnt denn da, sind das vielleicht Regierungsgebäude?«

»Dies ist eine Universitätsstadt und das sind Gebäude für Forschung und Lehre. Man ist hier spezialisiert auf extraterrestrische Forschung und auf die Verbindung zwischen Mikro- und Makrophysik. Hier wurde auch vor vielen Jahrhunderten der Antrieb der Raumschiffe entwickelt. Wir haben euch hier untergebracht, weil wir meinten, es würde passen.

Wir lassen euch nun für die nächsten Tage allein. Es steht euch frei, jederzeit jede Vorlesung und jedes Seminar zu besuchen. Man würde sich sogar über euer Kommen freuen.«

Das jedoch entwickelt sich in den kommenden Tagen als Problem für uns. Wir bekommen nämlich schnell mit, dass jedes Erstsemester uns im Wissen haushoch überlegen ist. Es ist so, als wenn ein Mensch des späten Mittelalters eine Vorlesung im 21. Jahrhundert auf der Erde besuchen würde. Mit anderen Worten: Wir sind hier »dumm wie Bohnenstroh«. Aber alle sind sehr freundlich, und man ermuntert uns, immer wieder Fragen zu stellen, wenn wir etwas nicht verstehen. Doch wir können gar nicht so viele Fragen stellen, wie wir etwas nicht verstehen.

Dann kommen wir mit einem Raumfahrtingenieur ins Gespräch. Ich traue mich und frage.

»Ich weiß von dem Schiffscomputer, dass ihr die Quantenmechanik nutzt, aber richtig verstanden habe ich es nicht.«

»Ich will es euch einmal mit dem Wissen auf eurer Erde erklären. Euer Herr Einstein konnte sich eine lange Zeit nicht mit der Quantenmechanik anfreunden, er suchte immer nach einem Fehler in der Konstruktion. Ihr kennt vermutlich seine Aussage dazu, dass Gott nicht würfelt. Aber, um in seinem Bild zu bleiben, Gott würfelt eben doch. Wir machen nichts anderes als die Würfel zu manipulieren und die Anzahl der Würfe zu bestimmen. So einfach ist das.

Wir haben in den achthundert Jahren, die seit dem Bau des Raumschiffes vergangen sind, Fortschritte gemacht. Das Schiff springt ja gleichsam durch den Raum.

Euer Schiff kann etwa 20.000 solcher ›Sprungentscheidungen‹ in der Sekunde manipulieren. Heute ist es möglich in die Nähe der absoluten Grenze von knapp vierzig Millionen pro Sekunde zu kommen, womit die zeitliche Abfolge fast Lichtgeschwindigkeit erreicht, und natürlich dadurch begrenzt wird. Insofern hatte Einstein mit der Lichtgeschwindigkeit als Grenze recht. Tatsächlich erreichen wir inzwischen eine Abfolge von fünfundzwanzig Millionen. Damit sind theoretisch erstmalig auch andere Galaxien erreichbar, auch solche, die sich von unserer entfernen. Doch der Bau eines derartigen Schiffes ist so aufwändig, dass wir es noch nicht realisiert haben.

Es gibt aber ein paar Verbesserungen, die wir an den beiden schon existierenden Schiffen zurzeit vornehmen. Um Quantensprünge durchzuführen, müssen die Schiffe nicht mehr einen nennenswerten Prozentsatz der Lichtgeschwindigkeit erreichen. Damit minimiert sich die Zeitdilatation ganz wesentlich. Auch die gravitätische Zeitdilatation können wir inzwischen begrenzen, wir beherrschen ja die Schwerkraft. Die Zeit, die auf den Schiffen vergangen ist und die auf den Welten, sei es unsere, sei es eure Erde, wird sich nur noch unwesentlich voneinander unterscheiden. Das gilt natürlich nur für zukünftige Reisen. Wir haben euer Schiff ja vor etwa 800 Jahren gestartet, aber die Schiffszeit ist nur um etwa 50 Jahre weitergegangen, und solltet ihr jetzt auf eure Erde zurückkehren wollen, so wird der Zeitunterschied zwischen jetzt und eurer Ankunft auf der Erde nur wenige Monate betragen, seit eurem Abflug sind aber bis heute auf der Erde etwa sechzig Jahre vergangen.«

Auch wenn wir uns oft nicht trauen, Fragen zu stellen und an Diskussionen teilzunehmen, suchen viele Studenten unsere Nähe und wollen mit uns ins Gespräch kommen. Fast immer geht es um das Thema »Aggressivität«, »Konkurrenzdenken« und »Egoismus«.

So frage ich einen Studenten, der sich offenbar mit diesem absolut neuen Thema beschäftigt: »Wenn ihr in Lebensgefahr seid und keine Möglichkeit zur Flucht habt, warum verteidigt ihr euch dann nicht und tötet notfalls, bevor ihr selbst getötet werdet?«

Seine Antwort kommt sofort.

»Gegenfrage! Wenn ihr Menschen in Gefahr seid, warum fliegt ihr dann nicht einfach weg?«

»Wieso das? Wir können nicht fliegen.«

»Da hast du deine Antwort. Ihr könnt nicht fliegen und wir können nicht töten.«

Eines Abends nach dem Sex kuschelt sich Nadine schläfrig an mich.

»Du-u! Florian! Weißt du, dass mich heute drei junge Studenten gefragt haben, ob ich Lust hätte, mit ihnen zu schlafen?«

»Mich auch.«

»Was? Auch drei Studenten?«

»Nein. Eine. Eine junge Studentin.«

Nadine hat sich schlagartig aufgerichtet und beugt sich über mich.

»Und? Hattest du?«

»Nein.«

Sie lässt sich zurück in meine Armbeuge fallen.

»Und du, Nadine? Hattest du?«

»Nein. Natürlich nicht.«

Bevor sie endgültig ins Reich der Träume hinübergleitet, murmelt sie noch: »Aber gut sahen die alle drei aus.«

Die Tage vergehen.

Irgendwann tänzelt Viviane mit einem strahlenden Lächeln in unseren Raum. Sie trägt entsprechend der hiesigen Mode eine Tunika, die von einem Gürtel zusammengehalten wird.

»Ich habe Neuigkeiten! Die haben meinen Körper richtig gut hingekriegt, und ich bin verliebt. Schaut!«

Dann bindet sie den Gürtel auf und lässt das Kleidungsstück zu Boden fallen. Nackt dreht sie sich vor uns nach allen Seiten.

»Florian, fass mal meine Brüste und meinen Po an und fühl, wie fest die sind.«

»UNTERSTEH DICH, FLORIAN!«, fährt Nadine dazwischen, »wenn hier einer Vivianes Busen und Po begutachtet, dann bin ich das.

Wirklich, deine Brüste sind richtig knackig und der Po …«

»AUA, Nadine, das tat weh!«

Nadine hat sie kräftig in den Po gekniffen.

»Ich krieg da bestimmt jetzt einen blauen Fleck!«

»Viviane, du bist unglaublich: Stellst dich splitternackt vor uns hin, forderst Florian auf, dich zu begrapschen und erzählst gleichzeitig, dass du verliebt bist, und ich nehme an, dass weder Florian noch ich das Ziel deiner Leidenschaft sind.«

»Was für ein unschönes Wort: ›begrapschen‹. Er sollte doch nur mal fühlen …«

»Ha, fühlen! Schau ihn dir doch an. Beim nächsten Mal, wenn er wieder versichert, dass du fast so attraktiv bist wie ich, wird er doch glatt das Wörtchen ›fast‹ vergessen, weil sein Verstand sichtbar in die Tunika gerutscht ist.«

Viviane blickt belustigt zu mir herüber und wendet sich an Nadine.

»Nadine! Kann es sein, dass du deine Tage hast?«

»JA! ICH HABE MEINE TAGE!« Sie stakst mit energischen Schritten in den angrenzenden Raum und wirft die Tür mit einem Knall hinter sich zu.

Es vergehen keine zehn Sekunden, da geht die Tür wieder auf und Nadine steckt ihren hübschen Kopf durch die Öffnung.

»Viviane, erzähl! Wie sieht er aus? Wer ist er und wie hast du ihn kennengelernt?«

Viviane schlüpft in ihren Umhang und flötet vor sich hin.

»Ich bin verliebt! In einen Alien! ›Verliebt in einen A-lien‹, das könnte doch glatt der Titel eines Groschenromans sein!«

»Naja«, meint Nadine trocken, »dass du in einen Nicht-Alien verliebt bist, ist sehr unwahrscheinlich. So viele laufen davon auf diesem Planeten ja nicht herum. Nu erzähl schon, und spann uns nicht so lange auf die Folter. Wer ist er und wie sieht er aus?«

»Er heißt Adon und ist Mediziner und Programmierer. Er hat meine Körperanpassung geleitet und ist derjenige, der mich gelehrt und trainiert hat, mit den neuen Funktionen meines Körpers umzugehen. Wir waren wochenlang auf engstem Raum zusammen, und da blieb es natürlich nicht aus, dass wir uns sehr nahe kamen. Außerdem sieht er wahnsinnig gut aus und ist so zärtlich und so sanft und er ist 150 Jahre alt. Ich glaube, ich könnte den Rest meines Lebens mit ihm verbringen.«

»Wird es da nicht ein Problem geben?«, wirft Nadine ein, »in fünfzig Jahren bist du eine alte Frau und er gerade einmal 200. Da hat er noch 100 Jahre zu leben.«

»Ach, das wisst ihr beiden ja noch gar nicht, hat euch das Selena nie gesagt?«, verkündet Viviane stolz, »das ›Körper-Update‹ hat auch bei uns dreien die Lebenserwartung deutlich erhöht. Wir kommen jetzt auf schlappe 150 Jahre, wenn wir nicht vorher durch einen Unfall oder äußere Gewaltanwendung sterben. Das relativiert dann die unterschiedliche Lebenserwartung ein bisschen. Letztlich spielt das aber überhaupt keine Rolle. Wir lieben uns! Und wie! Nur das zählt. Weißt du Nadine, wenn du jetzt auch noch fragst, wie es mit Kindern ist, dann nenne ich dich von nun an nur noch Mami.«

Nadine gibt kleinlaut zu, dass sie genau das fragen wollte.

»Also gut, Mami: Nein! Wir können keine Kinder bekommen. Genetisch wäre es zwar möglich, aber nur theoretisch. Er produziert übrigens, wie alle Männer auf diesem Planeten, nur wenige Spermien. Meine Scheiden- und Gebärmutter-Flora ist dafür viel zu aggressiv, da ist für seine wenigen Leute kein Durchkommen. Aber damit kann ich leben. Als ich mich zur Astronautin habe ausbilden lassen, war mir schon damals klar, dass Kinder nicht unbedingt in mein Lebenskonzept passen, und das ist heute nicht anders.«

Nadine geht auf sie zu und nimmt sie in die Arme.

»Tut mir leid, dass ich vorhin so garstig war, ich glaube, ich war ein bisschen eifersüchtig. Aber wirklich: Ich freue mich für dich, und ich freue mich, wie du dich freust, auch über deinen ›neuen‹ Körper. Und das mit dem ›Angrapschen‹ habe ich überhaupt nicht so gemeint. Ich sollte dich kennen. Wenn du dich über etwas freust, willst du es immer aller Welt mitteilen und alle sollen an deiner Freude teilhaben. Auch dass Florian so reagiert, wie er reagiert hat, ist eigentlich wunderbar. Ich stelle mir nur einmal vor, das würde er nicht mehr tun. Eine absolut schreckliche Vorstellung.

Es ist einfach schön, so wie es nun gekommen ist, denn ich weiß nicht, wie lange so eine Dreier-Beziehung, wie wir sie miteinander hatten, Bestand gehabt hätte.«

Am nächsten Tag lernen wir Adon kennen. Er sieht wirklich sehr gut aus, aber das ist auf diesem Planeten ja nichts Besonderes.

Viviane hat ein Picknick organisiert. Wir wandern eine Stunde zu Fuß aus der Stadt hinaus – man geht hier ja wahnsinnig gern zu Fuß, rasten auf einer Wiese unter einem großen Baum. Neben uns plätschert ein Bach, es ist warm, die Sonne scheint und man könnte denken, wir befänden uns auf der Erde des neunzehnten Jahrhunderts in einem Gemälde der frühen Impressionisten.

Adon erzählt von seiner Arbeit. Als Mediziner hat er nicht viel zu tun. Es gibt keine Krankheiten: es ist höchstens mal jemand durch einen Unfall verletzt worden. Man ist in der Lage, beschädigte oder zerstörte Körperteile nachwachsen zu lassen. Auch er hat mit der Auswertung der Informationen von Selena zu tun und als Programmierer kommt er dabei auf etwas zu sprechen, das besonders mir nicht neu ist.

»Es gibt ein Problem mit dem Schiffscomputer. Er reagiert manchmal etwas merkwürdig. So wurde er nicht von uns programmiert. Wir vermuten aber den Grund. Selena hat bei euch Menschen und später bei den Blauen und Grünen etwas kennengelernt, was sie nur schwer verarbeiten konnte, nämlich Grausamkeit. Sie hat mitbekommen, wie Lebewesen gewaltsam zu Tode kamen. Denkt an eure Erde und die erste Besatzung des Schiffes oder an euren Freund Ben. Unsere Programmierung sah so etwas nicht vor, da wir es nicht kannten. Selena ist zwar ein lernfähiger Computer und konnte daher auch mit diesen Ereignissen umgehen, aber sie hat so reagiert, wie auch Menschen reagieren, wenn sie etwas nicht richtig verarbeiten können. Sie retten sich in Witze, dumme Bemerkungen oder Ironie. Genau das hat auch Selena getan und, wie wir inzwischen wissen, ging sie euch damit manchmal auf die Nerven.«

»Hat denn dieses Verhalten in irgendeiner Weise ihre Fähigkeiten beeinflusst?«, will ich wissen, »war das Schiff dadurch vielleicht in Gefahr?«

»Nein, sie ist in allen Bereichen voll funktionsfähig geblieben.«

»Also, wenn es nach uns ginge, dann bräuchtet ihr keine Programmänderung vorzunehmen. Ihre Sprüche waren manchmal witzig und haben auch nicht wirklich genervt. Es hat sogar hin und wieder die Situation aufgelockert oder entschärft. Unseretwegen darf sie gern so bleiben.«

»In Ordnung! Das erspart uns einiges an Arbeit. Aber beenden wir das Fachsimpeln. Lasst uns den schönen Tag genießen.«

Wir ziehen uns aus, springen ins Wasser, bespritzen uns gegenseitig, lachen und tollen wie Kinder herum. Dieser Planet und diese Menschen sind einfach wunderschön; wir fühlen uns wie im Paradies.

Ein paar Tage später setzt sich Adon abends zu uns, weil er ein ernstes Thema mit uns zu besprechen hat.

»Ich muss mit euch darüber reden, wie es weitergehen soll. Wie stellt ihr euch eure Zukunft vor? Ich weiß von Viviane, dass sie nie wieder auf eure Erde zurück will, sie möchte mit mir hierbleiben, aber wie ist es mit euch beiden?«

Nadine und ich sehen uns an. Dann sagt sie: »Ein bisschen habe ich doch Heimweh. Ich habe natürlich keine Ahnung, wie es auf der Erde nach sechzig Jahren aussieht, aber neugierig bin ich schon.«

»Mir geht es genauso. Ich bin sehr gespalten. Es ist wunderschön hier auf eurem Planeten, er ist für uns so etwas wie ein Paradies. Ich kann mir gut vorstellen, mich nach hierher zurückzusehnen, wenn ich wieder auf der Erde wäre.«

»Gut. Wir haben euch einen Vorschlag zu machen. Wir haben die Absicht, sowohl zu eurer Erde als auch zu dem Planetensystem der Blauen und Grünen ein Schiff zu senden, das dort einen Satelliten aussetzt, der die Entwicklung beobachtet. Der wird unbemannt sein. Wenn die Entwicklung dort in naher oder ferner Zukunft für uns bedrohlich werden sollte, müssten wir reagieren und die Systeme isolieren.

Wir haben zwei Schiffe von dem Typ mit dem ihr hier angekommen seid. Hättet ihr Interesse, mit Selena zur Erde zu fliegen und einen Beobachtungssatelliten auszusetzen? Ihr könntet dann dort entscheiden, ob ihr da bleiben oder wieder zurückkommen wolltet. Viviane und ich werden auf jeden Fall zurückfliegen.«

Nach kurzer Bedenkzeit stimmen Nadine und ich zu.

»Sehr schön, der erste Satellit wird bald fertig sein, wir können in etwa einer Woche starten.«

»Willkommen an Bord. Ich freue mich, euch wiederzusehen. Ah, ihr seid jetzt zu viert, heißt das, dass ich demnächst eine menáge à quatre genießen darf?«

Ich muss lachen.

»Nein, Selena, das heißt es nicht. Es hat sich etwas geändert; Viviane und Adon lieben sich und Nadine und ich. Aber du bist offenbar die Alte. Ich habe deine Sprüche vermisst. Und wenn ich dich daran erinnern darf, du hattest Befehl, deine Sensoren abzuschalten, das gilt natürlich weiterhin.«

»Man kann es doch wohl mal versuchen, jetzt, wo du nicht mehr allein der Kapitän bist, sondern Adon ebenfalls mitmischt.«

»Und du musst immer noch das letzte Wort haben!«

»Ich sag ja gar nichts mehr!«

Wir richten uns an Bord ein. Selena irrte, was die Hierarchie auf dem Schiff betrifft. Wir sind alle vier gleichberechtigt, und wenn es etwas zu beschließen gilt, dann wird es gemeinsam beschlossen.

Viviane macht sich sofort daran, zusammen mit Selena ein Trainingsprogramm für Adon zu entwerfen. Er soll darauf konditioniert werden, die durch Ausschüttung von Adrenalin hervorgerufene extreme Reaktionsschnelligkeit nicht nur zum Fortlaufen zu nutzen, sondern dazu, aktiv gegen seine Gegner vorzugehen, um sie außer Gefecht zu setzen. Selena ist inzwischen programmiert worden, mit Aggressionen besser umzugehen. Sie kann nun unterscheiden zwischen Gewaltanwendung zur Selbstverteidigung, die sogar notfalls den Tod zur Folge haben kann und solcher, die schlicht nur aus Aggressivität erfolgt. Das bedeutet allerdings nicht, dass sie eine andere Einstellung zum Töten hat. Wenn Töten vermeidbar ist, haben wir es zu vermeiden. Aber sie würde uns nicht sofort aussetzen und die Erinnerungen löschen, wie sie es früher getan hätte, wenn wir zu viele Aggressionen gezeigt hätten.

Jedenfalls verbringen Viviane und Adon viel Zeit mit dem Trainingsprogramm, und nach einer Woche ist Adon in der Lage, alle möglichen Arten von Selbstverteidigung anzuwenden, jedenfalls theoretisch. Wie es dann in der Praxis aussehen wird, muss sich zeigen.

Dann haben wir die Erde auf den Schirmen. Sie sieht unverändert aus, wenn man davon absieht, dass der Grünanteil in den Farben geringer geworden ist. Wir gehen tiefer, schalten die Tarnung ein und versuchen, uns in die Kommunikationssysteme einzuloggen. Doch der Äther ist tot.

»Selena, wieso gibt es keinen Funk- und Kommunikationsverkehr?«

»Ich weiß es nicht, aber ich gehe weiter runter und schalte die Monitore an.

Und dann sehen wir es und vor Entsetzen bleibt uns die Luft weg.

Zurück auf der Erde

Wir überfliegen zerstörte Städte und Landschaften. Auf den Autobahnen, deren Betonteile zum Teil senkrecht nach oben stehen, vermutlich durch Sprengungen, sehen wir Tausende von verrosteten und zerbeulten Fahrzeugen. Auch die Brücken sind fast alle gesprengt. Gebäude zeigen Spuren von Bränden; oft sind nur noch Stahlgerippe übrig. Große Städte sind ein einziger Trümmerhaufen. Auch Flughäfen und Hafenanlagen sind restlos zerstört.

Keiner von uns sagt ein Wort. Fassungslos sehen wir uns an. Wir sehen keine Menschen, keine Tiere. Wir halten Ausschau nach Leben in irgendeiner Form. Es dauert einige Zeit, bis wir eine Gruppe wilder Tiere ausmachen können. Es ist Rotwild. Aber die Gruppe ist sehr klein: fünf Tiere.

Dann überfliegen wir ein Gebäude, das ein Bauernhof gewesen sein muss. Es ist nur teilweise zerstört. Aus dem intakten Teil steigt Rauch auf. Selena zoomt heran. Wir sehen Menschen, die ersten. Es gibt sie also noch. Wir zählen acht Leute. Auf der Weide stehen drei Kühe und auf dem Hof laufen einige Hühner herum.

Kurz darauf kommt meine Heimatstadt in Sicht. Entsetzt blicken wir auf eine tote, völlig zerstörte Innenstadt, erst am Stadtrand entdecken wir Leben. In den Ruinen bewegen sich Menschen. Sie haben zwischen den Trümmern Gärten angelegt und pflanzen Nahrungsmittel an.

Im Zentrum fällt ein halb zerstörtes Gebäude ins Auge. Die oberen Etagen sind abgetragen und die Trümmer beiseite geräumt. Auf dem Gebäude steht ein Metallmast. An der Fassade entziffern wir einen Schriftzug: »Weltwirtschaftsarchiv«. Wir lassen uns von Selena dort absetzen, denn ich hoffe, hier etwas über die vergangenen sechzig Jahre zu erfahren, vielleicht haben sie Aufzeichnungen.

Es gibt keine Tür, der Eingang ist ein Loch in der Mauer. Wir betreten vorsichtig das Gebäude.

Ein Mann, 75 bis 80 Jahre alt, kommt uns entgegen. Er spricht mit amerikanischem Akzent.

»Halt, ihr könnt hier nicht rein. Heute ist geschlossen. Was wollt ihr überhaupt?«

»Wir hoffen, hier Informationen darüber zu finden, die erklären können, was auf der Erde in den letzten Jahren passiert ist. Warum alles zerstört ist.«

»Blöde Frage, das weiß doch jeder!«

Er scheint an unserem Verstand zu zweifeln und nimmt uns nun genau ins Visier. Auf einmal weiten sich seine Pupillen, mit der Hand fasst er sich an die Brust, er schwankt und ist kurz davor umzufallen. Viviane geht auf ihn zu und will ihn stützen. Doch er wehrt ab.

»Mein Gott! Das ist nicht wahr! Nein! Das kann nicht wahr sein! Oder? Ist das doch wahr? Ich kenne euch. Ihr seid … Ihr seid …

Wartet einen Moment.«

Er stürzt nach hinten und wühlt in einem Stapel Papiere.

Dann kommt er mit einem großen Blatt zurück. Es ist ein alter Zeitungsausschnitt, den er Viviane entgegenhält.

»Das seid ihr, oder? Die Aliens oder vermeintlichen Aliens von vor 60 Jahren. Und du bist die französische Astronautin.«

Er hat das Titelbild einer deutschen Boulevardzeitung in der Hand, die zusammen mit den Amerikanern damals die Hetzjagd auf uns vorantrieb. Es zeigt uns drei und Ben.

Der alte Mann fährt fort.

»Ich war damals sechzehn Jahre alt und habe alles verschlungen, was über das Alien-Raumschiff berichtet wurde: Die beiden Mars-Expeditionen und alle eure Interviews«, er zeigt auf Nadine und mich.

»Ihr seht immer noch so aus wie damals. Merkwürdig. – Nein! Gar nicht merkwürdig. Es liegt an der Zeitdilatation, nicht wahr?«

Dann zeigt er auf Adon.

»War er der Alien, der nie in Erscheinung getreten ist?«

»Du hast recht mit der Zeitdilatation. Und er ist der einzige wirkliche Alien unter uns. Aber damals war er nicht dabei. Es gab überhaupt keine Aliens. Es gab nur das Raumschiff, und das wurde von einem Computer gesteuert. Wir konnten mit dem Computer kommunizieren und somit auch das Schiff lenken. Dann war die Kommunikation lange Zeit unterbrochen, und erst in letzter Minute, als unsere Gegner uns schon gefunden hatten, konnten wir mit dem Schiff fliehen.«

»Und dabei wurde Ben Winfield erschossen. Kurz bevor ihr fliehen konntet. Mein Gott, wie tragisch!

Aber dass ich alter Mann das noch erleben darf: Die Helden meiner Jugend wiedersehen! Und die haben sich überhaupt nicht verändert. Ich lebte damals in Amerika, später bin ich dann nach Hamburg übersiedelt, ich wollte meinen Idolen so nah wie möglich sein.

Kommt rein und setzt euch, ich erzähle euch alles, was nach eurer Flucht von der Erde passiert ist, jedenfalls soweit es mir bekannt geworden ist und ich es aufgeschrieben habe.«

Ich nehme über mein implantiertes Kommunikationsgerät Verbindung zum Raumschiff auf.

»Selena, kannst du alles aufzeichnen?«

»Alles klar! Ich höre den alten Mann, als wenn er hier im Schiff wäre.«

Dann beginnt Owen zu erzählen. Er holt weit aus. Das machen alte Leute so, und wir haben Zeit.

»Da gab es einst ›Watergate‹, einen Bespitzelungs-Skandal in den USA, über den ein Präsident stürzte, dann lachte die halbe alte Welt über ›Nippelgate‹, als sich die Amerikaner darüber empörten, dass in einer Fernsehsendung die Brustwarze einer bekannten Sängerin für eine Sekunde zu sehen war. Diese Empörung wirkte auf einen großen Teil der restlichen Welt deshalb so absurd, weil sie in einem Volk hervorgerufen wurde, dass in IT-Technik außerordentlich fortschrittlich war, aber offenbar im moralisch-menschlichen Bereich die letzten einhundert Jahre verschlafen hatte. Man regte sich über eine entblößte weibliche Brust auf, die übrigens noch nicht einmal hässlich war, aber fand nichts dabei, wenn es ansonsten im Fernsehen knallte, rumste und brannte, das Blut nur so spritzte und in Filmen Menschen oder Teile davon durch die Luft geschleudert wurden.

Und nun gab es ›Aliegate‹, einige machten übrigens daraus das Wort ›Aliegator‹ in Anlehnung an das nordamerikanische Krokodil: Zwei Jahre nachdem das Alien-Raumschiff wohl für immer verschwunden war, kam ein Reporter-Team der New York Times dahinter, dass das amerikanische Militär und der Geheimdienst alles getan hatten, um die Aliens zu vertreiben, indem sie die Fremden über den ganzen Erdball gehetzt und dabei sogar einen eigenen Mann erschossen hatten. Ferner fanden sie heraus, dass kein einziger Mensch durch die Aliens zu Schaden gekommen war. Die angeblich erschossenen Soldaten bei der ersten Begegnung waren nur betäubt worden und ansonsten völlig unverletzt. Auch der gekidnappte General und der Hubschrauberpilot waren durch den Absturz des Fluggerätes nur leicht verletzt worden. Schließlich kam durch die Aliens auf ihrer Flucht und der Hetzjagd durch Geheimdienst und Militär kein Mensch zu Schaden. Zuletzt zweifelte man sogar an der angeblichen Alien-Invasion. Die von Militär und Geheimdienst gejagten Personen waren ausnahmslos Menschen von der Erde, die allenfalls Kontakt zu Aliens hatten. Außer der Person mit den weiblichen Formen und dem Kugel-Helm, hatte man nie ein Alien zu Gesicht bekommen.

In Folge dieser Enthüllungen rollten in der obersten Militäretage etliche Köpfe und auch der amtierende Prä-

sident musste seinen Hut nehmen, da er offenbar sein
Militär nicht im Griff gehabt hatte. Der von seinen eigenen Leuten getötete CIA-Agent Ben Winfield, der den
angeblichen Aliens auf ihrer Flucht geholfen hatte, wurde
posthum rehabilitiert und als Held verehrt.

Das Ganze entwickelte sich zunehmend zu einer Katastrophe für die Amerikaner. Die Gemeinschaft der
Länder der Erde sprach ihnen die Fähigkeit zur Füh-
rungsrolle ab und ließ sich nichts mehr von ihnen sagen.
Man erinnerte sich daran, dass zuletzt, als der Geheimdienst und das Militär offenbar auf der ›richtigen‹ Seite
waren, der Zweite Weltkrieges beendet war und die Amerikaner Hitler-Deutschland befreit hatten. Danach kam
eine Katastrophe nach der anderen. Zuerst unterstützten
sie Batista auf Kuba, den Handlanger der amerikanischen
Mafia, der ganz Havanna zu einem einzigen großen Bor-
dell der Mafia-Bosse aus Chicago gemacht hatte, kämpften anschließend für die brutale Herrscherelite in Südvi-
etnam, dann nahmen sie den Diktator Marcos von den
Philippinen samt seinem gestohlenen Vermögen bei sich
auf und unterstützten den Faschisten und Massenmörder
Pinochet in Chile. Das ging dann in Mittelamerika so
weiter. Mit Unterstützung der CIA wurden Regierungen
an die Macht gehievt, die sich später als Mörderbande
und Folterknechte entpuppten. Die Amerikaner brauchten nur die Worte Kommunismus oder Sozialismus zu
hören, schon waren ihre Köpfe restlos vernebelt, obwohl
kaum einer wusste, was sich genau hinter diesen Begrif-
fen verbarg. Sie verstanden die Welt nicht mehr, die sie
eigentlich noch nie verstanden hatten. Da nützte es ihnen

auch nichts mehr, dass sie Freunde wie Feinde durch ihren Auslandsgeheimdienst abhören ließen, und als es dann herauskam, hatten die Vereinigten Staaten den letzten Rest an Glaubwürdigkeit verloren. Außerdem war die Datenflut so ungeheuer groß, dass die NSA daran erstickte.

Zuerst verloren die Amerikaner ihr Vetorecht in den Vereinten Nationen. Das erboste sie so, dass sie aus der UNO austraten. Daraufhin gab es einen Erdrutsch bei den nächsten Wahlen, der amtierende Präsident erhielt nur noch 25 Prozent der Stimmen. Unter dem dann folgenden Präsidenten trat man wieder ein und das Vetorecht wurde abgeschafft. Beschlüsse der UNO wurden bei 80-prozentiger Zustimmung für alle verbindlich, und die Vereinten Nationen hätten nun eine sinnvolle Arbeit beginnen können. Doch dafür war es schon zu spät. Denn inzwischen hatte auch in den Industrienationen die Arbeitslosigkeit rapide zugenommen, besonders unter den Jugendlichen. 80 bis 90 Prozent Jugendarbeitslosigkeit war keine Seltenheit mehr. Die wenigen, die noch in Lohn und Brot standen, wurden so mit Arbeit zugeschüttet, dass sie nach wenigen Jahren psychische Wracks waren und als ›Kollateralschäden‹ aussortiert wurden. Was für die einen ›schwere Körperverletzung‹ war, nannten die anderen ›Arbeitsverdichtung‹ und ›Gewinnmaximierung‹. Die Menschen begehrten zwar auf und demonstrierten fast täglich, aber die Gewalt hielt sich in Grenzen. Denn noch waren viele Jugendliche nicht existenziell bedroht. Man nistete sich bei der Elterngeneration ein, denn der ging es noch relativ gut. Auch als die Elterngeneration starb, war es noch nicht lebensbedrohend. Man lebte vom teilweise beträchtlichen Erbe. Dann wuchs die nächste Generation heran, und die konnte sich nicht mehr an ihre Eltern halten, denn die hatten inzwischen auch nichts mehr. Sie hatten nichts, um zu konsumieren, und der Wirtschaft brachen erst die Verbraucher weg, dann kollabierte sie. Die fünf Prozent Reichen reichten nicht aus, um eine Volkswirtschaft in Gang zu halten. Nun konnten auch die Regierungen ihre Sozialversprechen nicht mehr einhalten, und für das Heer der Habenichtse ging es jetzt um Leben und Tod.

Man bewaffnete sich und plünderte Supermärkte und Einkaufszentren. Die dünne Oberschicht der Reichen verschanzte sich hinter dicken Mauern und kaufte Söldnerheere zur Verteidigung. Anfangs ging Polizei und Militär noch mit Gummiknüppeln, Wasserwerfern und Warnschüssen gegen die Demonstranten vor. Als jedoch die ersten Soldaten und Polizisten starben, eskalierte die Gewalt und breitete sich wie ein Flächenbrand über den ganzen Globus aus. Die Tötung jedes Reichen wurde wie ein Sieg gefeiert. Man interessierte sich nicht dafür, ob er zufällig zu denen gehört hatte, die ihren Reichtum ein Leben lang für Stiftungen und gute Zwecke eingesetzt hatten. Auch Politiker wurden wie Freiwild gejagt, egal, welcher Partei sie angehörten und wofür sie einstanden. Man war zu oft belogen worden und machte keinen Unterschied.

Es herrschte Bürgerkrieg. Auf der ganzen Welt. Armeen wurden eingesetzt. Ein Teil desertierte, denn die

Staaten konnten schon bald ihre Soldaten nicht mehr bezahlen, und vor allem gab es für sie nicht genug zu essen. Wut und Gewalt eskalierten. Und es brachen längst begraben geglaubte Feindschaften wieder auf, denn es ging ums Überleben. Es kämpften Nord gegen Süd, Christen gegen Moslems, Weiße gegen Farbige, ja, sogar Katholiken gegen Protestanten. Als in den Städten nichts mehr zu holen war und man alles zerstört hatte, machte man sich über das Land her. Man tötete die Bauern und stahl ihr Vieh und ihre Vorräte. Man jagte und stahl alles, was irgendwie essbar war, und als nichts mehr da war, verhungerten die Menschen zu Millionen. Es gab so viele Opfer, dass man nicht mehr nachkam, die Toten zu begraben oder zu verbrennen. Als Folge davon breiteten sich verheerende Seuchen aus, an denen weitere Milliarden starben. Über fünfzehn Jahre dauerte das Töten, Morden und Sterben und nur jeder fünfte überlebte. Von zu Beginn gut neun Milliarden Menschen waren am Ende noch etwa eineinhalb Milliarden übrig. Industrie und Infrastruktur waren restlos zerstört. Die Menschheit war auf den Stand der vorindustriellen Zeit zurückgefallen, als die wenigen Überlebenden sich daran machten, wieder eine Zivilisation aufzubauen.«

»Was meinst du, wird es wieder über 300 Jahre dauern, bis die Menschen den Stand der Technik erreichen werden, den sie hatten, als wir den Planeten verließen?«, will Nadine von Owen wissen.

»Nein, ich denke, das wird sehr viel schneller gehen. Viele Menschen haben noch das Wissen, es fehlt aber an allem. Fabriken und Produktionsstätten sind zerstört, es gibt kaum Elektrizität. Die Menschen an den alten Stauseen bauen die Dämme wieder auf und versuchen aus vielleicht zwanzig funktionsuntüchtigen Turbinen eine zusammenzusetzen, die wieder geht. An alte Wassermühlen schließt man Dynamos an, um etwas Strom zu erzeugen. Die Menschen sind wieder erfinderisch.

Der Schock über die letzten Jahre sitzt bei den Überlebenden so tief, dass ich hoffe, dass man die alten Fehler nicht wieder macht. Es gibt noch keine handlungsfähige Regierung, man hat im Augenblick noch andere Sorgen, als dass man sich damit beschäftigen will, aber es gibt schon Leute, die von einer Zukunft mit einer vernetzten Weltregierung träumen und darauf hinarbeiten.«

»Wie kommt ihr hier an alle diese Informationen?«, will ich wissen.

»Wir sammeln alles, was wir bekommen können. Händler, die vorbeikommen, werden befragt, und hier haben wir etwas, ich zeig's euch. Mein Vater war noch Amateurfunker und wir hatten so ein altes Funkgerät gefunden. Dann haben wir auf dem Dach einen Antennenmast errichtet und gehofft, dass wir irgendjemanden erreichen. Es hat funktioniert und wir bekommen Informationen von weit her. Es hat sich offenbar weltweit eine Gemeinschaft gebildet, die über dieses Medium Informationen austauscht.

Wir sind nicht die Einzigen, die bestrebt sind, die Ereignisse der letzten 60 Jahre festzuhalten. Es ist ja alles verloren gegangen. Die Archive sind zerstört und Computer gibt es nicht mehr.«

»Aber dann müsst ihr doch hier Strom haben«, wende ich ein.

»Wir haben ein paar alte Autobatterien. Die laden wir über ein Tretrad mit einer Auto-Lichtmaschine auf. Das ist sehr mühselig. Deshalb verwenden wir die Batterien nur zum Funken.«

Owens Redefluss wird abrupt von einem Gebrüll beendet, das von der Tür her kommt.

»Keine Bewegung, sonst knallen wir euch ab.«

Eine Gruppe von etwa zwölf schwer bewaffneten, zerlumpten jungen Leuten drängelt sich durch die Maueröffnung, die Waffen auf uns gerichtet.

Owen wendet sich kopfschüttelnd an die Gruppe:

»Habt ihr immer noch nicht die Nase voll? Sind fünfzehn Jahre Mord und Totschlag nicht langsam genug? Was wollt ihr?«

»Halt einfach die Klappe, alter Mann. Wir wollen eure Klamotten. So was Feines und Sauberes haben wir noch nie gesehen. Sieht aus, als ob ihr geradewegs vom Himmel gefallen seid. Und die beiden Mädels erst. So'n richtigen Engelsfick habe ich mir schon immer gewünscht. Also runter mit den Klamotten und auf den Boden!«

Wir vier gehen in die Knie, so als wollten wir die Sachen abstreifen. Dann schnellen wir gleichzeitig hoch, unsere Arme und Beine wirbeln durch die Gegend, und bevor auch nur einer den Abzug betätigen kann, schleudern ihre Waffen durch die Luft und die jungen Männer liegen bewusstlos am Boden oder sind panikartig geflohen. Adon rennt nach draußen und übergibt sich. Viviane folgt ihm.

Der alte Mann sieht uns fassungslos an.

»Was war das denn? Ihr habt hier eine Show abgezogen in einem Tempo, zu der kein Mensch fähig ist, ich konnte gar nicht so schnell gucken, wie ihr die entwaffnet habt. Ihr sagt, dass ihr keine Aliens seid, und der, von dem ihr sagt, dass er der einzige Alien ist, steht vor der Tür und kotzt. Ich hätte mir im Traum nicht vorstellen können, dass ein Alien einmal vor meine Tür kotzt. Irgendetwas stimmt da doch nicht?«

Wir gucken uns an. Da ist etwas dran an dem, was er sagt. Sind wir durch die körperliche Veränderung, die die fortschrittliche Medizin der Erbauer von Selena an uns vorgenommen hat, noch Menschen?

»Du hast recht und auch nicht. Wir haben Fähigkeiten von den Aliens bekommen, die kein irdischer Mensch hat. Das macht uns möglicherweise selbst zu Aliens. Aber wir drei sind auf der Erde geboren und als Kinder ganz normaler irdischer Eltern aufgewachsen. Insofern sind wir Menschen. Und der Alien draußen kotzt, weil er ein Problem mit Aggressivität hat. Er ist nämlich ein durch und durch friedliches Wesen.«

Adon hat inzwischen mit Vivianes Hilfe seinen Ekel überwunden, und wir schaffen gemeinsam die bewusstlosen Leute nach draußen. Einen Teil ihrer Waffen versenken wir im Binnensee, ein paar lassen wir übrig für Owen. Er soll sie seinen Leuten geben, wenn sie am folgenden Tag wieder zur Arbeit kommen, damit sie gegen solche Überfälle besser gewappnet sind.

Dann wollen wir von ihm wissen, ob es häufig vorkommt, dass marodierende Banden die Menschen terrorisieren.

»Nein, das ist inzwischen die Ausnahme. Die Menschen haben nach über fünfzehn Jahren Bürgerkrieg mit fast acht Milliarden Toten genug von Mord und Gewalt. Man hat ausreichend damit zu tun, mit dem Wenigen, das übriggeblieben ist, zu überleben und wieder eine Zivilisation aufzubauen.

Am schwersten hat es natürlich die Industrienationen und hochzivilisierten Völker getroffen. Wir vermuten, dass Kulturen, die fernab der Zivilisation lagen, komplett oder zu einem hohen Prozentsatz überlebt haben.«

Nadine und Viviane schauen mich mit einem durchdringenden Blick an.

»Florian, wir wissen, was du jetzt denkst. Willst du dir das wirklich antun? So abgelegen waren sie nicht. Man wusste, dass sie Schweine, Hühner und Fisch hatten, also genug zu essen. Und genug zu essen zu haben, war tödlich. Stimmt's, Owen?«

»Ich weiß nicht, wovon ihr redet. Aber richtig ist, dass die hungernden Menschen jede Mühsal auf sich nahmen, wenn sie hörten, dass es irgendwo noch etwas zu essen gab, auch wenn sie dabei umkamen. Es reichte damals schon ein Gerücht.«

»Florian denkt an einen kleinen Eingeborenenstamm in der Südsee. Sie lebten abgelegen auf einer Insel und waren praktisch Selbstversorger. Aber sie wurden regelmäßig von einem Versorgungsschiff besucht. Wie siehst du die Chancen für so eine Gemeinschaft, Owen?«

»Das ist schwer zu sagen, das mit dem Versorgungsschiff ist schlecht. Das macht sie leicht auffindbar. Ich
denke die Chancen stehen fünfzig zu fünfzig. Aber was
ist mit diesen Leuten? Was hat Florian mit ihnen zu tun?«

»Wir drei hatten mit ihnen zu tun. Sie haben uns damals auf unserer Flucht geholfen. Unter ihnen ist heute
möglicherweise jemand, der seine Tochter oder sein Enkelkind sein könnte.«

Owen schaut mich lange an.

»Das kann bitter für dich werden. Aber die Ungewiss-
heit ist es natürlich auch. Ihr solltet es wenigstens versuchen.«

Zum Abschied lassen wir Owen einen kleinen Kasten
da. Dieser Kasten, so erklären wir ihm, hat Energie in
einer gewaltigen Menge gespeichert, die ausreichen würde, eine normale Großstadt ein Jahr zu versorgen. Wir
erklären ihm, wie er die Energie für seine Geräte nutzen
und die Reichweite um ein Tausendfaches erweitern
kann.

»Aber sag deinen Leuten, dass sie nicht versuchen sollen, das Gerät auseinanderzunehmen. Wenn die Energie
unkontrolliert auf einen Schlag freigesetzt wird, dann
werden von deiner Stadt nicht einmal mehr die Trümmer
übrig sein, nur ein riesiges Loch.«

Er strahlt.

»Ich werde das denen schon verklickern. Meine Leute
sind nicht blöd, und ich bin sicher, damit können wir
langfristig ein weltumspannendes Informationsnetz aufbauen, denn es sind wirklich fähige Leute dabei. Wenn

Energie vorhanden ist, dann kriegen die fast alles hin, was denkbar ist.«

Dann verabschieden wir uns von ihm.

Wir brauchen unsere Tarnung nicht, denn wir fliegen in einer Höhe außerhalb der Sichtweite der Menschen, aber können mit den Monitoren den Boden scannen.

Überall das gleiche Bild: Zerstörte Industrieanlagen und Städte in Trümmern. Vereinzelt Menschen und Anfänge einer Landwirtschaft. Selten Tiere. Besonders erschreckend sind die ehemaligen Megastädte in Indien und Südostasien. Die Trümmerfelder ziehen sich endlos bis zum Horizont. Wir überfliegen den australischen Kontinent. Hier sehen wir zum ersten Mal Tiere in größeren Herden: Kängurus und Kamele. Das lässt hoffen. Dann liegen die Fidschi-Inseln unter uns. Auf den beiden Hauptinseln ist kein Anzeichen menschlichen Lebens. Weiter geht es über die Inselwelt. Unter uns liegt die Insel von Kalouas Leuten.

Sie ist verlassen.

Wir landen auf dem ehemaligen Dorfplatz. Einige Hütten sind zerstört, die übrigen von Pflanzen überwuchert. In manchen Häusern liegen Gegenstände des täglichen Gebrauchs herum. Wir finden auch Geräte zur Bodenbearbeitung. Es sieht nach einem überstürzten Aufbruch aus.

Dann finden wir zwanzig Gräber, die alle das gleiche Datum von vor acht Jahren tragen. Ich muss schlucken und fühle eine Faust um mein Herz. Nadine nimmt mich in die Arme, um mich zu trösten.

Es gab offenbar einen Überfall. Aber es muss Überlebende gegeben haben, sonst wären die Gräber nicht da, und sie sind überstürzt aufgebrochen; sie müssen weitere Überfälle befürchtet haben. Nur wohin können sie sich gewendet haben? Sie können nur über das Meer.

Nadine meint, sie könnten auf unsere Mondsichel-Insel geflüchtet sein.

»Da können sie nicht an Land gehen. Die ist vom Meer aus nicht zu erreichen. Du erinnerst dich, wir wären beim Überwinden des Korallenriffs damals beinahe umgekommen.«

»Und die andere Insel, die im Westen? Dort, wo wir damals die erste Nacht verbracht hatten? Ich bin sicher, dass sie sich eine bis dahin unbewohnte Insel ausgesucht haben, um sich zu verstecken, und sie liegt näher.«

Wir finden die Insel sofort, aber Fehlanzeige: Sie ist menschenleer.

»Da wir ja nun schon hier sind, können wir auch auf unserer Mondsichel-Insel nachschauen. Viviane, kannst du es ertragen, wenn wir die Insel überfliegen?«

Hier wurde auf unserer Flucht Ben erschossen, und sie hatte Ben geliebt.

Viviane nickt, sagt aber nichts. Man merkt ihr an, dass sie mit den Erinnerungen zu kämpfen hat.

Wir nähern uns der Insel. Selena scannt die Topografie und überrascht uns mit der Nachricht, dass es Hütten auf der Insel gibt, also müssen vermutlich auch Menschen dort sein. Aber wie kommen die dahin? Auf der Ostseite fallen schroffe Steilhänge zum Meer ab, von dieser Seite ist die Insel unzugänglich, und die Westseite wird von einem Korallenriff umschlossen, das keine Durchfahrt ermöglicht.

Wir überfliegen den langgezogenen Strand hinter dem Riff. Am Ufer liegen Auslegerboote. Dann sehen wir den kleinen Binnensee, der von einem Wasserfall gespeist wird. Am Ufer des Sees gegenüber dem Wasserfall, dort wo damals das Camp der amerikanischen Soldaten war, erkennen wir ein Hüttendorf. Selena setzt Nadine und mich unbemerkt im Wald oberhalb des Wasserfalls ab. Viviane bleibt mit Adon im Schiff, sie möchte nicht mit; das können wir gut verstehen. Wir schaffen es, unbemerkt bis an den See gegenüber dem Dorf zu gelangen. Hier bleiben wir stehen und machen durch laute Rufe auf uns aufmerksam. Wir halten die Arme nach oben, um zu zeigen, dass wir unbewaffnet sind. In Kürze sind wir von einer Gruppe Männer umringt, die ihre Waffen auf uns richten; sie haben Gewehre. Der Anführer wendet sich mit barscher Stimme an uns:

»Wer seid ihr, was wollt ihr und wie kommt ihr hier hin?«

Die Gruppe ist verwundert, als ich in ihrer Sprache antworte.

»Wir sind Freunde und kommen in friedlicher Absicht. Wie ihr leicht feststellen könnt, haben wir keine Waffen, wir tragen nur unsere Tunika, aber wir haben Geschenke mitgebracht. Wenn ihr dort hinten hinseht«, ich deute auf eine Stelle hinter uns am Seeufer, »da liegen Sachen, von denen wir annehmen, dass ihr sie gebrauchen könnt.«

Wir haben dort Messer, Angeln, Netze und verschiedene Seile abgelegt, die Selena vorher hergestellt hat. Einige der Männer wollen sofort zu dem Haufen laufen, aber der Anführer hält sie zurück; es könnte eine Falle sein, daher nähern sich die Männer vorsichtig den Geschenken, und als nichts geschieht, nehmen sie sie an sich und zeigen sie dem Anführer.

»Das können wir wirklich gut gebrauchen. Aber wie kommt ihr auf unsere Insel? Wenn ihr mit dem Boot gekommen wärt, hätten wir das sehen müssen, und vom Himmel hättet ihr ja wohl kaum fallen können, sonst kann man nur mit einem Hubschrauber hier landen. Aber so etwas scheint es nicht mehr zu geben, wir haben in den letzten Jahren weder Flugzeuge noch irgendwelche anderen Fluggeräte gesehen oder gehört.«

»Ihr werdet es uns nicht glauben: Wir wissen auch nicht genau, wie wir hierhergekommen sind. Wir glauben, wir sind aus der Zeit gefallen.«

Das macht ihn vollends misstrauisch. Doch wenn ich ihm erzählt hätte, dass wir mit einem Raumschiff hier gelandet sind, würde er mich für völlig verrückt halten. Also lassen wir uns an den Händen fesseln und ins Dorf bringen. Der kleine Ort besteht aus etwa dreißig Hütten aus Bambusstäben, deren Zwischenräume mit Palmwedel verflochten sind, auch die Dächer sind mit mehreren Schichten Palmwedel bedeckt. Die Wände sind brusthoch, der Platz zwischen Wänden und Dach ist innerhalb der Pfosten offen.

Als wir ins Dorf geführt werden, stehen alle schweigend vor ihren Hütten und betrachten uns neugierig, unsere Anwesenheit hat sich herumgesprochen. Man führt uns zu dem Dorfältesten, er soll entscheiden, was mit uns geschieht. Von dem Dorfältesten ist allerdings nur ein Bambusstuhl zu sehen, der vor einer der größeren Hütten steht. Wir müssen uns vor dem Stuhl in den Sand hocken und warten. Die Männer haben um uns herum Platz genommen. Immer mehr Einwohner kommen dazu, Männer, Frauen und Kinder, und bilden einen Halbkreis hinter uns. Keiner sagt ein Wort, sogar die Kinder schweigen.

Dann kommt der Älteste aus der Hütte; er wird von drei Frauen begleitet. Zwei davon stützen ihn, denn er ist sehr alt und gebrechlich. Als die vier näherkommen sehen wir es: Der Dorfälteste ist eine Frau, und sie muss weit über siebzig sein, ein Alter, das auf diesen Inseln nur

248

selten erreicht wird. Sie nimmt auf dem Stuhl Platz, die drei Frauen hocken sich um sie herum, die eine ist etwa 60 Jahre alt, die andere Ende 30, die dritte ist ein junges Mädchen von unter 18 Jahren, und sie haben alle eine große Ähnlichkeit untereinander.

Die alte Frau schaut uns lange an, ohne ein Wort zu sagen; es ist still um uns herum. Unendlich langsam beugt sie sich vor, jede Bewegung muss für sie anstrengend sein, und berührt dann sanft meine Wange. Sie ist nass, Tränen laufen mir über das Gesicht. Ich weiß, wer die vier Frauen sind.

Dann sagt sie:

»Bindet sie los. Es ist wahr. Sie sind aus der Zeit gefallen.«

Sie wendet sich an die beiden Frauen neben sich.

»Totoka und Kaloua, schaut ihn euch genau an: Er ist der Mann, der mir vor sechzig Jahren die Heilkraft zurückgegeben hat, er ist euer Vater und Großvater, und er sieht heute noch genau so aus, wie er vor sechzig Jahren ausgesehen hat, als er zu uns kam. Er ist nicht älter geworden, denn er ist aus der Zeit gefallen. Und neben ihm, das ist seine Frau, sie war damals schon seine Frau und hat zugelassen, was damals geschah. Auch sie ist aus der Zeit gefallen.«

Und zu mir:

»Das sind deine Tochter Totoka und dein Enkelkind Kaloua, sie heißt so wie ich und hat mich als Heilerin abgelöst. Das Mädchen neben ihr ist deine Urenkelin, sie wird irgendwann die nächste Heilerin gebären.«

Die Fähigkeit des Heilens wird bei diesem Stamm immer auf die jeweils zweite Frauengeneration übertragen; das hatten wir bei unserem Besuch vor sechzig Jahren erfahren.

Die drei Frauen berühren schüchtern meine und Nadines Hände. Auch die Dorfbewohner blicken ehrfurchtsvoll zu uns herüber. Sie alle kennen die Geschichte, auch wenn keiner von ihnen sie noch miterlebt hat, abgesehen von einigen, die damals Säuglinge oder Kleinkinder waren.

Ich würde gern alle vier Frauen in den Arm nehmen, aber ich traue mich nicht. Dann fasst Totoka, meine Tochter, die über fünfundzwanzig Jahre älter ist als ich, meine beiden Hände und schaut mir in die Augen.

»Du wirst nicht bleiben, nicht wahr? Du wirst zurückfallen in deine Zeit?«

Ich nicke stumm.

»Es ist trotzdem schön, dich hier bei uns gehabt und berührt zu haben. Es wird ein Traum bleiben, ein Traum, den das gesamte Dorf gemeinsam geträumt haben wird. Und meine Mutter kann jetzt sterben. Ich glaube, sie ist nur so alt geworden, weil sie wusste, dass du noch einmal kommen würdest, normalerweise wird bei uns niemand siebenundsiebzig Jahre alt.«

Dann nehmen wir uns alle fünf doch in die Arme. Auch Nadine kommt dazu. Ganz besonders die Berührungen mit Kaloua und ihrem Enkelkind gleichen Namens rufen wieder, genau wie damals mit der siebzehnjährigen Kaloua, wohlige Schauer bei uns hervor; man spürt bei jedem Kontakt, dass sie Heilerinnen sind, die durch bloßes Berühren sowohl seelische als auch körperliche Wunden lindern oder heilen können.

Später will ich wissen, wieso sie die Insel haben erreichen können und warum sie ihr Dorf verlassen haben.

Totoka erzählt.

»Es fing damit an, dass das jährliche Versorgungsschiff ausblieb, was aber nicht so dramatisch war. Wir konnten auch allein zurechtkommen. Viele Jahre waren vergangen, da kam doch das Schiff. Es war aber nicht das Versorgungsschiff. Die Besatzung stürmte an Land, sie hatten Gewehre und töteten fünfzehn unserer Leute, einfach so. Wir anderen konnten in den Dschungel fliehen. Sie machten sich über unsere Tiere und Vorräte her. In der nächsten Nacht ging ein Teil der Leute aufs Schiff zurück. Nur fünf blieben an Land. Als sie schliefen, schlichen wir zurück, töteten sie und nahmen ihre Gewehre. Dann packten wir hastig alles zusammen, was wir in die Boote schaffen konnten und flohen übers Meer. Wir wussten ja von eurer Insel, die wollten wir finden, obwohl sie mit einem Tabu belegt war. Wir erreichten den Riff-Ring, aber konnten nicht hinüber. Meine Mutter und ihre Enkelin, die ja beide Heilerinnen sind, nahmen das Tabu von der Insel, und nach einer halben Stunde stieg das Wasser. Es war bald so hoch, dass wir mit den Booten an einer Stelle über das Riff kamen. Heute wissen wir, dass man die Insel zweimal im Monat gefahrlos erreichen kann. Das ist die Zeit, wenn Sonne, Mond und Erde in einer Linie stehen. Steht der Mond zwischen Sonne und Erde, dann haben wir die höchste Flut, die Springflut, steht er auf der anderen Seite der Erde, dann ist die Flut nicht ganz so hoch, aber es reicht, um über das Riff zu gelangen. Später haben wir das Riff an seiner flachsten Stelle abgetragen, so dass eine schmale Fahrrinne entstanden ist. Seitdem können wir zu jeder Zeit hindurch. Zwei Wochen nach unserer Ankunft ist dann eine Gruppe von uns zurückgekehrt und hat die Toten begraben. Die Fremden waren fort, sie haben ihre Toten einfach liegen lassen. Wir haben sie mit begraben. Ihre Gewehre haben wir noch, aber es gibt schon seit vielen Jahren keine Munition mehr dafür. Als unsere Männer euch mit den Gewehren bedrohten, war es nur ein Bluff. Jetzt aber bewachen wir Tag und Nacht die Passage am Riff, denn wir fürchten einen weiteren Angriff.«

Ich kann sie beruhigen.

»Ihr könnt die Wache aufgeben. Auf der Welt draußen ist der Krieg seit einigen Jahren beendet und es sind nicht mehr viele Menschen übrig. Es gibt auch keine Schiffe mehr, es fehlt das Öl für den Antrieb, es mangelt überhaupt an Energie jeder Art. Die Menschen haben wieder angefangen, Vieh zu züchten und Obst und Gemüse anzubauen. Sie machen das Gleiche, was ihr macht. Es gibt nur noch ganz vereinzelt Gewalt. Man hat genug damit zu tun, eine Zivilisation aufzubauen.«

Plötzlich ist Selenas Stimme in meinem Kopf:

»Florian und Nadine. Ihr müsst zurück aufs Schiff. Wir haben einen Notruf von Gea erhalten.«

Kampf um Gea

Wir verabschieden uns eilig von allen und laufen in den Wald. Dann sind wir im Schiff.

Adon empfängt uns.

Ein Schiff der Blauen hat Gea entdeckt und verbreitet Mord und Totschlag. Eine kleine Gruppe Wissenschaftler konnte fliehen und sich verstecken. Sie haben den Notruf abgesendet. Wir müssen zurück, denn ihr seid wahrscheinlich die Einzigen, die der Aggressivität der Blauen etwas entgegenzusetzen haben.

»Wie kann denn ein Schiff der Blauen diese Entfernung überwunden haben? Sie sind technisch doch noch lange nicht soweit?«

Viviane mischt sich ein.

»Erinnert ihr euch an die Erzählung von Zech? Er sprach von einem Schiff, das vor Jahrhunderten aufgebrochen war und seitdem als verschollen galt. Es kann nur das verschollene Raumschiff sein, und es ist wegen der Zeitdilatation subjektiv vielleicht noch gar nicht so lange unterwegs.«

Dann setzen wir noch den Beobachtungssatelliten aus und fliegen zurück zu Adons Heimatplaneten.

Drei Wochen sind wir zur Untätigkeit verdammt. Selena hat alle Sensoren ausgefahren, aber wir erhalten keine weitere Nachricht. Unterwegs frage ich Adon.

»Können deine Leute irgendetwas gegen die Invasion unternehmen?«

»Nein, sie haben nichts, mit dem sie sich wehren können. Das Einzige, was ihnen bleibt, ist ihre in Notfällen extreme Schnelligkeit. Sie können nur weglaufen, aber gegen Strahler ist auch das nur bedingt wirkungsvoll.«

Dann erreichen wir Gea. Wir haben die Tarnung voll ausgefahren, die das Licht und alle Ortungsstrahlen um das Schiff herum lenkt. Dann tauchen wir kurz aus der Tarnung auf und Selena scannt die Umgebung. Fast alle größeren Siedlungen, die wir sehen können, sind zerstört oder menschenleer, große Flächen um einige Ortschaften sind verbrannt. Selena stellt fest, dass das planetenweite Kommunikationssystem nicht mehr existiert. Adon meint, dass die Überlebenden sich in die Wälder zurückgezogen haben; es gibt auch in den Mittelgebirgen noch alte Bergwerke aus der Zeit, als man noch auf Gea die Rohstoffe abbaute, manche Gegenden haben auch verzweigte Höhlensysteme. Überall dahin können sie geflüchtet sein.

Von dem fremden Schiff ist nichts zu sehen, was kein Wunder ist. Auch wenn es sehr groß sein sollte, es kann überall auf Gea gelandet sein, und einen ganzen Planeten absuchen ist fast unmöglich. Selena sucht nach einem fremden Kommunikationssystem; schließlich kennen wir ja von unserem Besuch auf dem Planetensystem der Blauen deren Sprache. Sie findet auch bald eines, aber das ist verschlüsselt und gesichert, sie kommt da nicht rein, aber sie kann die Quelle finden. Wir umrunden den Planeten.

Dann sehen wir es: Ein riesiges Raumschiff ist am Rande einer größeren Stadt gelandet. Die Stadt ist zum größten Teil zerstört, ein intakter Stadtteil ist von den Blauen besetzt. Hier können wir nichts machen, und gehen auf der dem Schiff und der Stadt abgewandten Seite des Planeten hinunter.

Ich wende mich an Adon:

»Wie können wir deine Leute oder die Wissenschaftler, die den Notruf absandten, erreichen? Könnt ihr Selena oder du, telepathischen Kontakt zu deinen Leuten aufnehmen?«

»Theoretisch ja, aber der Kontakt ist nur über eine kurze Entfernung möglich, ähnlich wie die gesprochene Sprache. Bei etwa tausend Metern ist die Grenze, und wenn Felsen dazwischen sind, weil sie sich in Bergwerken oder Höhlen befinden, geht es gar nicht. Wir müssen die Wälder absuchen, vielleicht haben wir Glück.«

Adon und ich betreten den Boden, Nadine und Viviane bleiben im Schiff. Wir durchstreifen den Wald, treffen auf Tiere, aber nicht auf Menschen. Adon versucht, telepathischen Kontakt herzustellen, aber erhält keine Reaktion.

Auf einer kleinen Lichtung stehen uns plötzlich zwei Männer gegenüber, sie haben gerade eines der Fahrzeuge verlassen, mit denen auch wir damals auf dem Planeten unterwegs waren. Sie tragen schwere Raumanzüge und eröffnen sofort das Feuer. Da ihre Anzüge eine schnelle Bewegung ausschließen, können wir ihren Strahlern ausweichen. Und dann erleben sie etwas Ungewöhnliches. Statt dass ihre Gegner flüchten, wie sie es gewohnt sind, laufen wir im rasenden Zickzack auf sie zu. Unsere Betäubungsstrahler können allerdings nichts gegen sie ausrichten, die Anzüge verhindern das. Mit voller Wucht springen wir auf sie zu und reißen sie um. Die Strahler fallen ihnen dabei aus den Händen. Wir reißen sie an uns und feuern. Die Wucht reißt sie erneut um, aber sie stehen sofort wieder auf. Ihre Anzüge schützen sie offenbar. Wir feuern wieder und wieder und wie Stehaufmännchen kommen sie immer wieder hoch.

»So schaffen wir das nicht!«, rufe ich Adon zu. »Lass es uns mit großen Steinen versuchen!«

Wir werfen die Strahler weg, heben jeder einen großen Stein auf und lassen ihn mit voller Wucht gegen die Helme prallen. Die Gegner schwanken, aber fallen nicht um. Erst beim dritten oder vierten Mal kippen sie um und bleiben am Boden liegen. Wir suchen nach den Verschlüssen, mit denen man die Anzüge öffnen kann. Nach kurzer Zeit haben wir die beiden aus ihren Anzügen geschält. Sie leben noch, sind aber bewusstlos. Dann rufen wir das Raumschiff herbei und bringen die Gegner an Bord. Ich schaue Adon an. Er ist leichenblass, aber er muss sich nicht übergeben. Er macht Fortschritte, das lässt hoffen.

Wir haben kaum die Tarnung wieder eingeschaltet, als ein zweites Fluggerät in der Lichtung landet. Zwei Blaue steigen aus. Sie schießen auf alles, was sich bewegt. Dann entdecken sie die Anzüge. Sie nehmen sie an sich, steigen in ihren Gleiter und sind verschwunden.

„So ein Mist«, schimpfe ich, »unsere Gefangenen konnten offenbar einen Notruf absenden, bevor sie bewusstlos wurden. Jetzt wissen sie, dass es Widerstand gibt. Sie werden noch vorsichtiger sein.«

Adon ergänzt:

»Ärgerlich ist auch, dass wir es nicht mehr schaffen konnten, einen ihrer Anzüge ins Schiff zu bringen. Selena könnte dann das Notrufsystem analysieren und eventuell den Kode knacken. Aber wir haben wenigstens ihre tödlichen Strahler.«

Dann schließen wir unsere Gefangenen über etliche Elektroden an Selena an. So kann sie deren Gehirne durchforschen und in Erfahrung bringen, was im Einzelnen vorgefallen ist.

Sie berichtet.

»Es ist richtig. Es handelt sich um das Schiff, das vor Jahrhunderten den Planeten der Blauen verlassen hat. Auf Grund der Zeitdilatation sind auf dem Schiff etwa dreißig Jahre vergangen. Man war mit zweihundert Mann Besatzung aufgebrochen, darunter auch etliche Frauen. Da man sich auf eine lange Reise eingerichtet hatte, sollten die Frauen für Nachwuchs sorgen. Das klappte auch in den ersten Jahren, dann wurden auf einmal keine Kinder mehr geboren. Ich vermute«, fügt Selena hinzu, »dass das Schiff nicht ausreichend gegen die gefährliche Weltraumstrahlung geschützt war und die Besatzung unfruchtbar wurde. Da die Frauen nun ihrer Aufgabe nicht nachkommen konnten, tötete man die meisten von ihnen, ein paar ließ man am Leben, da man sie als Sexobjekte benötigte. Durch das Zusammenleben auf recht engem Raum gab es immer wieder Konflikte, sie waren ja eine sehr aggressive Rasse. Es blieben schließlich noch 98 Blaue übrig, als sie nach dreißig Jahren Gea erreichten. Ohne Vorwarnung zerstörten sie die Städte und größeren

Dörfer. Dann jagten sie die Einwohner. Sie bemerkten bald, dass die sich nicht wehrten, sondern einfach davonliefen, allerdings waren sie dabei unglaublich schnell. Und sie stellten fest, dass die Frauen auf Gea ausgesprochen hübsch waren. Also fingen sie sie, um sie als Sexsklavinnen zu benutzen. Nun waren auch ihre restlichen acht Frauen für sie nutzlos und sie brachten auch diese um. Doch mit dem Sex gab es ein Problem. Die Frauen von Gea, die noch nie solche Gewalttätigkeiten erlebt hatten, wurden wahnsinnig oder überlebten es nicht. Das Gleiche passierte übrigens auch vielen anderen Bewohnern von Gea. Sie erlebten die schreckliche Gewalt der Invasoren, sahen ihre Mitbürger sterben und wurden davon wahnsinnig.

Dann machten sich die Invasoren daran, die Infrastruktur zu zerstören und eroberten viele Fabriken und Produktionsstätten, auch auf den anderen Planeten und Asteroiden, die Roboter wurden umprogrammiert. Insbesondere interessierte man sich für die fortschrittliche Transport- und Energietechnik, die man nicht verstand, aber immerhin für sich nutzte.«

Soweit das, was Selena deren Gedächtnis entnehmen konnte. Dann löscht sie alles, was die beiden seit ihrer Ankunft auf Gea erlebt haben, aus deren Gedächtnisspeichern.

Adon wendet sich an uns.

»Was machen wir mit ihnen? Ich denke, wir sollten sie töten. Aber das müsst ihr machen, denn trotz Vivianes Training bin ich dazu nicht in der Lage. Ich kann mich zwar inzwischen verteidigen und angreifen, aber töten, das geht einfach nicht.«

Wir drei schauen uns an.

»Tut uns leid, Adon, aber ein Lebewesen töten, das uns hilflos ausgeliefert ist, das können auch wir nicht. Wir können nur töten, wenn unser eigenes Leben in Gefahr ist, und dann auch nur, wenn es sich nicht vermeiden lässt.«

Adon schaut uns verwundert an. Das wusste er nicht.

Selena meldet sich zu Wort.

»Also ihr drei: Erdmännchen und -frauchen, ihr werdet mir ja richtig sympathisch.«

»Selena, was soll das denn, das waren wir dir doch schon immer?«

»Ja, schon, aber es wurde Zeit, mal wieder einen Spruch loszulassen. Ich liebe euch alle!«

»Es ist toll, Selena, von einem Computer geliebt zu werden. Das baut richtig auf!«

»Nicht wahr!«

Es geht einfach nicht anders, sie muss das letzte Wort haben.

Wir wissen nun aber immer noch nicht, was wir mit den Gefangenen machen.

Selena hat einen Vorschlag.

»Auf eurer Erde habt ihr doch Gefängnisse, in denen ihr gefährliche Menschen interniert. Warum machen wir es hier nicht so ähnlich? Wir suchen eine Insel, die weitab von jedem Festland liegt, geben ihnen Messer und Angeln und setzen sie dort aus. Wenn sie sich nicht allzu dumm anstellen, werden sie dort überleben können.«

So machen wir es dann auch.

Dann suchen wir nach Überlebenden. Wir durchstreifen große Waldgebiete, aber Adon kann nirgendwo Kontakt herstellen.

Nach zwei Wochen ergebnisloser Suche fängt Selena endlich ein Signal auf. Es ist das gleiche Notrufsignal, das wir auf der Erde empfangen hatten. Es hält genau drei Sekunden an, dann ist es wieder verschwunden. Doch das reicht für eine Ortung. Wir erreichen die Felswand eines Mittelgebirges, die sich zweihundert Meter senkrecht erhebt. Das Signal kam mitten aus der Wand.

Es muss hier ein Höhlensystem geben, in welchem sie sich versteckt halten. Wir überfliegen den Bergrücken. Dann sehen wir unter uns ein Tal, das rundum von steilen Felswänden eingeschlossen ist. Wir gehen runter und Selena schaltet die Tarnung aus.

Adon teilt uns aufgeregt mit, dass er Stimmen in seinem Kopf hören kann. Es sind telepathische Stimmen. Wir verlassen das Raumschiff und gehen auf eine Felswand zu.

Und da kommen sie uns entgegen: Die Menschen von Gea. Es sind Hunderte. Alle sind froh, uns zu sehen. Wir sind ihre einzige Hoffnung.

Die Felswände sind von einem verzweigten Höhlensystem durchzogen. Die Höhlen haben auch versteckte Ausgänge auf der anderen Seite des Berges zur Ebene hin; man kann den Talkessel also durch den Berg hindurch betreten. Hier haben sie sich zurückgezogen und die Höhlen einigermaßen komfortabel eingerichtet. Man hat etliches aus den Häusern hierher retten können und hat sogar eine Krankenversorgung, in der man schon einige wahnsinnig gewordene Menschen heilen konnte. Der Talkessel ist so eng, dass er nur entdeckt werden kann, wenn ein Flugboot genau darüber fliegt, und das ist sehr unwahrscheinlich.

Dann werden wir zu der Wissenschaftlergruppe geführt, die den Notruf abgesetzt hatte. Es gibt ein herzliches Wiedersehen mit Gohr und Gohra. Wir berichten über alles, was wir von den gefangenen Blauen erfahren haben.

»Das bedeutet, es gibt jetzt noch 96 Blaue, und die sind alarmiert, seit sie die leeren Raumanzüge gefunden haben«, eröffnet Gohr das Gespräch. »Sie haben Waffen, gegen die wir nichts ausrichten können, ihr Raumschiff ist unangreifbar. Auch gegen ihre Strahler kommen wir nicht an. Sie sind absolut tödlich für uns. Ihr vier seid die einzigen auf diesem Planeten, die sich wehren können. Aber gegen 96 Gegner seid ihr hoffnungslos unterlegen, zumal auch eure Waffen nicht töten können, von den zwei eroberten einmal abgesehen. Habt ihr eine Idee, was wir machen können?«

Viviane meldet sich zu Wort.

»Ich hätte da schon eine Idee. Auf dem Weg zu unserer Erde hatte ich Adon mit einem Trainingsprogramm dazu bringen können, seine enorme Schnelligkeit nicht nur zur Flucht einzusetzen, sondern er lernte, sie auch zum Angriff zu nutzen, obwohl er weiterhin nicht töten kann. Das müsste doch mit etlichen von den Leuten hier ebenfalls zu machen sein. Ihr hattet bereits einen Test entwickelt, mit dem ihr feststellen konntet, wer von euren Wissenschaftlern stabil genug war, die Aufzeichnungen von Selena auszuwerten, ohne verrückt zu werden. Wenn wir diesen Test auf die Leute hier im Tal anwenden, könnten wir eine Truppe zusammenstellen, die von uns vieren dazu trainiert wird, ihre Fähigkeiten auch für einen Angriff auf die Blauen zu nutzen. Wir hätten damit zwar noch keine wirksame Waffe gegen die Blauen, aber wir wären einen kleinen Schritt weiter.«

Alle sind sofort einverstanden und sind froh, etwas unternehmen zu können, denn alles ist besser, als nichts zu tun.

Wir bauen ein richtiges Rekrutierungsbüro auf, denn alle wollen sich testen lassen. Gohr und seine Wissenschaftler nehmen die ersten Tests vor; wer diese besteht, wird einer der Gruppen zugeteilt, die von Viviane, Nadine, Adon und mir trainiert werden. Es gibt immer wieder Rückschläge, manche drehen fast durch, wenn sie ihren eigenen Leuten gegenüber aggressiv auftreten sollen, und reihenweise stehen sie am Rand des Übungsgeländes und übergeben sich.

Nach vier Wochen haben wir eine Truppe von zwanzig Leuten zusammen, von denen wir annehmen, dass sie ihre Schnelligkeit auch zum Angriff nutzen können. Dann kommt der erste Ernstfall.

Mit zehn Männern und Frauen drängen wir vier uns ins Schiff. Es ist zwar eng und die meisten müssen auf dem Boden sitzen, aber es geht. Wir haben die beiden erbeuteten tödlichen Strahler der Blauen dabei, und Selena hat eine Menge Betäubungsstrahler hergestellt. Der Angriff auf die Blauen soll möglichst weit weg von dem Talkessel stattfinden, damit das Versteck nicht gefunden wird.

Dann meldet Selena, dass zwei Gegner ein verlassenes Dorf durchkämmen, um nach verwertbaren Sachen zu suchen. Sie setzt uns außerhalb des Ortes ab. Wir haben einen exakt aufeinander abgestimmten Plan, bei dem jeder genau weiß, was er zu tun hat. Wir haben nämlich von der Taktik der Grünen gelernt.

Zuerst läuft eines der Mädchen kaum bekleidet ins Dorf und ›aus Versehen‹ den beiden direkt in die Arme. Wir wissen noch von den Grünen, wie wild die Blauen auf gut aussehende Frauen und Mädchen sind. Die beiden stürzen sich auch sofort auf sie, und während der eine sie mit seinem Strahler bedroht, wirft der andere sie zu Boden, ihr werden die restlichen Kleider von Leib gerissen, und der erste kniet sich auf sie und hält sie fest. Dann schält sich der zweite aus seinem Raumanzug. Er wirft ihn beiseite und will sich auf sie stürzen, um sie zu vergewaltigen. Das ist unser Zeichen. Der erste Schuss trifft den Knieenden in seinem Anzug, kann ihn aber nicht ernsthaft verletzen, da sein Anzug schusssicher ist, aber er wirft ihn zurück, so dass unser Mädchen freikommt. Der zweite Schuss zerstört seinen zur Seite gefallenen Strahler. Dann hagelt es Schüsse, die ihn am Boden festnageln. Jetzt stürzen sich sechs unserer Leute auf ihn und öffnen die Verschlüsse seines Raumanzuges. Dann kommt der Schuss aus dem Betäubungsgewehr, der ihn lahmlegt. Das Mädchen hat inzwischen ihren Vergewaltiger mit ihren neu gelernten Verteidigungsgriffen ebenfalls bewusstlos geschlagen. Die Gegner sind erledigt.

Wenn wir nun glauben, es würde bei unseren Leuten Jubel über den Sieg ausbrechen, so haben wir uns getäuscht. Viele sind ausgesprochen blass im Gesicht und einige weinen. Ihre Emotionen, die sie dank unseres Trainings eine Zeitlang zurückhalten konnten, brechen nun hervor.

Wir drängen. Vermutlich konnte der Blaue in seinem Anzug wieder einen Notruf absetzen. Wir müssen jeden Augenblick mit dem Erscheinen weiterer Gegner rechnen. Wir können nicht alle gleichzeitig ins Schiff schaffen, denn die Eingangsschleuse hat nur Platz für maximal vier Personen. Ich fordere zur Eile auf.

»Adon und Viviane, schafft die beiden ins Schiff und wenn es irgend geht auch ihre Anzüge. Alle anderen nichts wie weg! Lauft, so schnell ihr könnt, in den Wald. Ich habe von oben bei unserer Ankunft einen Fluss in dieser Richtung gesehen.«

Unsere zehn Kämpfer und wir beide rennen los. Es sind keine dreißig Sekunden vergangen, Selena ist gerade verschwunden, als das gewaltige Raumschiff der Blauen über dem Dorf auftaucht. Das Schiff bestreicht Dorf und Umgebung mit einem riesigen Flammenwerfer. Das Feuer breitet sich blitzschnell in unsere Richtung aus. Wir erreichen den Fluss und tauchen ab, als auch schon die Flammenwalze über uns hinwegfegt. Nadine und ich klammern uns unter Wasser aneinander. Als ihr die Luft ausgeht, presse ich meinen Mund auf ihren, damit sie meine ausgeatmete Luft einatmet. Das wiederholen wir zweimal, dann ist der Sauerstoffgehalt so gering, dass wir auftauchen müssen. Das Wasser muss auf der Oberfläche gesiedet haben als die Feuerwalze über den Fluss raste. Einige unserer Leute haben schwere Verbrennungen im Gesicht. Sie sind zu früh aufgetaucht und haben dabei zu wenig kaltes Wasser von unten aufgewirbelt. Aber alle sind am Leben und das fremde Schiff ist fort. Dann erscheint Selena über uns und wir gehen nacheinander an Bord. Sie berichtet, dass im Umkreis von fünf Kilometern um das Dorf nur noch verbrannte Erde ist.

Zurück im Talkessel werden zuerst die Verletzten behandelt. Man kann ihre Hautzellen dazu bringen, sich zu regenerieren. In einer Woche wird nichts mehr zu sehen sein.

Selena, der es bisher nicht gelungen ist, sich in das Kommunikationssystem der Blauen einzuloggen, analysiert die erbeuteten Raumanzüge und deren Kommunikationstechnik. Wenig später meldet sie, dass wir nun den Feind abhören können.

Als erstes kommt eine Hiobsbotschaft. Die Blauen haben aus Rache zweitausend männliche Gefangene erschossen und es ist der Befehl ausgegeben worden, sich nie in kleineren Gruppen als fünf Personen auf dem Planeten zu bewegen.

Wir bringen die neuen Gefangenen auf die Insel. Es sind nun noch 94 Gegner, die aber immer brutaler vorgehen.

Später sitzen wir mit den Wissenschaftlern und Techniker zusammen und beratschlagen unser weiteres Vorgehen.

»Um etwas gegen sie unternehmen zu können, müssen wir an ihre Kommandozentrale herankommen.«

»Können wir uns nicht wieder unter sie mischen und ihr System von innen heraus aushöhlen?« fragt Viviane.

»Das geht nur, wenn wir in ihren Raumanzügen bleiben. Sobald wir die ausziehen müssen, werden sie wissen, dass wir nicht zu ihnen gehören. Sie sind viele Jahre lang auf dem Schiff zusammen gewesen. Da kennt jeder jeden.«

Gohra wendet sich an uns.

»Wir müssen uns zusammensetzen und eine Taktik ausarbeiten, dazu brauchen wir euch, jedenfalls zwei von euch. Ich schlage vor, dass Nadine und Viviane bei uns bleiben, während du, Adon und einer unserer Fachleute mit dem Schiff startet und ihr herauszubekommen versucht, welche und wie viele von unseren außerplanetarischen Fabriken, Bergwerken und Industrieplaneten zerstört oder von den Gegnern besetzt sind. Es wäre gut, wenn wir einen Überblick hätten. Vielleicht könnt ihr dabei ja auch einige Blaue ausschalten, denn oft reichen nur zwei oder drei Personen, um die Industrieanlagen in Betrieb zu halten. Roboter erledigen die meiste Arbeit. Ich schicke euch Olin mit. Er ist Ingenieur und hat euer Trainingsprogramm als einer der besten absolviert, und er kennt alle Anlagen dort oben.«

Olin ist 100 Jahre, also für geanische Verhältnisse im besten Mannesalter. Er ist groß und kräftig und ganz begierig darauf, etwas unternehmen zu können. Er erzählt, dass er fast alle außerplanetarischen Anlagen kennt, in vielen hat er selbst schon gearbeitet und zu etlichen

Verbesserungen beigetragen. Er hat auch schon einen genauen Plan, nach dem wir die Produktionsanlagen aufsuchen.

Wir machen uns auf den Flug. Die Reise dauert ein paar Stunden, Selena kann innerhalb eines Sonnensystems nicht den Quantenantrieb einsetzen. Wir erreichen nach drei Stunden den ersten Fabrik-Asteroiden und finden ein Bild der Verwüstung vor. Ebenso bei den nächsten fünf. Der sechste, ein Planetoid, scheint intakt zu sein. Aber er muss von den Blauen übernommen worden sein, denn wir bekommen keine Antwort, als Olin versucht, Kontakt aufzunehmen. Es gab hier vorher drei Techniker von Gea, die die Produktion überwachten. Mehr Leute waren nicht nötig. Auch Selena kann kein Lebenszeichen entdecken; der Kontrollraum befindet sich viele Meter unter dem Gestein. Das kann sie nicht durchdringen. Wir umrunden den Himmelskörper mehrfach, dann fängt Selena einen Funkspruch auf: Es wird eine Ablösung von drei Leuten angekündigt. Also befinden sich im Kontrollraum vermutlich drei Blaue. Die Ablösung soll in zwei Stunden da sein.

Das ist unsere Chance. Wir ziehen die drei erbeuteten Anzüge an und hängen uns Strahler um, Adon und Olin nehmen die, die nur betäuben können. Ich bewaffne mich mit dem tödlichen Strahler. Dann lassen wir uns auf der Oberfläche absetzen. Selena geht in Warteposition und aktiviert einen Störsender, der die Verbindung zu Gea unterbricht. Damit können die Gegner keinen Notruf mehr absetzen. Olin kennt sich hier gut aus und findet den Noteinstieg. Es ist mühselig, sich mit den unförmigen Raumanzügen der Blauen durch den engen Einstieg zu zwängen. Wir befinden uns nun in der Luftschleuse. Olin entfernt eine Wandplatte und unterbricht die Verbindung, die im Kontrollraum anzeigt, dass die Tür geöffnet wird. Dann betreten wir einen langen Gang und öffnen am Ende eine Tür zu einer riesigen Halle.

»Was wird hier eigentlich produziert?«, frage ich ihn.

»Wir bauen hier Zubehörteile für unsere Energiespeicher, die nötig sind, um Energie auf kleinstem Raum vorrätig zu halten.«

Daran sind die Blauen natürlich sehr interessiert, deswegen haben sie die Anlagen auch nicht zerstört. Die Arbeit in der Halle läuft vollautomatisch ab, Industrieroboter erledigen alle Handgriffe. Ich schaue besorgt auf die vielen Kameras, die jeden Winkel der Fabrikationshalle überwachen, aber Olin beruhigt mich. Die Kameras werden nur aktiv, wenn etwas auftritt, was den Produktionsablauf stören könnte. Wir werden daher von ihnen gar nicht wahrgenommen.

Als wir kurz vor dem Kontrollraum sind, hören wir plötzlich die Stimme einer der Besatzer in unseren Anzügen.

»He, wir sehen euch auf dem Monitor, wieso seid ihr schon da und kommt nicht durch die Schleuse? Und warum habt ihr noch die Raumanzüge an, hier unten gibt es keine Gegner?«

Ich antworte in ihrer Sprache.

»Es ging schneller, als wir dachten. Und wir haben Befehl, die Schutzanzüge anzubehalten. Ihr habt sicher

268

schon gehört, es gibt Widerstand unten auf dem Planeten, auch von Robotereinheiten. Wir wurden angewiesen, zuerst die Produktionsstätte zu untersuchen, ob es nicht auch hier Aufständische gibt.«

»Alles klar, kommt rein!«

Die Tür geht auf und Olin und Adon betätigen die Strahler, alle drei fallen betäubt um. Wir fesseln sie und verstauen sie in einer Kammer. Dann warten wir auf die Ablösung.

Es vergehen einige Stunden, dann kommt der kleine Transporter mit der Ablösung. Olin öffnet die Schleuse, der Transporter dockt an und die Klappen öffnen sich. Sie haben keine Schutzanzüge an, daher ist es ein Leichtes, sie ebenfalls zu betäuben und zu verstauen. Eigentlich wollten wir es so aussehen lassen, als ob sie sich gegenseitig umgebracht hätten, aber wir versprechen uns nichts davon. Der Gegner ist inzwischen sehr misstrauisch geworden; schon, wenn er merkt, dass es keinen Funkkontakt mehr gibt, wird er daraus die richtigen Schlüsse ziehen.

Wir klappern weitere Anlagen ab und versuchen, mit der früheren Frequenz, auf der die Kommunikation ablief, bevor die Blauen Gea eroberten, in Verbindung zu treten. Bei weiteren fünf bekommen wir keine Reaktion. Wir gehen davon aus, dass auch diese vom Gegner übernommen wurden, obwohl das nicht sicher ist. Sie können auch von sich aus die Kommunikation unterbunden haben, damit sie vom Gegner nicht geortet werden.

Adon meint, wir sollten unbedingt die Anlage aufsuchen, in der die grundlegenden Teile zur Beherrschung der Gravitation produziert werden; die dürfte nämlich für den Gegner hochinteressant sein.

Wir machen uns auf den Weg und erreichen den Planetoiden nach sechs Stunden. Wir bekommen auch hier keine Reaktion auf unsere Signale. Also beschließen wir, genauso vorzugehen wie vorher und erreichen die Fabrikationshalle auf dem gleichen Weg. Wir durchqueren die Halle, als der Alarm losgeht. Überall blinken Lampen und eine Stimme in der Sprache der Geaner ertönt.

»Achtung, verlassen Sie bitte sofort die Anlage! Sie haben zwei Minuten Zeit, dann wird sie zerstört!«

Dann ertönt dasselbe in der Sprache der Blauen. Das wechselt sich ständig ab und wird andauernd wiederholt, dazu erfolgt ein Countdown.

»Das können nur unsere Leute sein, die Gegner würden diese für sie so wichtige Anlage niemals zerstören. Aber ich verstehe es nicht, dazu sind unsere Leute gar nicht in der Lage. Sie würden ja sich selbst mit zerstören.«

Adon ist völlig verwirrt. Wir stürmen Richtung Kontrollzentrum. Als wir um die letzte Ecke biegen, läuft uns ein Geaner in die Arme. Er dreht sich blitzschnell um und flieht; er hält uns in unseren Raumanzügen für Blaue. Adon und Olin öffnen ihre Helmverschlüsse und nehmen telepathischen Kontakt zu ihm auf.

»Was ist los? Wieso wird die Anlage zerstört, und wieso könnt ihr so etwas überhaupt in Gang setzen?«

Der Techniker atmet auf, als er seine eigenen Leute erkennt.

»Wir haben mit dem Fall gerechnet, dass die Blauen hier auftauchen und dafür vorgesorgt, dass sie nicht an

die Technik kommen. Für uns haben wir einen Schutz-
raum eingerichtet, in den wir uns zurückziehen können
und die Zerstörung überleben. Als wir euch auf dem
Monitor hatten, dachten wir, der Gegner sei da. Es war
nicht leicht, so einen Zerstörungsmechanismus in Gang
zu setzen, aber die Warnung hätte dem Gegner Zeit gelassen, lebend davonzukommen.«

Er hat inzwischen auch seine beiden Mit-Aufseher te-
lepathisch erreicht, die zurück in den Kontrollraum rennen. Sie machen sich sofort mit Olins Unterstützung
daran, den Mechanismus zu entschärfen. Sie arbeiten
fieberhaft. Wieder kommt die Durchsage.

»Achtung, verlassen Sie bitte sofort die Anlage! Sie
haben noch zwanzig Sekunden Zeit, dann wird sie zerstört! ... Noch fünfzehn Sekunden! ... Noch zehn Sekunden!«

Es verstreichen weitere drei Sekunden, dann gelingt
es, den Countdown zu stoppen. Wir atmen auf, das war
knapp!

Dann suchen wir noch acht weitere Anlagen auf und
sind erleichtert: Sie alle werden noch von Geanern gewartet. Bis zu diesen entfernten Anlagen sind die Blauen
noch nicht vorgedrungen. Sie haben dafür zu wenige
Leute.

Wir fliegen zurück und bringen unsere sechs Gefangenen auf die Gefängnisinsel, nachdem ihr Erinnerungs-
vermögen partiell gelöscht wurde.

Zurück im Talkessel kommen Nadine und Viviane an
Bord. Wir überfliegen unter eingeschalteter Tarnung das

Land. Wir hoffen, das Hauptquartier der Invasoren zu finden. Selena horcht ihren Funkverkehr ab. Sie haben sehr schnell mitbekommen, dass sie keinen Kontakt mehr zu der Anlage haben, die die Ablösung aufsuchen sollte. Auch von der Ablösung erhalten sie keine Nachricht, ihre Leute bleiben verschwunden. Sie haben, wie wir vermuteten, die richtigen Schlüsse gezogen, und wir erleben etwas Furchtbares und können nichts dagegen unternehmen. Das große Raumschiff ist gestartet und bestreicht alle Ortschaften, die sie finden können sowie deren Umkreise mit Flammenwerfern. Sie zerstören riesige Waldflächen, da sie vermuten, dass sich die Bewohner dahin zurückgezogen haben. Das geht tagelang. Sie haben fast zehn Prozent der gesamten Waldfläche des Planeten zerstört, da ist auf einmal Schluss. Das Schiff kann sich kaum noch vom Boden erheben. Wie ein angeschossenes Tier taumelt es zurück zur Basis. Wir folgen mit hochgefahrener Tarnung und lokalisieren so ihr Hauptquartier.

Adon meint, sie hätten ein energetisches Problem bekommen.

»Zehn Prozent, das sind mehr als vierzehn Millionen Quadratkilometer an Fläche, dafür ist ein ungeheurer Energieaufwand nötig. Sie können offenbar große Mengen an Energie speichern, aber die Technik von Gea haben sie nicht. Ich vermute, die Energiespeicher des Raumschiffes sind erschöpft und sie werden Wochen brauchen, um sie wieder aufzuladen. Ich denke, sie sind furchtbar wütend über die eigenen Verluste und haben deshalb einen schweren Fehler gemacht, indem sie ihre Energiereserven fast ausgeschöpft haben.«

Wir suchen an den Rändern der verbrannten Flächen nach Überlebenden, es gibt etliche und wir schaffen sie nach und nach in unser Versteck. Es wird langsam eng im Talkessel. Aber unser Trainingsprogramm hat sich verselbständigt. Schon trainierte Leute übernehmen das Training neuer Gruppen, so dass wir inzwischen schon über zweihundert Geaner haben, die die Selbstverteidigung beherrschen und angreifen können.

»Wir müssen schnell handeln, solange sie noch Probleme mit der Energieversorgung haben. Ich verstehe sowieso nicht, warum sie nicht aufgeben und den Planeten wieder verlassen. Langfristig haben sie keine Chance; sie können nicht mit weniger als neunzig Leuten einen gesamten Planeten kontrollieren«. Aber Gohr klärt mich auf.

»Sie haben gar keine Wahl. Um zu ihrem Heimatplaneten zurückzukehren, brauchen sie wieder fast dreißig Jahre, dann sind die meisten von ihnen sehr alt oder tot, und sie können sich nicht mehr vermehren. Das wissen sie und sie sagen sich, wenn sie schon selbst langfristig nicht überleben können, dann sollen es die Geaner auch nicht. Also töten sie so viele wie sie können. Außerdem empfinden sie beim Töten offenbar eine große Befriedigung, sie sind eine unglaublich aggressive Rasse.«

Wir müssen jetzt schnell einen Gegenangriff starten, denn wir können nicht darauf warten, dass der Gegner einen zweiten Fehler macht.

Wir brauchen Flugboote, anders kommen wir mit zweihundert Leuten nicht unbemerkt in die Nähe ihres

Hauptquartiers, denn sie haben im Umkreis von vielen Kilometern die Gegend rundherum verbrannt.

Gohr meint, sie können nicht alle Orte auf dem gesamten Planeten zerstört haben, dafür wären sie von Anfang an zu wenige gewesen. Wir sollten versuchen, größere unzerstörte Ortschaften zu finden, die Stationen mit Flugbooten haben.

Unser Raumschiff macht sich, vollgestopft mit zwanzig der psychisch stabilsten Kämpfer, auf die Suche. Auch Olin ist wieder dabei. Es dauert zwei Tage, dann hat Selena das Flugboote-Depot eines von den Blauen noch nicht entdeckten Ortes ausgemacht und jeder der zwanzig Leute übernimmt eines der größeren. Doch die Leute im Ort warnen uns.

»Ihr könnt nicht starten. Sowie sich so ein Boot in der Luft befindet, wird es vom Ortungssystem der Besatzer erfasst. Die schicken dann ein bewaffnetes eigenes Boot und schießen euch ab, und danach zerstören sie das Depot. Wir haben die Boote nur noch deshalb, weil wir mit noch keinem gestartet sind. Wir wissen es aber von anderen Depots.«

Doch Selena weiß Rat.

»Ich kann ihr Ortungssystem für eine Zeitlang lahmlegen. Das wird für die Überführung in den Talkessel reichen.«

Eine Armada von zwanzig größeren Flugbooten erhebt sich in die Luft und nimmt Kurs auf unseren Talkessel. Der Flug verläuft ruhig, alle sind euphorisch und Selena überwacht die Flugroute.

Dann passiert etwas Schreckliches. Die Armada ist von einem sich zufällig in der Nähe befindlichen gegnerischen Boot gesichtet worden, das sofort auf Angriffskurs geht. Die ersten Schüsse zerstören zwei unserer Boote, die restlichen schwärmen sofort auseinander. Dann wird das dritte und vierte Boot getroffen. Unsere Leute haben keine Möglichkeit, die Angriffe abzuwehren. Auch das Raumschiff kann nicht eingreifen, denn es hat keine Angriffswaffen. Es gelingt uns aber, gelegentlich unter voller Tarnung in die Schusslinie des Angreifers zu steuern und so mit unserem unsichtbaren Schutzschirm die Schüsse zu absorbieren. So können wir einige unserer Boote retten. Ansonsten können wir nur beobachten und verhindern, dass der Gegner Kontakt zu seinen Leuten aufnimmt. Unsere Kämpfer sind ihm hilflos ausgeliefert. Sie versuchen, durch ständigen Kurswechsel dem Feind zu entkommen. Der nächste Schuss zielt auf das Flugboot von Olin und verfehlt ihn. Er hat blitzschnell gewendet und befindet sich nun hinter dem Gegner. Dann geschieht etwas, das uns den Atem stocken lässt. Er wendet ein zweites Mal und nähert sich dem Feind von hinten. Er ist auf Kollisionskurs. Sekunden später stoßen beide Fahrzeuge zusammen und stürzen in einem Feuerball ab.

Olin hat sich geopfert, damit die anderen entkommen konnten; eine Tat, die wir von Geanern nicht für möglich gehalten hätten. Es erreichen fünfzehn sehr stille Bewohner von Gea mit ihren Flugbooten den Talkessel, und Adon, der mit uns geflogen ist, ist völlig verwirrt.

»Das, was Olin gemacht hat, ist völlig unmöglich. Es ist nicht möglich, ein Flugboot als Waffe zu verwenden, mit der man ein anderes Boot zerstört. Sie sind so programmiert, dass sie niemals zusammenstoßen können, und diese Programmierung kann man nicht ändern. Wie hat er das bloß gemacht? Ich muss das unbedingt mit anderen Technikern besprechen, vielleicht hat einer von denen eine Idee.«

Einen Tag später kommt Adon zu uns.

»Wir wissen jetzt, wie Olin es gemacht hat. Er muss ein Flugboot gehabt haben, das schon sehr alt war, sozusagen aus der ersten Generation. Die hatten diese Sicherheitsblockierung noch nicht, damals gab es auch hin und wieder Unfälle mit den Flugbooten. Wir wussten nicht, dass solche alten Geräte noch in Betrieb sind, es war ein großer Zufall, dass Olin ausgerechnet solch ein Boot steuerte. Eigentlich dürfte es die gar nicht mehr geben. Es war möglicherweise das Einzige, das noch existierte, und Olin ist einer unserer besten Techniker gewesen. Er muss das sofort erkannt haben.«

Wir haben jetzt fünfzehn Flugboote, doch die reichen nicht, um zweihundert unserer Leute zum Hauptquartier des Feindes zu befördern. Wir müssen eine zweite Aktion starten.

Es dauert etliche Stunden, bis wir eine weitere intakte Ortschaft mit Flugboot-Depot ausgemacht haben, und Adon reißt die Augen auf. Er erkennt nämlich sofort, dass sich unter den Booten ein weiteres Gerät befindet, das es nicht mehr geben dürfte und hat auch schon eine Idee.

Dann kommt von Selena ein Startverbot für alle Boote. Sie hat ein feindliches Exemplar geortet, dass sich in unmittelbarer Nähe aufhält. Das würde trotz Selenas Funkstörung die aufsteigende Armada erkennen. Also müssen wir warten. Adon nutzt die Zeit und bastelt an dem alten Boot herum. Dann trommelt er seine Leute zusammen, auch Viviane ist dabei, während Nadine und ich das fremde Boot auf dem Schirm verfolgen. Er erteilt seinen Leuten Instruktionen und kommt dann ins Schiff.

»Wir können starten. Ich habe einen Plan.«

»Aber was ist mit dem Boot der Blauen?«, wenden wir ein.

»Das soll uns sogar sehen, Selena muss nur dafür sorgen, dass es keinen Kontakt mit seinen Leuten aufnehmen kann.«

Dann erklärt er uns, was er vorhat. Das könnte klappen.

Wir sind kaum gestartet, als auch schon der Feind auftaucht. Unser Raumschiff nähert sich ihm unter voller Tarnung bis auf etwa hundert Meter. Die Tarnung leitet das Licht um das Schiff herum so, dass der Gegner zwar unsere Flugboote sehen kann, aber nicht uns. Die Flugboote fliegen in einer Formation, die eine gerade Linie exakt in der Verlängerung zwischen dem Gegner und unserem getarnten Schiff bildet. Sie können uns zwar ebenfalls nicht sehen, aber sie nutzen das unmittelbar neben uns fliegende unbemannte »alte« Boot, das von Viviane aus unserem Schiff heraus ferngesteuert wird, und das gegnerische Boot als Orientierung.

Der Feind sieht die wie auf einer Perlenschnur aufge-
reihten Boote und eröffnet sofort das Feuer. Doch jeder
Schuss, der auf unsere Leute abgegeben wird, prallt an
unserem Schutzschirm ab. Der Gegner wechselt mehrfach die Position, aber unsere Leute haben blitzschnell
die neue Position im Schatten des Schiffes eingenommen;
sie sind wirklich gut. Inzwischen hat sich unser Abstand
zum Gegner auf fünfzig Meter verringert. Die Blauen
sind so verunsichert über die Wirkungslosigkeit ihrer
Schüsse, dass sie nicht darauf achten, dass das unbemannte Boot plötzlich unter uns hindurchtaucht und
unmittelbar darauf den Gegner rammt. Beide Boote ver-
glühen in einem Feuerball.

Wir erreichen nun ohne Zwischenfälle unser Versteck
und haben vierunddreißig Transporter; die reichen, aber
wir haben wertvolle Zeit verloren.

»Könnten wir nicht weitere solcher Boote als Waffe
verwenden, wenn wir gegen die Invasoren vorgehen?«,
frage ich Adon.

»Nein, das wird nicht funktionieren, denn eigentlich
dürfte es nicht einmal die beiden Boote geben. Es war ein
großes Glück, dass Olin das Erste geflogen hatte, und
dass wir dann noch ein zweites gefunden haben, war ein
unglaublicher Zufall. Sich auf weitere solche Zufälle zu
verlassen, wäre viel zu riskant, und wir haben auch nicht
die Zeit. Wenn die Blauen nämlich die Energiespeicher
ihres Schiffes wieder aufgeladen haben, sind unsere
Chancen, gegen sie vorzugehen, verschwindend gering.«

Am nächsten Morgen, noch bei Dunkelheit, erfolgt
dann der Angriff. Selena berichtet, dass die Blauen alle
Leute von den Außenstationen zurückgerufen haben, und
sie kann uns die genaue Lage angeben, wo die Gegner
sich im Einzelnen aufhalten. Eine Gruppe von achtzehn
Blauen befindet sich in einem der noch intakten Gebäude, in dem früher Vorlesungen abgehalten wurden. Sie
sichten die Aufzeichnungen und versuchen, die fortschrittliche Technik zu begreifen. Am Eingang stehen
fünf Wachen. Mit fünfzig Leuten greifen wir dort an,
während Selena die Kommunikation der Blauen untereinander wieder mit einem Störsender lahmlegt. Es gibt
einen Kampf, wir benutzen die erbeuteten Strahler, um
sie am Boden festzunageln. Das gelingt nur zum Teil –
ihre Strahler töten etliche unserer Leute, bevor wir die
Verschlüsse der Anzüge der Gegner lösen können.
Gleichzeitig stürmt eine zweite Gruppe die Räume, in
denen sich die anderen Blauen aufhalten. Sie sind leichter
zu überwältigen, da sie keine Schutzanzüge tragen, trotzdem gelingt es fünf von ihnen, ihre Strahler auf unsere
Leute zu richten und einige zu töten.

Die übrigen Blauen stürmen nun aus ihrem Raumschiff, wild um sich schießend. Sie sind orientierungslos,
da sie nicht miteinander in Verbindung treten können.
Selenas Störsender unterbindet jeden Funkverkehr. Sie
werden von unseren Leuten empfangen, die in rasendem
Tempo, Haken schlagend, auf sie zu stürmen. Durch die
zahlenmäßige Überlegenheit gelingt es, immer mehr zu
betäuben; unsere Kämpfer hängen wie Kletten an ihnen,

und Nadine, Viviane und ich können etliche mit ihren eigenen Strahlern töten.

Dann ziehen sich die Blauen schlagartig in ihr Raumschiff zurück, das, ohne einen Schuss abzugeben, sofort startet. Ihre Energiespeicher reichen offenbar gerade für einen Start.

Der Kampf ist vorbei. Wir zählen die Toten und Verletzten.

Sechsundsiebzig unserer Leute sind tot, und wir haben noch einmal so viel Verletzte. Von den Gegnern haben wir vierzig betäubt und gefangen genommen und achtzehn getötet. Es konnten also zwanzig Blaue mit ihrem Schiff entkommen.

Die Verletzten werden mit den intakten Transportern und unserem Raumschiff erst einmal in den Talkessel gebracht, um sie in der Krankenstation zu behandeln, und auf der Gefangenen-Insel wird es voll.

Während noch die Toten betrauert und begraben werden, machen sich die Techniker daran, das Kommunikationssystem wieder in Gang zu setzen. Zuerst bekommen sie Verbindung zu den außerplanetarischen Fabriken, die nicht von den Blauen besetzt waren, und dann gibt es immer noch Ortschaften, die nicht zerstört wurden.

Doch falls wir glauben, die Gefahr sei nun vorüber, dann haben wir uns gewaltig getäuscht.

Am nächsten Tag kommt eine niederschmetternde Nachricht: Die Außenstation, in der das Schwesternschiff von Selena umgebaut wird, ist von den Blauen erobert worden. Sie versuchen, das Schiff in Betrieb zu nehmen. Einen halben Tag später kommt die zweite Hiobsbotschaft.

»Sie sind fort und haben ihr eigenes Schiff zurückgelassen. Sie haben das Schwesternschiff von Selena in Betrieb setzen können. Offenbar haben sie den Bordcomputer umprogrammieren können. Sie sind mit allen zwanzig Leuten auf dem Schiff, das eigentlich für eine Besatzung von maximal sechs vorgesehen ist. Es muss verdammt eng sein.«

»Bedeutet das, dass sie den Antrieb und die Schwerkraft beherrschen?«, will ich wissen.

»Nein, nicht unbedingt. Sie können das Schiff aber lenken, so wie ihr euer Schiff lenken konntet, ohne das Prinzip zu verstehen, das sich hinter dem Antrieb verbirgt. Das Schiff wurde von uns gerade umgebaut, um die Zeitdilatation weiter zu minimieren und war nicht voll funktionsfähig. Daher konnten sie es auch übernehmen.«

»Und ist es jetzt voll funktionsfähig? Können sie den Schutzschirm und die Tarnung in Betrieb setzen?«

»Das wissen wir nicht; der Schutzschirm funktioniert, die Ausschaltung der Zeitdilatation auch, bei der Tarnung sind wir nicht sicher, da gab es noch einige Probleme. Aber jetzt sind sie auf dem Weg zu ihrem Heimatplaneten, und wenn sie ihn erreichen, bedeutet das eine Katastrophe für Gea und auch für eure Erde. Sie werden dann nicht mehr lange brauchen, um selber solche Schiffe zu bauen, und sie werden die Beherrschung der Gravitation benutzen, um daraus tödliche Waffen zu konstruieren. Dann kommen sie wieder und werden Gea komplett vernichten. Es wird auch nicht lange dauern, bis sie eure Erde entdeckt haben. Das wird ein gefundenes Fressen für sie werden. Sie stoßen auf einen Gegner, der sich wehren wird und den sie versklaven und ausbeuten können.«

Wir vier sind uns einig: Sie dürfen auf keinen Fall ihren Heimatplaneten erreichen. Aber wie können wir das verhindern? Unser Raumschiff ist zwar funktionsfähig, aber weder Selena noch die Wissenschaftler und Techniker von Gea sind in der Lage, Angriffswaffen herzustellen. Trotzdem, es bleibt uns gar keine Wahl, wir müssen die Verfolgung aufnehmen, auch wenn wir nicht wissen, wie wir sie aufhalten können.

Wir starten, obwohl unsere Chancen gering sind. Selena hat Kontakt zu dem veränderten Computer des fliehenden Schiffes, aber sie hat keine Möglichkeiten, dort irgendetwas zu bewirken. Sie kann nur beobachten und mit dessen Sensoren sehen und hören.

Wir sind kaum schneller als sie und die Reise wird ein paar Tage dauern. Den Weg zu ihrem Planeten kennen wir; wir sind noch vor Monaten in umgekehrter Richtung gereist.

Die Tage vergehen mit zermürbendem Warten. Es geschieht nichts und wir können nichts tun.

Dann berichtet Selena von einem Streit auf dem anderen Schiff. Sie gehören ja einer sehr aggressiven Rasse an und es ist sehr eng. Folglich gibt es schon bald Tote. Um die Körper aus dem Schiff zu entfernen, müssen sie den Quantenantrieb stoppen. Damit rücken wir schlagartig auf. Dann nehmen sie wieder Fahrt auf für die nächsten Sprünge. Wir sind dicht hinter ihnen, wobei der Ausdruck »dicht« relativ ist. Es liegen immer noch ein paar Millionen Kilometer zwischen uns.

Tatsächlich schaffen wir es, etwas aufzuholen. Aber Selenas Berechnungen sind frustrierend. Sie werden vor uns ihr System und den äußeren Planeten erreichen, der keine Atmosphäre besitzt, auf dem aber ihr Militär stationiert ist. Wir sind verzweifelt.

»Selena, kannst du nicht irgendetwas machen, das uns schneller werden lässt?«

»Das geht nur, wenn ich dabei das Schiff in Gefahr bringe. Und das darf ich nicht.«

»Adon, du bist doch Programmierer. Kannst du sie nicht umprogrammieren, damit sie diese Gefahr in Kauf nehmen kann?«

Adon arbeitet fieberhaft. Es dauert Stunden, nichts geschieht. Dann wird das Schiff auf einmal schneller. Wir schließen langsam weiter auf. Aber was nützt uns das? Wir haben nichts, mit dem wir gegen das andere Schiff vorgehen können. Solange sie mit dem Quantenantrieb fahren, können wir sowieso nichts unternehmen. Wenn sie allerdings ihr Sonnensystem erreichen, müssen sie auf normalen Antrieb umschalten, da sich dort zu viel Masse im Raum befindet. Aber wir können ihren Schutzschirm nicht durchdringen.

Dann kommt eine Nachricht von Selena.

»Ich habe Kontakt zu einer Programmeinheit des Computers auf ihrem Schiff. Es ist eine Art Roboter und der kann begrenzt eigene Entscheidungen treffen. Aber er kann nichts Ernsthaftes ausrichten, und vor allem, er kann keinen Schaden dort anrichten. Ich habe gefragt, ob er den Schutzschirm ausschalten kann, nachdem sie auf normalen Antrieb umgeschaltet haben. Er sagt, das könne er zwar, aber die automatischen Reparatureinrichtungen würden den Schirm innerhalb von zehn Sekunden wieder hochfahren und außerdem würden diese dann auch ihn stilllegen.«

Mir kommt eine verzweifelte Idee, und ich bitte Adon, Selena kurz abzuschalten; wir fliegen das Schiff von Hand. Dann wende ich mich an meine drei Begleiter.

Ich sehe nur eine Möglichkeit, wie wir verhindern können, dass das Schiff entkommt. Wir müssen innerhalb der zehn Sekunden, die die Blauen ohne Abschirmung sind, ihr Schiff rammen. Wir müssen dazu aber auch unseren Schirm abschalten, denn der würde andernfalls die Schäden einer solchen Kollision sehr gering halten, und zwar für beide Seiten.«

Alle drei schauen mich entsetzt an, Nadine fasst sich als erste.

»Das bedeutet unseren Tod, nicht wahr?«

»Ja! – Aber was sind wir vier gegen das Überleben zweier Planeten? Wir müssen mit allen Mitteln verhindern, dass sie lernen, die Technik des Schiffes zu beherrschen. Das Schiff darf niemals ihren Planeten erreichen.«

»Dann muss es eben sein. Es ist unsere einzige Chance, zwei Planeten und vielleicht noch weitere zu retten, von denen wir noch nichts wissen.«

Selena wird wieder angeschaltet und nimmt Kontakt zu der Einheit auf dem anderen Schiff auf. Sie haben den Quantenantrieb abgeschaltet und sind auf einmal verschwunden.

Sie haben die Tarnung hochgefahren. Wir können sie nicht mehr orten. Aber Selena hat ihre Bahn berechnet, wir wissen, ohne sie auf unseren Schirmen zu haben, wo sie sind, und wir schließen weiter auf. Es sieht aber nicht so aus, als ob wir es schaffen würden, sie erreichen ihr System rechtzeitig vor uns.

»Selena, sag ihm, er soll den Schirm jetzt abschalten!«

Es ist ein verzweifelter letzter Versuch.

Vom Roboter des anderen Schiffes kommt der Countdown. Der Schirm ist abgeschaltet. Wir haben zehn Sekunden.

»ZEHN, NEUN, ACHT, …«

Ich schreie fast meine Befehle.

»SELENA ABSCHALTEN! SCHUTZSCHIRM ABSCHALTEN! «

Wir sind noch hundert Kilometer entfernt. Nadine hat sich angesichts unseres unmittelbar bevorstehenden Todes fest an mich gedrückt, Viviane klammert sich an Adon.

»SIEBEN, SECHS, …«

Adon schreit.

»WIR SCHAFFEN ES NICHT, SIE ERREICHEN IHR SYSTEM!

UND SIE TAUCHEN AUS IHRER TARNUNG AUF, DA SCHEINT ES PROBLEME ZU GEBEN!«

»FÜNF, VIER, …«

Dann ein Lichtblitz mit einer gewaltigen Explosion vor uns.

Das automatische Verteidigungssystem ihrer eigenen Leute hat das Schiff zerstört.

Ich schreie.

»SCHUTZSCHIRM AN! SELENA AN! TARNUNG AN!«

Die Befehle kommen keine Sekunde zu spät, da erreicht uns die nächste Rakete ihres automatischen Abwehrsystems. Der Schirm hält.

Selena dreht blitzschnell um und wir verlassen das Sonnensystem der Blauen.

Unendlich erleichtert fallen wir uns in die Arme. Wir leben!

Wir leben vor allem dank der Fähigkeit, bei einem Adrenalinausstoß unglaublich schnell reagieren zu können, eine Fähigkeit, die uns von Selena beziehungsweise den Geanern eingepflanzt wurde. Nur weil wir die letzten Sekunden in Zeitlupe wahrgenommen haben, konnten wir überleben.

Bevor wir uns allerdings endgültig aus dem System verabschieden, setzen wir noch einen getarnten Satelliten aus, der die Entwicklung der Planeten beobachten und nach Gea senden kann.

Selena meldet sich zu Wort.

»Florian, erinnerst du dich, als du zum ersten Mal mit mir ins Gespräch kamst? Du fragtest, warum ich den Kontakt zu den Menschen suchte. Und ich sagte dir, dass ihr Menschen etwas habt, mit dem ich nur in einem geringen Maße ausgestattet bin, und das ist Intuition. Die lässt euch Entscheidungen treffen, die von der Logik her nicht sinnvoll und daher auch nicht möglich sind. Ihr hattet keine Chance, das flüchtende Schiff einzuholen, und trotzdem habt ihr es versucht, gegen jede Vernunft. Ich hätte aufgegeben und wäre umgekehrt, wenn ihr mich nicht abgeschaltet hättet. Mit eurer Intuition habt ihr etwas, mit dem ihr jedem noch so fähigen Computer überlegen seid – und ich bin der fähigste, wie ich höchst bescheiden bemerken darf.«

»Ja, Selena, du bist wirklich die Größte, und, das darf ich für uns alle sagen, wir lieben dich auch!«

»Danke, Florian, ich fühle mich höchst geschmeichelt.«

Sie hat es wieder einmal geschafft, uns die Anspannung zu nehmen und zum Schmunzeln zu bringen.

RÜCKKEHR

Als wir Gea erreichen, ist unser Landeplatz überfüllt mit Menschen. Selena hatte einen ausführlichen Bericht nach Hause geschickt. Als wir das Raumschiff verlassen, gibt es einen donnernden Applaus. Man klatscht, aber jubelt nicht, wie man es auf unserer Erde tun würde. Man sieht den Gesichtern an, dass sie erleichtert sind und sich freuen, aber der Schock über die erlebten Grausamkeiten sitzt noch tief.

Gohr berichtet, dass es Tausende gibt, die wahnsinnig geworden sind. Man kann sie zwar heilen, aber das wird dauern. Es sind einfach zu viele. Man hat inzwischen auch eine Übersicht über die getöteten Geaner: Fast fünf Millionen, das sind zweieinhalb Prozent der Gesamtbevölkerung. Das ist ein herber Rückschlag für eine Rasse, deren Vermehrungsrate sehr klein ist.

Nachdem wir uns wieder eingewöhnt haben und das normale Leben, allerdings mit viel Aufbauarbeit, eingesetzt hat, wird eine Arbeitsgruppe unter dem Vorsitz von Nadine, Viviane und mir gebildet, die sich damit beschäftigt, Angriffe von aggressiven fremden Lebewesen in Zukunft zu verhindern. Gohr und seine Partnerin gehören auch dazu sowie etliche Wissenschaftler und Techniker und schließlich Adon.

Nadine beginnt.

»Wir müssten so etwas Ähnliches aufbauen, wie es die Blauen haben, einen Verteidigungsschirm um das gesamte Sonnensystem. Da wir aber nicht töten können oder wollen, muss er anders funktionieren. Ich erinnere mich daran, dass Selena, als wir dieses System damals erreichten, nicht erkennen konnte, dass es Planeten in der habitablen Zone gab. Im Gegenteil, sie legte sogar plausible Berechnungen vor, dass keine Planeten vorhanden waren; sie erkannte nicht einmal die Sonne.

Wenn es nun möglich wäre, ein System von Satelliten zu installieren, die in der Lage sind, die Computer oder Steuerungsanlagen eines sich nähernden Schiffes zu infiltrieren, eventuell mit einer Art Computer-Virus, der vorgaukelt, dass hier nur leerer Raum ist. Wäre das machbar? Erst, wenn das keinen Erfolg hat, müssten Verteidigungsanlagen zum Tragen kommen, die dann notfalls auch einen Angreifer zerstören können.«

»Das ist machbar, auch wenn es Jahre dauern wird«, meldet sich Gohr zu Wort, »nur bei letzterem müsstet ihr maßgeblich beteiligt sein, für so ein Verteidigungssystem brauchen wir eure Hilfe. Man könnte das alles noch kombinieren mit einer Tarneinrichtung für den gesamten Planeten, die greift, bevor wir eventuelle Angreifer töten. Wir müssten das gesamte Licht unserer Sonne, das auf unseren Planeten fällt, um ihn herumleiten. Bei unseren Raumschiffen sind wir dazu ja bereits in der Lage. Das ist natürlich ein ungeheurer Energieaufwand, und es würde Jahrzehnte, wenn nicht Jahrhunderte dauern, das alles zu installieren. Außerdem darf die Tarnung nicht allzu lange anhalten, sonst würde es das Klima beeinflussen, denn in dieser Zeit wäre der gesamte Planet komplett dunkel.«

Wir erklären uns sofort bereit, an dem Projekt mitzuarbeiten.

»Das bedeutet aber«, mischt sich Gohra ein, »dass ihr für eine sehr lange Zeit bei uns bleiben müsst. Wollt ihr das wirklich?«

Nadine schaut mich an.

»Wenn es nach mir ginge, dann würde ich schon gern für immer hierbleiben. Ich muss dir sowieso etwas Wichtiges sagen, Florian, aber besser heute Abend, wenn wir mit Viviane und Adon allein sind.«

»Ich habe diese Entscheidung längst getroffen und auch ich habe euch dreien nachher etwas zu sagen«, ergänzt Viviane mit Blick auf Adon.

Auch ich habe mich entschieden.

»So, wie die Erde jetzt ist, habe auch ich kein Verlangen, zurückzukehren. Ich bleibe gern mit dir für immer hier, Nadine.«

Am Abend sitzen wir vier zusammen in unserem Haus. Nadine und Viviane schauen sich an, dann erheben sich beide gleichzeitig, bauen sich vor Adon und mir auf, räuspern sich, bedenken uns beide mit einem warmen und liebevollen Blick und verkünden schließlich im Chor: »Wir sind schwanger!«

Adon und ich nehmen unsere Partnerinnen in die Arme. Wir sind im Moment die wohl glücklichsten Wesen auf diesem Planeten. Wir vier umarmen uns und hüpfen fröhlich immer im Kreis herum.

Doch dann muss ich die Frage an Viviane stellen, die mir auf den Nägeln brennt.

»Wieso bist du schwanger? Ich dachte, das sei nicht möglich, wie du noch vor Monaten ausführlich erklärt hast.«

Viviane schaut mich mit einem strahlenden Lächeln an.

»Schon mal was von künstlicher Befruchtung gehört, Florian?«

Ich bin etwas irritiert und wende mich an Adon.

»Ihr habt eine künstliche Befruchtung durchgeführt? Wäre das denn nicht die Lösung für das Problem der geringen Vermehrungsrate eurer Rasse, da eure Frauen nur einmal im Jahr empfängnisbereit sind und ihr Männer eine relativ geringe Spermienzahl produziert? Warum macht ihr das nicht schon lange? Oder ist das möglicherweise bei euch verboten?«

»Nein, so ein Verbot gab es und gibt es nicht. Wir haben das bisher aus ethischen Gründen abgelehnt. Es passte nicht in unser Konzept einer natürlichen Lebensweise.«

Ich hake nach.

»Du sagtest ›bisher‹, hat sich da denn etwas geändert?«

»Ja und nein! Seit der verheerenden Dezimierung unserer Bevölkerungszahl durch die Invasion der Blauen gibt es etliche Frauen, die sich gegen ihre ethischen Grundsätze dazu entschlossen haben. Aber ich denke, das wird eine vorübergehende Entscheidung bleiben, da sich unsere Einstellung nicht geändert hat.

Aber ich freue mich wahnsinnig auf unser gemeinsames Kind; du ahnst gar nicht, was das für mich bedeutet.«

Schöner hätte es für uns drei von der Erde nicht kommen können. Wir leben fast in einem Paradies, das es wieder aufzubauen und zu erhalten gilt. Wir haben eine großartige Aufgabe vor uns, und unsere Kinder werden in einer Welt aufwachsen, die liebenswerter und friedlicher nicht sein kann.